눈 꼭 감고
그냥
시작

최수정 지음

눈 꼭 감고
그냥
시작

원더박스

●

Why not you?

●

"쑤Sue! 해피 아워 타임이야! 그만 일하고 맥주 마시러 가자!"

금요일 저녁 5시, 오늘도 어김없이 회사 1층 로비에서 해피 아워 맥주 파티가 시작되었다. 더 이상 일에 집중할 수 없을 정도로 높은 볼륨의 클럽 음악이 회사 전체에 울려 퍼진다. 그리고 기다렸다는 듯 스웨덴 출신 부사장 다니엘이 다가와 그만 일하라며 행복한 명령 아닌 명령을 내린다. 'Work Hard, Play Hard'가 모토인 회사, 금요일 5시가 되면 거하게 맥주 파티가 시작되고, 말단 직원과 회사 사장이 친구가 될 수 있으며, 전 세계에서 온 사람들이 함께 일하는 이곳이 바로 나의 중국 상하이 첫 직장이다.

그렇다면, 나는 엄친딸인가? 좋은 대학을 나왔나?

No!

나는 특별한 것은 없지만, 그렇다고 딱히 뒤처지는 것도 없는 평범한 한국 여대생이었다. 취업을 위해 착실히 스펙을 쌓는다거나, 장학금을 받으며 학교를 다니는 학생은 확실히 아니었다. 하지만 괜찮은 토익 점수가 있었고, 인턴 경험도 조금 쌓아 놓았으며, 틈틈이 봉사 활동도 했다. 그렇게 남들 하는 만큼 적당히 공부하고 적당히 놀면서 중간 가는 스펙과 성적을 들고 대학을 졸업했다.

해외 취업에 대한 막연한 동경은 있었지만 도전할 용기는 없었다. 한국에서도 별 볼 일 없는 구직자인데 해외에서 누가 날 필요로 할까 싶었다. '좋은 직장'이라고 불리는 대기업에 취업할 거라는 기대는 애당초 하지도 않았다. 나는 서울 끝자락에 있는 대학교에 겨우 들어간 아주 평범한 스펙의 여대생이니까.

꼭 해 보고 싶은 일도, 미래를 향한 구체적인 계획이나 꿈도 없었다. 유일하게 해 보고 싶은 일이었던 항공사 승무원은 지원하는 족족 2차도 아닌 1차 면접에서 보기 좋게 탈락했다. 대학을 졸업하고 백수가 되자 자신감은 급속도로 하락하기 시작했다. 잘난 것도 없고 꿈도 없는 내 모습이 한심했다. 매일 밤 잠들기 전, 침대에 누워 '나는 왜 이것밖에 되지 않는 인간일까?' 생각하며 스스로를 미워했다. 대학을 졸업했는데, 희망이 보이지 않는 미래가 서글퍼 매일 밤잠을 설쳤다. 좋은 직장이고 뭐고 그냥 아무 곳이나 일단 취업하고 싶었다. 그저 '직장인'이라는 것이 되고 싶었다.

그랬던 내가 스웨덴 기업에서 외국인 동료들과 함께 마케팅 업무를 하고, 캐나다 회사에서 비즈니스 매니저가 되어 한국 마켓을 설립·총괄하고, 다른 회사에 비즈니스 자문을 해 주고, 이력서를 내지 않아도 일자리 제안을 받고 있는 상황이 되었다. 한국에서는 참말로 쓸모없는 미생 구직자 같았는데 말이다.

한 번은 우연히 알게 된 분과 함께 식사를 하는 자리에서 상하이 취업 관련 책을 쓰고 싶다는 마음속 포부를 살짝 내비쳤더니 그분이 말했다.

"그런 책은 대단한 사람들이나 쓰는 것 아닌가요?"

그렇다. 나는 대단한 사람이 아니다. 그렇기에 이 책은 대단한 사람의 대단한 성공 스토리가 아니다. 그런 내용을 기대하고 있다면 이 책은 당신이 생각하는 책이 아니다. 이 책은 꿈이 없던 평범한 한 여대생이 꿈을 찾고, 자아를 찾고, 원하는 인생을 찾아가는 성장 이야기다. 지극히 평범하지만 그래서 누구나 공감할 수 있는 이 이야기를 통해 누군가 위로받고 희망을 얻기를 바라는 마음으로 글을 써 내려갔다.

'해외 취업은 대단한 사람들만 할 수 있는 것일까?'

해외 취업 준비를 할 때 내 마음속에 언제나 맴돌았던, 그래서 나를 불안하게 만들었던 질문이다. 이 책을 읽고 난 후, '저 사람도 했는데 나도 할 수 있겠네, 뭐, 별거 아니네' 하고 생각할 수 있기를 바란다. 나도 했는데, 당신이 못 하리라는 법이 어디 있을까?

Why not you?

Contents

프롤로그 Why not you? 5

Part 1

일단은 지원하고 본다

Part 2

외국에서 외국 회사에 다닌다는 것

● 해외 취업 선배가 알려 주는 생생 실전 TIP ●

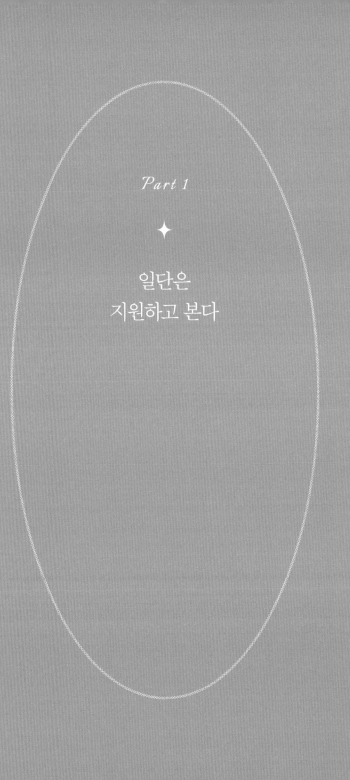

Part 1

일단은
지원하고 본다

당장의 현실을 핑계 삼으며 살다가는
10년, 20년 후에도 지금과 똑같이
살고 있을 것 같았다. 지금이 바로 내가
진정으로 원하는 것을 향해 적극적으로
뛰어들 때라는 생각이 들었다.
지금 아니면 영영 못할 것 같았다.

마냥 미루고만 싶었던 졸업

어릴 적 주사 맞으러 병원 가는 날처럼, 분명히 다가올 날이지만 미룰 수 있는 한 미루고 싶은 그 날이 다가왔다. 바로 대학교 졸업 날.

사실 4학년 1학기 때까지만 해도 취업이 이렇게 힘들지 몰랐다. 아직 취직할 준비가 안 됐다는 핑계를 대며 토익이나 면접 공부 등 구직 '준비'만 하고 정작 취업 시장에는 뛰어들지 않았기 때문이다.

그렇게 시간이 흘러 어영부영 졸업을 하게 됐다. 졸업 후 첫 공채 시즌이 시작되었고, 각종 채용 정보를 살펴보았다. 인문계 졸업생들이 주로 지원하는 부서가 영업팀, 마케팅팀 그리고 인사팀이라고 들었는데, 그 어느 것도 딱히 흥미가 가지 않았다.

'음… 영업은 배짱이 두둑해야 한다던데 나는 소심하니 영업팀은 어려울 것 같고, 마케팅 일은 해 보고 싶지만 워낙 경쟁이 치열한 부서여서 나는 가망이 없을 것 같고, 인사팀이 그나마 무난해 보이니까 인사팀에 집중적으로 지원해 보자.'

이런 아주 재미없고 평범한 이유로 각종 기업의 인사팀에 지원서를 넣었다. 삼류 막장 드라마보다 더 뻔한 내용의 '자소설' 쓰기 작업이 시작되었다. 회사마다 작성하라는 내용이 어찌나 제각각인지…. 처음에는 한 문장 한 문장 심혈을 기울여 썼지만, 나중에는 진이 빠져 다른 회사 자기소개서에 썼던 문장과 레퍼토리를 짜깁기하기 바빴다. 특별한 스펙도 없으면서 자기소개서 역시 개성이 없으니 결과는 뻔했다. 하지만 부족한 자기소개서를 점검할 생각은 안 하고 출신 대학이 좋지 않아 서류에서 탈락한 것이라며 속상해했다.

대망의 첫 면접

이어지는 서류 탈락에 낙담하고 있을 즈음 처음으로 대기업에서 서류 합격 통보를 받게 되었다. 그간 지원한 곳 중 가장 가고 싶었던 기업으로, 새벽 세 시까지 심혈을 기울여 자기소개서를 작성했던 곳이었다. 월급 및 복지, 근무 환경 등이 좋아 여대생들이 취업하고 싶은 기업 순위에서 언제나 상위권을 차지하는 대한민국 대표 화장품 기업이었다. 지원한 직무는 인사과 소속 글로벌인재개발팀으로 주 업무는 해외 지사에 일하는 현지 직원들을 교육하는 일이었다. 전 세계를 돌아다니며 다양한 국적의 직원들을 교육시키는 일이라니, 이보다 더 멋진 일이 있을까 싶었다.

대망의 면접일이 다가왔다. 꽤 더운 날이었는데, 혹여나 오는 길에 땀을 흘려 첫 인상에 영향을 미칠까 싶어 평소에 타지 않는 택시를 타고 면접장으로 향했다. 면접은 서울 시내에 있는 본사 건물에서 이루어졌다. 멋진 건물에서 웃음 지으며 삼삼오오 나오는 사람들의 목에 걸린 사원증을 보자 부러움이 몰려왔다.

'나도 저들처럼 될 수 있을까?'

긴장되는 마음을 가다듬고 면접 대기실로 가자 총 열 명의 지원자가 앉아 있었다. 면접장에 도착해서야 안 사실인데, 당시 내가 지원한 직무는 단 한 명만 뽑을 예정이었고 1차 면접에 합격한 사람은 단 열 명뿐이었다. 엄청나게 많은 사람들이 지원했다고 들었는데, 열 명 안에 내가 포함되었다는 것이 믿기지 않았다.

우리 조 차례가 되었다. 면접장 안에는 두 명의 면접관이 앉아 있었고, 나를 포함 총 다섯 명의 지원자가 면접장으로 들어섰다. 자리에 앉아 간단한 인사를 주고받는데 면접관 앞에 놓인 백지가 눈에 들어왔다. 드라마에서 튀어나온 듯한 '커리어 우먼' 카리스마를 풍기는 세련된 외모의 면접관님이 먼저 입을 열었다.

"오늘 면접은 블라인드 면접으로 진행될 거예요. 학벌이나 성별, 출신이 아닌 인성, 실무 역량, 업무 적합성 등에 중점을 두고 면접을 볼 거라는 말이죠."

멋진 회사라고 들었지만 이 정도일 줄이야! 학벌 콤플렉스가 있던 나에게 더할 나위 없이 좋은 기회였다. '꼭 이 기회를 잡아야 한다.' 다짐했다.

"중국어를 할 줄 아는 지원자를 뽑은 것으로 아는데, 먼저 중국어로 간단하게 자기소개를 해 보겠어요? 우리가 여러분보다 중국어를 잘할 것 같지는 않지만 그래도 어느 정도 알아들을 수는 있거든요."

중국어 자기소개야 매번 하던 레퍼토리가 있으니 걱정되지 않았다. '평소 하던 대로 하면 되니까'라고 생각하고 있는데 웬걸! 첫 지원자의 유창한 중국어 실력에 바로 기가 죽었다. 그녀에 비하면 나의 중국어 자기소개는 초등학생도 아닌 유치원 수준에 불과했다. 이제 와서 갑자기 중국어 실력을 향상시킬 수도 없는 노릇이고 어쩌겠는가? 학교 다닐 때 중국어 발음에 좀 더 신경 쓰면서 공부할 걸 후회해 봤자 이미 늦었다. 중국어를 하나도 못하는 사람이 들어도 알아차릴 만큼 수준 차이가 나는 중국어 실력으로 간신히 자기소개를 마쳤다.

'절망하지 말자. 여기서 주눅 들면 좋지 않은 인상만 줄 거야. 수많은 지원자 중에 나를 선택한 이유가 분명 있을 테니까, 내가 가진 강점을 최대한 어필하는 데 최선을 다하자.' 마음을 다잡았다.

"그럼 이번에는 자신이 한 일 중 가장 기억에 남는 도전을 영어로 말해 볼래요?"

남들보다 조금 늦게 시작한 중국어보다는 중학교 때부터 배운 영어가 아무래도 좀 더 자신 있었기에 지금이 기회다 하고 나섰다.

"이번에는 제가 먼저 해도 될까요?"

"네, 그러세요" 하며 나를 향해 미소 짓는 면접관님을 보며 1점을 땄구나 생각했다. 중국에서 한국 여대생 셋이 무작정 중국 횡단 여행을 하면서 겪은 일, 그리고 그를 통해 얻은 것들을 이야기했다. 꽤 괜찮게 말을 한 것 같아 안심하기도 잠시, 이어지는 다른 지원자의 답변을 듣는 순간 아뿔싸 싶었다. 이 면접은 대학 입학 면접이 아니라 취업 면접이다. 단순히 질문에 답변을 하는 것이 아니라 왜 내가 해당 업무에 적합한지를 어필해야 했다.

같이 면접에 참여했던 한 지원자는 유엔 사무국에서 인턴을 했던 경험을 유창한 영어로 이야기하면서, 글로벌인재개발팀에서 일하게 된다면 그 경험을 어떻게 활용할 수 있을지를 자연스럽게 연결시켜 답변을 했다.

그녀의 훌륭한 답변을 들으며 '유엔 인턴이라니, 세상에는 참 대단한 사람이 많구나' 하는 생각과 동시에 내가 얼마나 면접에 대한 준비가 미숙했는지 반성했다.

그동안 출신 대학 탓만 하고 스펙 탓만 하면서, 스스로를 발전시킬 생각은 하지 않고 있었던 것이다. 투덜거릴 시간에 면접 준비를 더 철저히 해야 했고, 투덜거릴 시간에 언어 공부든 인턴 경력이든 자기 계발에 조금이라도 더 힘썼어야 했다. 면접 결과는 예상대로 탈락이었다. 약간의 기대도 하지 않았다면 거짓말이겠지만 그렇다고 크게 실망하지도 않았다.

인생이 뜻대로 되지 않는다 하더라도

온 마음을 다해 꼭 하고 싶은 일은 없었지만, 해 보고 싶은 일이 하나 있기는 했다. 바로 항공사 승무원이었다. 공짜로 세계 여행을 하고 그 대가로 돈까지 벌 수 있다는 점이 매력적으로 다가왔다.

승무원 증명사진을 전문으로 한다는 사진관에서 찍은, 수정을 하도 많이 해서 전혀 나 같지 않은 증명사진을 이력서에 붙이고, 승무원 면접용 의상도 구매했다. 면접 당일에는 새벽부터 승무원 면접 화장을 전문으로 하는 곳에 가서 난생처음 돈을 내고 머리 손질과 화장을 받아 보기도 했다. 하지만 결과는 언제나 1차 면접 탈락이었다. 계속해서 지원하다 보면 한 번쯤은 1차 면접에 붙는다고들 했지만 나에게는 예외였다.

국내 항공사에서 선호하는 얼굴이 아닌가 보다 애써 자기 위로를 하고 외국 항공사로 눈을 돌렸다. 외국 항공사는 영어로 면접이 진행되기 때문에 면접 준비를 철저히 해야겠다고 생각했다. 취업 커뮤니티 사이트를 통해 알게 된 외항사(외국 항공사) 승무원 면접 스터디 모임에 꾸준히 참여했다. 나를 제외하고 네 명의 스터디 모임 구성원들은 최소 6개월 넘게 외항사 승무원 취업을 준비한 사람들이었다. 하지만 누가 더 오래 준비했고 더 많은 정보를 알고 있느냐를 떠나서 모두 한결같은 마음으로 서로 도움이 될 만한 좋은 정보를 공유하며 정말 열심히 면접 준비를 했다.

외항사든 국내 항공사든 찬밥 더운밥 가리지 않고 모두 지원했지만 결과는 언제나처럼 1차 면접 탈락이었다. 이어지는 탈락에 지쳐가던 중, 함께 면접 스터디를 하던 친구가 부산에서 외항사 공개 채용 면접(보통 이를 '오픈 데이'라고 한다)이 있을 예정인데, 자주 없는 기회니 같이 가자고 제안을 했다. 면접 참여를 위해 KTX 기차표, 체류비 등에 돈을 써야 한다는 것이 부담스러워 잠시 고민했지만, 면접 보러 해외까지 가는 사람도 있는데 이 정도는 해야지 후회가 없지 않을까 싶어 부산에 가기로 결정했다.

'그래, 이번을 마지막으로 한 번만 더 도전해 보고 이번에도 안 되면 나의 길이 아니라고 생각하고 그만하자.'

면접 스터디 모임에서 만난 친구와 나 그리고 두 명이 더 모여 기차표를 끊고 부산의 한 숙소를 예약했다. 돈을 최대한 절약하려다 보니 방한 칸짜리에 침대도 없는 여인숙에 네 명이 함께 하루를 묵었다. 다음 날, 새벽부터 일어나 승무원 면접 복장으로 옷을 단정하게 차려입고 부족한 솜씨로 머리와 화장을 했다. 허름한 여인숙에서 쪽잠을 자고 면접장으로 향하는 가난한 취업 준비생이지만, 꿈을 위해 노력하고 있다는 생각에 마음은 행복했다.

공개 채용 면접은 부산 해운대 근처의 5성급 호텔 대회의실에서 진행되었다. 공개 채용 면접의 첫 단계는 의자에 앉아 대기하고 있다가 지원번호가 불리면 회의실 앞 편에 앉아 있는 면접관에게 다가가 이력서를 제출하고 간단한 인사를 나누는 것이었다. 짧은 시간 동안 면접관에게 좋은 인상을 남겨야 그다음 단계인 면접을 볼 수 있는 기회가 주어지기 때문에 면접관에게 걸어갈 때의 걸음걸이, 인사할 때 편안한 미소를 남기는 것 등 작은 행동 하나하나에 신경 써야 했다. 드디어 내 지원번호가 불렸다. 길어야 10초나 되었을까? 허무할 정도로 짧았던 면접의 첫 단계를 마친 후, 여인숙으로 돌아와 합격 통보 전화를 기다렸다. 네 명이 방 안에 동그랗게 모여 앉아 그 가운데 각자의 핸드폰을 놓고 기다리던 당시 우리의 모습은 지금 생각해도 참 짠하다. 어떤 결과가 있든 좋은 결과가 있는 친구를 진심으로 축복해 주자고 했다. 하지만 서너 시경에 온다는 합격 통보 전화는 오후 다섯 시가 넘도록 오지 않았다.

"우리… 설마… 네 명 다 떨어진 거야…?"

결국 우리 네 명 모두에게 면접을 볼 수 있는 기회는 찾아오지 않았다. 무거운 마음으로 서울로 돌아오는 KTX 기차를 탔지만, 왜인지 모르게 목적지인 서울에 가까워질수록 마음이 점점 편해졌다.

'그래도 최선을 다했으니 괜찮아. 최소한 시도는 했으니 후회는 없잖아. 승무원이 내 길이 아닌가 보지 뭐. 마음을 비우고 새로운 마음으로 다른 기회를 향해서 다시 나아가자.'

3년 후 여름, 나는 조금은 쓰라린 추억이 있는 그곳, 승무원 면접을 보았던 부산의 호텔에 다시 오게 되었다. 이번에는 면접을 보러 온 것이 아니라 여행으로. 회사에서 제주도로 오프사이트(직원 워크숍)를 오게 되

제주 오프사이트 회식 면접 탈락의 쓰라린 추어이 있는 호텔에 스웨덴 기업의 직원이 되어 오프사이트로 돌아올 줄을 그 시절 꿈이나 꿨을까? 사진은 당시 오프사이트에서 직장 동료들에게 한국식 회식의 맛을 선사하고 있는 모습.

었고, 겸사겸사 부산 여행까지 한 것이다. 의도한 바가 아니었는데 신나게 놀다 문득 주변이 낯익어 기억을 더듬어 보니 공개 채용 면접을 위해 왔던 그 호텔이었다.

3년 전, 공개 채용 면접 1단계에서 떨어지고 터벅터벅 무거운 발걸음을 옮길 때 오늘의 내 모습은 상상조차 하지 못했다. 지금의 나는 회사에서 보내 준 여행으로 제주도에 와서 외국인 동료들과 맛있는 제주 흑돼지 삼겹살을 먹고, 또 부산 여행까지 와서 여인숙이 아닌 5성급 호텔에서 머물고 있지 않은가!

만일 내가 계속 승무원 일에 도전했더라면 어땠을까? 지금 생각해 보면 나는 승무원 체질이 아니었다. 밤잠이 많아 밤 열한 시도 못 넘기고 잠이 드는 내가 밤낮 구분 없이 일해야 하는 승무원 일을 어떻게 해냈을 까 싶다. 매번 면접에 떨어졌을 때는 속상한 마음에 희망도 미래도 보이 지 않았지만, 승무원 면접에 떨어진 덕분에 다른 매력적인 기회를 잡을 수 있었으니 얼마나 다행인가. 지금 인생이 뜻대로 되지 않는다고 해서 속상해할 것 없다. 나중에 돌아보면 멋진 미래가 내 앞에 기다리고 있었 음을 발견할 테니까. 좌절하지 말고 묵묵히 앞으로 나아가다 보면 분명 당신에게도 그날이 올 것이다.

눈 꼭 감고 그냥 시작

부모님은 첫 직장이 좋아야 한다며 조급해하지 말라고 하셨는데, 당시 내 귀에는 그 조언이 들어오지 않았다. 일단 아무 회사나 들어가 생활비를 벌어가며 취업을 준비해야겠다는 생각으로 이곳저곳 가리지 않고 이력서를 제출했다. 그리고 드디어, 전 직원 30명 안팎의 어느 작은 회사에 비서로 취직하게 되었다. 작은 회사였지만 나를 채용해 주었다는 것에 감사했다.

하지만 그런 감사함도 잠시뿐, 일이 손에 익자 회사에서의 시간이 따분하고 지루하게 느껴졌다. 한번은 영업 사원들의 지출 내역을 정리하는데, 영수증을 성의 없이 삐뚤삐뚤하게 붙였다고 직속 상사가 꾸중을 했다. 하지만 나는 좀 더 잘해야겠다는 생각은커녕 별것도 아닌 일 갖고 유난 떤다고 투덜거렸다. 평소보다 조금 더 일찍 출근해 직원들을 위한 아침 식사를 사 오라는 사장님의 지시가 너무 짜증났다. 월급 받으며 하는 일이고, 비서로서 해야 할 나의 업무였는데 말이다. 사소하게 보이는 일일지라도 최선을 다해 일하다 보면 멋진 기회가 펼쳐질 수 있다는 것을 당시에는 몰랐다. 작은 일도 제대로 못 하면서 큰일을 어떻게 하겠다는 건지 참 철이 없었다 싶지만, 그때는 '나는 이런 시시한 일을 할 사람이 아닌데'라고 생각했다. 그렇다고 처음 계획처럼 일을 하면서 다른 한편으로 진정으로 원하는 일자리를 찾고 있는 것도 아니었다. 그렇게 하는 일에 대한 자긍심도 만족감도 없이 대충대충 일하고 월급날만 기다리며 무미건조한 삶을 살고 있었다.

일을 시작한 지 6개월 즈음 되던 어느 날이었다. 콩나물시루 같은 퇴근길 지하철에 몸을 꾸겨 넣고 집으로 가고 있는데 핸드폰이 울렸다. 앞자리가 생소한 해외 발신 번호였다.

"여보세요…?"

핸드폰 너머로 귀에 익은 목소리가 들렸다. 전화를 건 사람은 중국 상하이에서 직장 생활을 시작한 친구였다. 그 친구와 나는 대학교 1학년 때 중국 상하이로 함께 여행을 갔었다. 여행 이후, 우리는 상하이의 매력에 반해 누가 먼저라 할 것 없이 전공을 중문과로 바꾸었고 꿈을 함께 키워나갔다. 대학을 졸업한 후, 한국에서 취업이 되지 않자 친구는 상하이로 취업 연수를 떠났고 연수 후 바로 상하이에 있는 한국 기업에 취업했다. 친구의 상하이 직장 생활 이야기를 휴대전화 너머로 들으면서, 꿈과 열정으로 가득했던 나의 대학생 시절이 떠올랐다.

중국에서 나의 꿈을 펼쳐 보겠다며 중국어를 배우고, 중국 대장정 여행을 떠났던 당차고 야심 찼던 모습은 어디로 갔는지. 현실과 타협한 채 꿈 없이 살아가는 생기 잃은 나의 얼굴이 지하철 창문 너머로 반사되어 보였다.

언제까지 남의 인생을 보며 부러워만 하고 있을 것인가?

'아직 1년 경력을 채우지 못했으니까', '지금은 언어 실력이 부족하니까', '돈이 없으니까' 등등 당장의 현실을 핑계 삼으며 살다가는 10년, 20년 후에도 지금과 똑같이 살고 있을 것 같았다. 지금이 바로 내가 진정으로 원하는 것을 향해 적극적으로 뛰어들 때라는 생각이 들었다. 지금 아니면 영영 못할 것 같았다.

'그래, 더 이상 망설이지 말자. 눈 꼭 감고 그냥 시작하는 거야!'

쓸데없는 스펙 콤플렉스

해외에서 일하겠다고 마음먹은 후 가장 먼저 한 일은 다니고 있는 회사에 사표를 던지는 것이었다. 호기롭게 일을 그만두었지만, 막상 퇴사하고 나니 시간은 넘쳐나는데 해외 취업을 위해 무엇을 해야 할지 몰라 난감했다. 막막한 마음에 컴퓨터를 켠 후, '해외 취업', '외국 취업', '해외 생활' 등의 키워드로 무작정 검색을 시작했다. 해외 취업 관련한 사이트가 몇몇 보였지만, 정확하고 유용한 정보를 가지고 있는 사이트는 많지 않았다.

그러던 중 사막 속의 오아시스 같은 보물 사이트를 접하게 되었으니, 바로 한국산업인력공단에서 운영하는 월드잡(월드잡플러스, www.worldjob.or.kr)이다. 당시 월드잡에서는 국비 지원 해외 취업 연수 과정을 활발하게 운영하고 있었는데, 경력이 없는 내게 매우 매력적으로 다가왔다. 해외에서 어학 연수와 비즈니스 실무 과정을 밟은 후, 취업 연계까지 도와주는 과정으로 만약 해외 취업에 계속하여 실패한다면 마지막 방법으로 도전해 봐야겠다고 생각했다. 또한, 해외에 있는 한국 회사의 채용 공고가 사이트에 종종 올라왔기 때문에 월드잡 구인구직 게시판을 살펴보는 것이 나의 하루 일과 중 하나가 되었다.

다음으로 자주 한 일은 서점과 도서관에서 해외 취업, 외국 회사, 외국계 회사에 관련된 책을 찾아 닥치는 대로 읽는 것이었다. 1990년대에 쓰인 책도 있었지만 조금이라도 도움이 되지 않을까 싶어 가리지 않고 읽었다. 하지만 이상하게 해외 취업 성공 수기 책을 읽을 때마다 생기는 것은 자신감이 아니라 열등감이었다. 동기 부여가 되어 책 속에 나오는 인물들처럼 나도 해외 취업이라는 꿈을 꼭 이루겠다고 마음을 다잡다가도, 책을 다 읽고 나면 괜스레 마음이 위축되었다.

'일류 대학 출신이네. 그러니까 해외 취업이 가능했지.'

'뭐야, 해외 유학파 출신이었잖아? 어쩐지….'

'다니고 있던 한국 회사에서 해외로 파견되어 기회를 얻은 거였네. 그러니까 가능했지.'

글을 꼼꼼히 읽어 내려가다 보면, 결국 무언가 하나 특별한 스펙이 있거나 타고난 금수저들이 평범한 척하고 글을 쓴 것 같아 영 마음에 들지 않았다. 하지만 해외에서 일한 지 어느덧 7년이라는 시간이 흐른 지금, 그때를 돌이켜 보면 왜 그렇게 스펙에 목매고 열등감을 느꼈나 싶다. 조금이라도 더 고득점을 받으려고 집착하며 만들어 놓은 토익 점수는 외국 구직 시장에서 제대로 빛을 발휘한 적이 없었다. 출신 대학도 하버드나 서울대가 아닌 이상 기업에서는 제대로 가늠하지 못했고 크게 관심도 없는 분위기였다. 토익보다 중요한 것은 실제 영어 구사 능력이었고, 출신 대학보다 중요한 것은 실제 경력과 업무 수행 능력이었다.

'불가능하다'고 생각하며 마음의 문을 닫으면, 눈앞에 있는 기회도 보이지 않기 마련이다. 부족한 점이 있으면 다른 것으로 채우면 된다. 남들은 다 있는 스펙인데 나는 없다고 불안해할 필요도, 남들 따라서 자격증을 만들 필요도 없다. 토익 공부할 시간에 호텔 또는 외국인 여행객 안내 센터 등 외국 사람들과 직접 대화할 수 있는 곳에서 일하는 편이 낫다. 마땅한 기회가 없다면 외국인이 많이 오가는 명동의 가게, 이태원 레스토랑 등에서 아르바이트를 하거나 외국인 교회에 가서 친구를 사귀는 방법도 있다. 이렇게 체득한 실전 영어 회화 능력과 경험이 해외 구직 시장에서는 토익 점수보다 더욱 유용하게 작용할 것임을 장담한다. 나에게 없는 재능이나 능력을 억지로 만드느라 시간을 낭비하지 말고, 내가 가지고 있는 강점을 크게 키워나가는 쪽으로 힘을 쏟는 것은 어떨까?

밑져야 본전! 일단 지원이나 해 보자

많은 사람들이 마음에 드는 채용 공고를 보고도 여러 가지 이유로 지원하기를 포기한다. '나는 이 분야에 경력이 없으니 안 되겠지', '전공이 요구 사항과 맞지 않으니 안 되겠지' 등등. 나 역시 마찬가지였다. 괜찮은 채용 공고를 발견하고도 '외국어 실력 상급 이상', '해당 분야 1년 경력' 등의 조건에 위축되어 가능성이 없다고 생각하며 이력서를 제출하지 않았다. 그러던 중 우연히 접한 어느 조언이 내 마음속 깊이 들어왔다.

"취업은 마치 속이 보이지 않는 상자에 손을 넣고 뒤져 물건을 잡는 것과 같아요. 그 상자 안에는 쓰레기도 있지만, 값진 보물도 들어 있어요. 내 손에 잡히는 것이 어떤 물건이 될지는 아무도 모르는 거예요. 그러니 지레 겁먹지 말고 열심히 상자에 손을 넣고 뒤지세요!"

머리를 띵 한 대 맞은 것 같았다. 국내 취업보다 채용 정보의 양이며 기회가 상대적으로 적은 해외 취업 시장에서 내가 지금 무슨 짓을 하고 있는 것인가 싶었다. 이력서를 제출한 후 탈락한다고 해도 내가 무슨 큰 손해를 보는 것도 아닌데 왜 이렇게 소심하게 구직 활동을 하고 있었을까?

'그래, 밑져야 본전이다. 마음에 드는 채용 공고를 발견하면 일단 지

원이나 해 보자. 한 번 온 기회는 다시 돌아오지 않을 수 있으니까.'

상하이뿐 아니라 중국 전 지역 그리고 홍콩, 싱가포르 등까지 눈을 넓혀 조금이라도 마음에 드는 채용 공고가 눈에 보이면 이력서를 보냈다. 당시 나는 딱히 하고 싶은 업무가 없었기 때문에 고객지원에서부터 마케팅, 영업, 비서직까지 할 수 있을 것 같은 분야의 업무는 가리지 않고 지원했다.

지원한 회사에서 서류 탈락, 면접 탈락을 이어가던 중 생각지도 못한 곳에서 연락이 왔다. 월드잡 사이트에서 2년 이상 경력이 있는 한국고객지원팀 매니저를 구한다는 채용 공고를 보고 이력서를 제출했던 곳이었다. 반년의 직장 경력과 몇 번의 아르바이트, 인턴 경험이 전부였던 나였기에 예전 같으면 오르지도 못할 산이라며 지원하기도 전에 포기했을 공고지만 '혹시 또 몰라?' 하는 생각으로 지원했던 바로 그곳이었다. 사실 채용 공고에 적힌 기업에 대한 정보는 상하이에 사무실이 있는 인지도 있는 유럽 교육 기업이라는 것밖에 없었다. 하지만 무엇보다 내가 가장 일하고 싶었던 도시인 상하이에 사무실이 있고, 한국 회사가 아니라는 점이 매력적으로 느껴져 무모해 보이는 도전임에도 불구하고 이력서를 냈다. 이력서를 낸 후 떨어지는 편이 지원도 해 보지 않고 마음속으로 아쉬워하는 것보다 백번 낫다는 생각을 했기 때문이다.

"안녕하세요, 월드잡을 통해 이력서 내신 것 보고 연락드렸어요. 저는 그 회사 채용을 도와주고 있는 헤드헌터예요."

"네, 안녕하세요!"

솔직히 그때까지만 해도 나는 헤드헌터가 무엇인지도 모르고 있었다.

"다름이 아니라, 최근에 그 부서 주니어 자리에 공석이 생겨서 매니저 자리뿐 아니라 주니어 자리 역시 사람을 모집하고 있었어요. 보내 주신 이력서를 보았는데 매니저 직책 요구사항인 최소 2년 경력이 없어서 솔직히 매니저 자리는 어려울 것 같고, 혹시 주니어 자리는 어떻게 생각하세요?"

나는 속으로 환호했다. 전무한 경력 때문에 기대도 안 한 곳이었는데 이게 무슨 행운인가! 그렇게 뜻밖의 면접 기회가 기분 좋은 예감과 함께 찾아왔다.

면접과 실패는 다다익선

취업을 준비하면서 가장 자신 없었던 부분이 바로 영어 면접이었다. 중학교 때부터 다른 과목은 몰라도 영어는 꽤 흥미를 붙여가며 했었다. 워킹 홀리데이 비자로 호주에 있으면서 영어 회화에 자신감도 붙었지만 영어 면접은 완전히 다른 이야기였다.

영어 면접을 위해 도서관에 가서 외국 기업 면접과 관련된 책들을 대출하여 영어 면접의 기본적인 패턴을 파악했다. 그리고 인터넷에서 영어 면접 예상 질문을 뽑아 답변을 써 보며 연습을 했다. 그렇게 독학으로 영어 면접 연습을 하던 중 한 회사에서 영어 면접을 보게 되었다. 그런데 이게 웬일인가? 어려운 질문은 막론하고 아주 기본적인 예상 질문이 나왔는데도 머릿속이 까맣게 변하는 것이었다. 혼자서 연습할 때는 술술 나왔던 답변들이 긴장을 하니 전혀 생각나지 않았다. 엉망진창으로 면접을 본 후 탈락의 고배를 마셔야 했지만, 덕분에 실전과 연습이 얼마나 차이 날 수 있는지 깨달았다.

외국 항공사 승무원 준비를 할 때도 마찬가지였다. 당시 스터디 모임을 리드하던 친구는 실제 면접처럼 연습을 해 보자고 제안했다. 면접에 나올 만한 영어 질문을 각자 찾아온 후 실제 면접처럼 상대방에게 기습 질문을 하고 정해진 시간 내에 대답을 하는 것이었다. 실전처럼 면접 연습을 꾸준히 하다 보니 나중에는 웬만한 영어 면접 질문에도 당황하지 않고 대답이 술술 나오게 되었다. 이때 열심히 연습했던 것들은 비록 승무원 면접에서 제대로 써먹지 못했지만 해외 취업을 준비할 때 그 빛을 제대로 발휘했다.

  헤드헌터가 통보해 준 면접 날짜는 공교롭게도 다른 회사의 면접이 잡혀 있는 날이었다. 면접관이 홍콩에 있어서 스카이프 화상 면접으로 진행될 예정이라고 했다. 다행히 면접 시간이 오후여서 오전에 있을 다른 회사의 면접과 시간 차이가 어느 정도 있었다. 괜히 면접을 미루자고 했다가 좋지 않은 첫인상을 줄까 봐 알겠다고 했다. 혹시 오전에 있을 면접이 길어지면, 주변 PC방에 들어가서라도 면접을 봐야겠다고 생각하고 면접 보기에 적합한 PC방을 미리 물색해 놓았다.

  오전에 잡힌 면접은 꽤 인지도 있는 5성급 체인 호텔의 면접이었다. 당시 나는 해외 취업에 계속 실패한다면 작전을 바꿔 해외 취업을 가능하게 만들 경력을 한국에서 쌓아 놓아야겠다고 생각했다. 그리고 그 대안으로 생각한 것이 바로 호텔 취업이었다. 호텔의 경우 글로벌 체인 호텔 브랜드가 많으니, 영어 실력과 함께 인지도 있는 호텔에서 경력을 쌓아 놓으면 해외 호텔에 취업할 수 있는 가능성이 높아지지 않을까 싶었기 때문이다. 물론 국내 호텔 역시 매번 서류에서 탈락했다. 호텔 관련 학과를 나온 것도 아니고, 경력도 없었기에 어느 정도 예상한 결과였다. 그래도 포기하지 않고 꾸준히 지원했다. 글로벌 체인 호텔과 스웨덴 교육 회사, 두 곳 다 멋진 회사였고, 쉽지 않게 찾아온 소중한 기회였기 때문에 최선을 다해 잘하고 싶었다.

한국어로 무난하게 진행된 1차 실무진 면접에 비해 2차 임원진 면접은 나의 기를 쏙 빠지게 했다. 다 대 다 면접으로 진행되었는데 영어와 중국어 실력 테스트는 물론이고 압박 면접에 나올 만한 질문들이 꼬리에 꼬리를 물고 이어졌다. 예상보다 훨씬 더 길게 진행된 면접에 이제 끝이 보이는 것 같았다. 드디어 다 끝났구나 생각하던 찰나 면접관님이 잠시 쉬었다가 3차 CEO 면접이 진행될 거라고 하는 것 아닌가! 게다가 이번 면접은 100퍼센트 영어로 진행된다고 한다.

'헉! CEO 면접이라니! 그것도 100퍼센트 영어 면접이라고? 사전에 공지도 해 주지 않고 이게 무슨 날벼락이람!'

사장실에서 일 대 일로 진행된 면접은 지긋하신 연세에도 불구하고 유창한 영어 실력을 뽐내시던 멋진 사장님의 배려로 생각보다 편안하게 흘러갔다. 하지만 총 세 시간은 족히 넘게 진행된 2, 3차 면접을 보고 나니 온몸의 모든 기가 빠져나간 것 같은 느낌이 들었다.

오전 호텔 면접과 오후에 있을 면접까지 시간 차이가 있어 여유가 있을 거라고 생각했는데 남은 시간이 별로 없었다. 편의점에서 대충 삼각김밥을 먹고 미리 찾아 놓은 근처 PC방으로 향했다. 나름 조용한 구석에 자리를 잡고 앉았다. 게임을 하는 사람들 속에서 정장을 입고 면접을 기다리고 있는 내 모습이 웃겨 웃음이 픽 나왔다. 오전에 호텔 면접을 보면서 할 수 있는 긴장은 다한 덕일까? 꼭 가고 싶은 회사의 면접이라 긴장을 할 법도 한데, 몸도 마음도 지쳐 긴장조차 되지 않았다. 드디어 스카이프 통화 연결음이 울렸고, 화면 너머로 아시아 시장을 담당한다는 지사장님의 얼굴이 보였다. 예상과 달리 영어가 아닌 한국어로 진행된 면접은 오전에 진행한 호텔 면접과 달리 아주 수월하게 진행되었다. 간단한 자기소개와 성격 장단점, 왜 이 일을 하고 싶은지, 왜 상하이에서 일을 하고 싶은지 등 면접 스터디 모임에서 수없이 연습했던 질문들이 나왔다. 그렇게 순조롭게 면접을 이어가던 중 이전 질문과 조금은 다른 독특한 질문을 받게 되었다.

"비가 정말 많이 내리는 어느 날 밤 운전을 하고 가고 있는데 저 멀리 버스 정류장에서 세 명의 사람이 서 있어요. 의사, 몸이 아픈 할머니 그리고 내가 꿈에 그리던 이상형. 하지만 차에는 한 명밖에 태울 수 없어요. 어떻게 하시겠어요?"

이럴 수가, 승무원 면접 스터디 모임에서 연습했던 질문이 나온 것이다. 그때 같이 모임을 하던 친구들과 모범 답안을 들으면서 '와, 이런 질문을 하는 회사가 진짜 있을까?' 하며 놀라워했던 질문이다. 시치미 떼고 모범 답안을 말할까 생각하다 대답했다.

"사실 저는 그 질문에 대한 모범 답안을 이미 알고 있습니다. 모르는 척하고 대답할 수도 있겠지만 그러고 싶지 않습니다. 대신 제가 가지고 있는 장점 중 하나인 정직함을 보여드리고 싶습니다. 비록 이 질문은 제가 모범 답안을 알고 있기 때문에 답변을 드릴 수 없게 되었지만, 다른 질문을 주신다면 성실히 응하겠습니다."

알겠다며 미소를 지으시는 지사장님의 얼굴을 보며, 이 면접은 합격

한 것 같다는 생각이 들었다. 그렇게 나는 그 면접에 합격하였고 드디어, 해외 취업 성공이라는 결과를 거머쥐게 되었다.

'가고 싶은 회사의 면접을 가장 나중에 보라'는 말이 있다. 물론 내가 뛰어난 능력의 지원자가 아닌 한 면접 일정을 원하는 대로 잡는 것은 현실적으로 힘들다. 하지만 면접을 많이 볼수록 긴장을 덜하고 면접 대처 능력도 좋아져 나중에 본 면접에서 합격할 가능성이 커지는 것은 분명하다. 그러니 지금 면접에서 탈락했다고 해도 좌절할 것 없다. 미래에 내가 가게 될 멋진 회사의 면접을 위해 지금 연습하고 있는 것이라고 생각하자. 많이 실패할수록 그만큼 성장할 테고 그렇게 나도 모르는 새 면접의 신이 되어 있을 테니까.

취업은 운이다

나만의 해외 취업 개똥철학을 말하자면 다음 두 가지다.

첫째, 밑져야 본전이다. 주저하지 말고 도전하자.

둘째, 취업은 적절한 타이밍과 운이 작용한다. 떨어져도 낙담하지 말자.

국내외를 따질 것 없이 원하는 직장에 취업한 사람들에게 그 비결을 물어보면 많은 사람들이 이렇게 대답한다.

"글쎄요… 운이 많이 따른 것 같아요."

물론 운도 실력이 기반이 되어야 따르는 거겠지만 취업에 적절한 타이밍과 운이 어느 정도 작용하는 것은 사실이라고 생각한다. 나 역시 밑져야 본전이라고 생각하며 매니저 채용 공고에 지원했는데 때마침 생긴 주니어 자리 공석으로 면접의 기회를 얻고 입사할 수 있었으니까 말이다.

또 다른 일례로 우리 언니의 경우, 실수로 한 기업에 이력서 사진을 거꾸로 붙여 제출했는데 웃기게도 그곳에 취업이 되었다. (참고로 당시는 온라인이 아닌 종이 이력서를 제출하던 시절이다.) 나중에 입사하고 나서 인사 담당자가 말하기를 도대체 어떤 사람이기에 이력서에 사진을 거꾸로 붙이는지 얼굴이나 한번 보자며 면접에 불렀는데 예상과 달리 언니가

동료들과 함께 취업은 운이다. 특히 공채가 없
는 해외 취업은 타이밍과 면접자와의 궁합에 따
라 결과가 천차만별이다. 좌절하지 말고 낙담하
지 말고 계속해서 찾아보고 붙을 때까지 지원하
자. 당신도 곧 이런 직장 동료를 갖게 될 것이다.

마음에 들어 채용하게 되었다고 한다. 그리고 당연히 우리 언니는 인사
담당자가 그 말을 해 주기 전까지 자신이 이력서에 사진을 거꾸로 붙였
는지 전혀 모르고 있었다. 인사 담당자의 눈에 띄기 위해 일부러 이력서
에 사진을 거꾸로 붙일 필요는 없겠지만, 그만큼 취업의 당락은 어디로
어떻게 튈지 아무도 예측할 수 없다는 것이다.

　　상하이에서 사기 다른 개성을 기진 동료, 상사와 함께 일을 하면서
나의 해외 취업 개뇽철학은 너욱 확고해졌다. 스웨덴 교육 회사에서 근
무할 당시 같은 부서나 팀에서 일하는 사람들의 성격이 비슷한 것을 발
견할 수 있었는데, 그 이유는 바로 사람을 뽑을 때 상사의 주관적인 선

호도가 크게 작용하기 때문이다. 예를 들어, 꼼꼼하고 차분한 성격의 완벽주의자 마가렛 밑에서 일하는 사람들은 모두 그녀와 비슷한 성격의 소유자였다. 그래서 그 부서 주변은 왠지 숨소리도 못 낼 것같이 항상 조용했다. 이와 정반대로, '또라이' 같다는 이야기를 들을지언정 평범한 것을 거부하는 부사장 다니엘이 있는 부서의 사람들은 언제나 똘끼가 넘쳤다. 어떤 부서는 팀 내 직원 대부분이 동성애자라 우리끼리 이는 분명 우연의 일치가 아닐 것이라고 뒷담화를 하기도 했다. 어떤 회사는 MBA를 나온 사람, 특정 대학을 졸업한 사람을 선호하기도 하지만 어떤 회사는 그렇지 않을 수도 있다. 상하이에서 두 번째로 취업했던 온라인 식품 유통 회사의 캐나다인 사장님은 유독 MBA 나온 사람이라면 질색했는데 당시 사장님의 견해는 이러했다.

"지금까지 사회생활을 하면서 보니, MBA를 나온 사람들도 별것 없더라고. MBA를 졸업한 사람들한테 비싼 학비 내고 MBA에서 무엇을 배웠냐고 하면 고작 하는 말이 '인맥을 쌓았다'는 거야. 인맥? 중요하지. 근데 인맥은 꼭 MBA에 가지 않아도 쌓을 수 있거든. 나는 MBA를 나오지 않았지만, 일하고 사업하면서 얻은 인맥이 MBA를 졸업한 사람들보다 훨씬 더 많다고 자부해. 나는 좋은 대학과 MBA가 그 사람의 능력을 말해 주는 척도라고 절대 생각하지 않아. 그래서 내 아들 둘도 그들이 정말 원하지 않는 이상, 절대로 MBA에 보내지 않을 거야. 그 시간에 사회로 먼저 뛰어들어 직접 사람을 만나고 실전 경험을 쌓으라고 할 거야. 나는 다양한 사회 경험을 쌓은 사람이 MBA를 나온 사람보다 대단하다고 생각해."

우리는 완벽하지 못한 인간인지라 아무리 객관적으로 사람을 뽑으려고 해도 자신이 선호하는 성향의 사람에게 자연스레 팔이 굽게 되는 것 같다. 물론 그 선호의 기준은 자신과 비슷한 성향의 사람일 수도 있지만, 자신에게 없는 자질을 가진 정반대의 특징을 가진 사람이 될 수도 있다. 그렇기 때문에 면접에서 떨어진다고 해도 자신을 비하할 것 없다. 면접관이 나와 다른 성향의 사람이라 내가 가진 장점이 그의 눈에 보이지 않았다고 생각하는 것이 좋다.

한번은 방학 동안 우리 회사에서 인턴으로 일했던 친구가 한국에 돌아가 취업 시장에 뛰어들었는데 생각처럼 쉽지 않다는 이야기를 꺼낸 적이 있다. 좋은 대학 출신에 학생회장까지 할 정도로 씩씩하고 밝은 데다 예의까지 갖춘 아주 예쁜 친구여서 분명 한국에서 좋은 직장을 쉽게 찾으리라 생각했기에 의외였다.

"최근에 어느 대기업에 면접을 봤는데, 면접 담당자님이 제 성격이 좀 튀는 것 같아 그 점이 마음에 걸린다고 하더라고요. 인턴으로 일하면서 겪은 경험을 자신 있게 이야기했는데, 그게 너무 당차다고 생각하셨나 봐요. 아직 면접 결과가 나오진 않았지만, 왠지 떨어질 것 같아서 속상해요. 앞으로 면접에서 너무 자신감 있는 모습을 보이지 않으려고요."

면접관 한 명의 지극히 개인적인 의견이 그 친구의 자신감을 앗아간 것 같아 속상했다. 그 친구에게 힘을 주고지 진심을 담아 말했다

"그랬구나. 그래도 아직 결과는 모르니까 너무 심란해 마. 근데 있지, 혹시 떨어진다고 해도 속상해할 것 하나 없어. 만일 네가 가지고 있는 강점인 당찬 성격을 마음에 들어 하지 않는 회사라면 그 기업의 분위기

는 불 보듯 뻔해. 끼 많고 아이디어 많은 네가 너의 장점을 몰라주는 회사에 취업하면 분명 재능을 마음대로 펼칠 수 없을 거야. 그러니까 네 강점을 면접 보는 회사에 맞추어 일부러 바꾸거나 숨기려고 하지 마. 그렇지 않으면 설령 입사한다고 해도 너랑 맞지 않아서 오래 견디지 못할 수 있거든."

작은 회사 면접에서는 줄줄이 낙방하더니 남들이 신의 직장이라고 부르는 곳에 취업한다거나, 누가 봐도 '저래서 되겠어?'라는 말이 나올 정도로 독특한 성격의 사람이 좋은 기업에 당당히 취업하는 경우를 종종 보았다.

그러니까 면접에 떨어져도 낙담하지 말자.

외국어 때문에 해외 취업이 두렵다고?

해외 취업을 준비하는 사람들이 나에게 가장 자주 하는 질문 중 하나를 꼽자면 바로 '영어를 잘해야 하나요?'다. 물론 이 질문에서 사용한 '영어'는 비단 영어만 말하는 것이 아니라 자신이 해외 취업을 희망하는 나라의 각종 제2외국어를 말한다.

"아직은 영어가 부족한 것 같아서 일단 토익 점수를 만들어 놓고 해외 취업 준비를 본격적으로 시작하려고요."

"중국으로 취업을 하고 싶은데, 중국어를 잘 못하니까 1년 동안 중국어를 공부해서 HSK 6급 이상을 만들어 놓으려고요."

이런 이야기를 들을 때마다 한결같이 해 주는 말이 있다. 언어 공부를 열심히 하는 것은 좋지만, 그렇다고 공부하는 동안 구직 활동을 멈출 필요는 없다고.

그 이유를 말하자면 첫째, 외국 회사의 경우 한국 회사처럼 상하반기 공채 시즌이 있는 것이 아니기 때문에 스펙을 쌓고 돌이와 마치 대학교 입학 원서 넣듯이 시즌에 맞추어 이력서를 넣는다는 것이 불가능하다. 이번에 채용한 일자리 공석이 다음 해에 있으리라는 법이 없고, 이번 해에 놓치면 그 자리가 공석이 될 때까지 몇 년이 지나도 같은 포지션을 찾는 자리가 나오지 않을 수 있다. 다시 돌아오지 않을지도 모르는 기회를 공부한다는 이유로 지원도 못하고 놓치면 너무 아쉽지 않을까?

둘째, 취업의 당락은 인사 담당자와 면접관이 결정하지 내가 결정하는 것이 아니다. 물론 언어 실력이 출중하면 마다할 회사가 어디 있겠냐만, 포지션에 따라 해당 언어 실력이 필요하지 않을 수도 있고, 내 생각에는 부족하다고 느꼈던 언어 실력이 면접관 입장에서는 그 정도면 업무하는 데 충분하다고 생각할 수도 있다. 또는, 언어 실력이 많이 부족해도 면접관이 다른 강점을 높게 보고 채용할 수도 있다. 그렇기 때문에 지원도 하기 전에 지레 겁먹고 포기하지 말고 수시로 나오는 채용 공고를 확인하며 지원해 보고 싶은 곳이 있다면 밑져야 본전이라는 생각으로 지원해 보기를 적극 추천한다. 나 역시 그랬고, 내 주변에도 줄줄이 낙방하다 밑져야 본전이지 하고 지원한 전혀 붙을 가능성이 없을 것 같던 좋은 회사에 붙은 경우가 정말 많다. 특히 외국계 회사의 경우 우리가 흔히 말하는 스펙(외국어 공인 시험 점수, 자격증 등)을 크게 신경 쓰지 않는 회사가 많다. 실제 업무 능력이 가장 중요하기 때문에 업무에 특정 언어 구사 능력이 크게 필요하지 않다면 전혀 신경 쓰지 않기도 한다. 또 의사소통에 큰 문제 없다고 생각되면 업무상 다른 강점을 더욱 눈여겨보는 게 일반적이다. 외국어 실력이 상당히 필요한 업무도 면접의 당락을 외국어 공인 시험 점수로만 판단하지 않는다. 면접에서 대화를 해 보고 그 사람의 외국어 구사 능력을 직접 본 후 결정한다.

예전에 이런 생각을 개인 블로그에 적었더니 한 남성분이 그저 그런 영어 실력으로는 해외 취업은 꿈도 꿀 수 없는 일이라며, 그런 말도 안 되는 이야기로 사람들한테 쓸데없는 희망을 주지 말라는 댓글을 단 적이 있다. 물론 그분 말이 맞을 수도 있다. 내가 지나치게 긍정적으로 상황을 보고 희망적인 메시지만 전달하는 것일 수도 있다. 어쩌면 영어를 모국어로 하는 국가의 경우 워낙 다들 영어를 잘하고 경쟁이 치열하기 때문에 어느 정도의 영어 실력으로 취업하는 것이 상대적으로 어려울 수도 있다. 하지만 그렇게 따지면 중국 땅에서 중국어를 잘 못했던 내가 취업한 것은 어떻게 설명할 수 있을까? 내가 다니던 스웨덴 회사 부사장님의 경우 스웨덴어는 단 한 마디도 못하고 프랑스 억양이 아주 강하게 들어간 영어를 구사한다. 그런데 어떻게 스웨덴 대기업 부사장이 될 수 있었을까? 할 수 있다는 긍정적인 마음을 갖고 기회를 열심히 찾는 사람에게 기회는 찾아오게 되어 있다고 믿는다. 혹시 그 사람은 자신이 해내지 못한 일이라고 남들도 못 할 것이라고 단정 지어 버린 것은 아닐까?

상하이에서 일을 시작한 지 2년 정도 되었을 때였다. 영어로 업무를 처리하는 비중이 점점 높아지면서 내 영어 실력에 대한 한계가 느껴지기 시작했다. 또한, 영어 실력이 점점 늘수록 아이러니하게 스스로의 영어 구사력에 대한 답답함 역시 커졌다. 머리가 커질수록 생각하는 것이 많아진다는 말처럼 아는 단어가 많아질수록 비슷한 의미지만 상황에 따라 조금씩 다르게 받아들여질 수 있는 표현 사이에서 어떤 단어를 써야 할지 고민하느라 이메일 하나를 작성하는 데에도 꽤 긴 시간이 소요됐다. 영어로 회의를 할 때는 영어를 모국어로 하는 동료들이 자세히 들어 보면 별 내용 없는 이야기를 화려한 말발로 포장해내는 것을 보며

'아, 나도 한국어로 회의하면 기가 막히게 내 의견을 표현할 수 있을 텐데' 하며 질투를 했던 적도 있다.

그렇게 영어가 나의 모국어였다면 얼마나 모든 일이 수월했을까 하는 철없는 신세 한탄을 하던 즈음이었다. 새로 취임한 회사 부사장님이 전 직원을 대상으로 앞으로 회사가 나아갈 방향에 대한 프레젠테이션을 했는데, 그의 영어를 듣고 깜짝 놀랐다. 프랑스 사람이라는 것은 알고 있었지만, 이토록 프랑스인 특유의 억양이 셀 줄이야! 잠시라도 정신을 놓으면 불어를 하는 건지 영어를 하는 건지 분간이 안 갈 정도였다. 그가 하는 말을 집중해 들으면 분명 영어를 하고 있는 것인데, 왜 묘하게 불어를 듣고 있는 것 같은지…. 부사장님의 강한 프랑스식 영어 억양에 한 번 놀라고, 그것을 전혀 개의치 않고 자신감 있게 발표하는 모습에 또 놀라고, 이렇게 영어가 완벽하지 않음에도 글로벌 영어교육 회사의 부사장이 될 수 있다는 것에 놀랐다. 그동안 은근히 영어에 열등감을 느끼며, '나는 영어 원어민이 아니니까 이런 업무는 할 수 없겠지, 저런 직책은 가질 수 없겠지' 하고 생각했는데 말이다.

외국 기업에서 일하면서 깨달은 것은 해당 국가의 언어 능력이 중요한 것은 사실이지만, 그렇다고 해서 원어민 수준의 실력을 무조건 갖추어야 하는 것은 아니라는 점이다. 언어 방면으로 부족하다면, 다른 강점을 키워 경쟁력을 갖추면 된다. 그리고 무엇보다 우리는 원어민이 아니지 않은가? 완벽하게 구사하지 못한다고 뭐라고 할 사람도, 부끄러워해야 할 이유도 전혀 없다.

면접에서 떨어지는 게
꼭 내가 부족해서만은 아니다

상하이에서 일하면서 직원 채용을 위해 면접을 진행한 적이 몇 번 있었다. 스펙만 봐도 이미 대단한데 이력서까지 정성을 다해 작성하는 지원자가 있는가 하면, 누가 봐도 성의 없는 이력서를 제출하는 지원자도 있었다. 인상적인 지원자들을 이야기하자면 한둘이 아니지만, 그중 면접 이후 오히려 내가 인생 레슨을 얻었던 지원자에 대해 이야기해 보려고 한다.

인턴을 채용하기 위해 사이트에 구인 글을 올린 지 얼마 지나지 않아 여러 통의 이력서가 도착했다. 평상시처럼 파일을 열어 하나씩 읽어 가던 중 무언가 범상치 않은 이력서를 발견하게 되었다. 일단 파일 크기부터가 다른 이력서와 현저히 차이가 났다. '도대체 뭣 때문에 이렇게 파일 크기가 큰 거야?' 투덜거리며 이력서를 여는 순간 그 이유는 잘못된 파일 형식으로 저장해서도, 큰 용량의 증명사진을 실수로 첨부해서도 아님을 알 수 있었다. 자기소개서 포함 길어야 두 장 남짓 되는 일반적인 이력서가 아니었기 때문이다. 첫 장에는 일반 이력서 형식에 맞추어 작성한 이력서가 있었다. 일목요연하게 써 내려간 첫 장의 이력서에는 그녀가 학창 시절 참여했던 마케팅 관련 활동들이 보기 좋게 정리되어 있었다. '열심히 대학 생활을 한 친구구나' 하며 다음 장으로 넘기자, 광고 전단지처럼 만든 특이한 포맷의 자기소개서가 있었다. 자기소개서에서 그녀는 각종 이미지와 캐치프레이즈를 적절히 섞어 상품 광고처럼 스마트하게 자신을 PR했다. 마지막 장은 우리 회사와 경쟁사를 비교한 차트를 첨부한 마케팅 제안서였다. 물론 그녀가 작성한 경쟁사 비교 및 마케팅 아이디어는 아주 특별한 내용은 아니었다. 하지만 정성을 다해 작성한 이력서에서 그녀의 열정을 확인할 수 있었다. 하루라도 빨리 만나 보고 싶은 마음에 바로 다음 주 면접을 보기로 일정을 잡았다.

면접일이 다가왔다. 하지만 전날부터 이어진 빡빡한 외부 일정으로 그날이 면접일이라는 것을 깜박 잊어버리는 사태가 발생했다. 단 한 번도 이런 경우가 없었기 때문에 당황스러웠다. 부리나케 사무실로 돌아와 미안하다고 연신 사과를 하며 면접을 시작했다. 이력서에서 느낄 수 있던 것처럼 열정적인 자세와 명석함이 단번에 느껴졌다. 참 괜찮은 친구라고 생각하며, 마지막 질문으로 현재 비자 상태에 대해 물어보자 예상 외의 답변이 돌아왔다.

"지금은 면접을 보려고 단기 여행 비자로 들어왔습니다."

"네? 뭐라고요? 상하이에서 살고 있던 게 아니었어요?"

"네, 안 그래도 제안하신 면접 날짜가 비자를 만들기에는 촉박한 시간이라 조금 애를 먹었어요."

"한국에서 지금 이 인턴 면접을 보러 여기까지 왔다고요? 저는 전혀 몰랐어요. 아, 지금 이력서를 다시 보니까 주소 칸에 한국 주소가 적혀 있었네요. 어쩌죠? 그런 줄 알았으면 이런 식으로 면접을 잡지 않았을 텐데… 너무 미안해요."

"아니에요, 저는 이렇게 면접 볼 수 있었던 것만으로도 좋았어요. 부모님께서도 여행 가는 셈 치고 다녀오라고 말씀해 주셨어요."

그런 줄도 모르고 나는 면접을 까맣게 잊고 늦기까지 했으니, 너무 미안했다. 내가 그녀라면 괜찮을 수가 없는 상황이었기 때문에 마음이 한없이 무거웠다. 그렇게 면접을 마친 후, 다른 지원자들의 면접을 이어서 보았고 예정대로 한 명의 인턴을 뽑았다.

한국에서 면접을 보러 상하이까지 온 그 지원자를 뽑았을까? 정답은 '아니요'다. 그러면 '그녀보다 더 나은 지원자가 있었나?'라고 물으면 그 대답도 '아니요'다. 그렇다면 나는 왜 그녀를 인턴으로 뽑지 않았을까? 그녀가 더 넓은 무대에서 꿈을 펼치기를 바랐기 때문이다. 고심 끝에 내린 결정이었음을 그녀에게 전달하며 최대한 진심을 담아 솔직하게 그 이유를 설명했다. 더 멋진 곳에서 그녀가 일할 수 있기를 바라는 마음에 그녀를 인턴으로 우리 회사에 잡아 두고 싶지 않았다고. 그 소식을 듣고 마음이 좋지는 않았겠지만, 나는 지금쯤 그녀가 멋진 회사에 정직원으로 채용되어 일하고 있으리라 확신한다.

예전에 친구의 친구가 일자리를 구한다며 우리 회사에 적당한 자리가 있는지 봐 달라고 이력서를 보내온 적이 있었다. 현재 사람을 뽑고 있지 않다고 말했지만 이력서나 한번 읽어봐 달라고 빌어붙이는 모습을 보며 꽤나 급한 모양이구나 하는 생각이 들었다. 싱가포르 사람이었던 그 지원자의 이력서는 생각보다 많이, 그것도 아주아주 많이 화려했다.

"중국에서 직장을 찾으려고 단기 비자로 무작정 왔는데 생각보다 원하는 일을 찾기가 어려웠나 봐. 지금 마음이 급해져서 물불 가리지 않고 지원을 하고 있는데 계속 떨어져서 우울해하고 있더라고."

훌륭한 커리어를 가진 그 지원자의 이력서를 보고 나니 그 이유를 알 것 같았다. 작은 회사는 아마 그녀의 경력을 보고 자신의 회사에서 일하기에는 너무 대단한 사람이라고 생각해서 채용하기를 주저했을 것이다. 큰 기업은 공석이 쉽게 나지 않고 채용 절차도 복잡하니, 좀 더 인내심을 가지고 장기전으로 생각하며 일을 알아봐야 할 텐데 비자 때문에 마음이 조급했던 것 같다. 하지만 이력서를 받은 지 한 달도 채 지나지 않아 그녀가 취업이 되었다는 소식을 전해 들었다. 그 회사는 바로 중국인들이 가장 일하고 싶어 하는 기업, 중국의 스티브 잡스로 불리는 마윈이 운영하는 알리바바의 본사였다. 알리바바 본사가 상하이가 아니라 항저우(상하이 근교 도시)에 있어서 투덜거리고 있다는 이야기를 전해 들으며, 한 달 전 일은 생각 못하고 벌써 배부른 소리를 하는 것 같아 웃음이 났다.

인생은 정말 한 치 앞을 모르는 것 같다. 물론 '저 사람들은 나와 다른 대단한 사람이겠지' 단정 지으며 남의 이야기라고 생각할 수 있다. 하지만 그렇지 않다. 앞에서도 몇 번 언급했지만, 취업 준비생들에게 꼭 해주고 싶은 말이 있다. 지금 생각처럼 되지 않는다고 절대 좌절하지 말라는 것이다. 분명 나중에 '돌이켜 보면 그때 그 회사에 떨어져서 잘된 것 같아'라고 생각할 날이 올 것이다. 지금 돌이켜 보면 승무원 시험에 계속해서 낙방했던 것이 얼마나 다행인지 모른다. 내 꿈을 펼칠 수 있는 인생의 길은 생각보다 꽤 다양하다.

대기업이라고 다 좋을까?

한국 밖으로 나와 보면 삼성이나 현대만 신의 직장이 아님을 발견하게 된다. 한국인이라면 모르는 사람이 없을 만한 한국 기업도 지구 반대편 에서는 그 동네 작은 회사보다 인지도 없는 한 번도 들어보지 못한 '듣 보잡' 기업으로 전락할 수 있다. 모든 사람들이 한국처럼 대기업이나 '사' 자 들어가는 직업이 최고라고 생각하는 것도 아니다. 또 우리가 좋다고 생각하는 직업이 어떤 곳에는 사양 직업이 되기도 한다.

추수감사절, 땡스기빙데이 파티에 초대되어 친구 집에 놀러 간 적이 있다. 파티를 주선한 친구는 중국계 미국인으로 미국 뉴욕대 MBA를 졸 업한 친구였는데, 그래서 그런지 파티에 참석한 사람들 대부분이 같은 대 학 MBA를 졸업한 동기들이었다. 파티에 도착해 간단하게 자기소개를 하 니, 자신들도 한국에서 살았었다며 나를 반겨주었다. 사실 상하이에 살 면서 한국에서 살았었다는 외국인들을 종종 만난지라 그다지 놀랍지는 않았지만, 예의상 한국이 어땠는지 물어보았다. 한국에 대한 칭찬이 나올 것을 속으로 예상하면서.

"별로 좋지 않았어."

엥? 한국인을 바로 앞에 두고 하는 한국에 대한 첫 이야기가 '좋지 않았다'라니!

"헉, 정말? 왜? 뭐가 그렇게 별로였는데?"

예상치 못한 반응에 놀라서 묻자 이어서 대답했다.

"한국은 물론 좋았지, 근데 한국에서 직장 생활은 최악이었어."

"그래? 한국 직장 생활이 쉽지 않은 건 알고 있었지만, 한국 직장 문화는 한국인한테만 적용되는 일이고 한국에 사는 외국인들은 나름 외국인 특혜 대우를 받는다고 생각했는데 의외네."

"지금 여기 초대받은 사람들 대부분이 한국에서 같은 직장에 다녔던 사람들이야. XX 알지?"

모를 리가. 한국 최고의 대기업이다.

"인터내셔널 부서에서 같이 일을 했는데, 모두 외국인으로 구성된 부서였어. 글로벌 기업인 만큼 외국인의 생각과 아이디어를 수렴하겠다는 취지에서 만든 부서였지. 그 부서에 일하는 사람들 대부분이 전 세계에 내로라하는 대학과 MBA를 나온 사람들로, 졸업하자마자 이곳에 스카우트 되어서 한국으로 온 경우였어. 첫 시작을 이름 있는 글로벌 대기업에서, 거기다 연봉까지 높으니 커리어 상으로는 완벽한 곳이었지. 그럼에도 불구하고 대부분 1~2년 후 다른 곳으로 이직을 했어."

"왜? 업무량이 많거나 야근이 많았어?"

"아니. 오히려 그 반대여서 문제였어. 네가 말한 대로 외국인 특혜가 있어서 야근도 없고, 연봉도 높고, 복지 혜택도 좋았지만, 우리는 겉보기 좋으라고 구색 맞추어 만든 부서 같았어. 다들 넘치는 열정으로 회사에 이바지하고자 이런저런 아이디어를 제시하면 '좋은 아이디어네' 하고 결국은 우리 의견을 하나도 듣지 않는 거야. 거기에서 오는 무기력함과 허무함이란… 1, 2년 정도 지나니까 차라리 돈을 적게 받아도 좋으니 내 의견이 수렴되는 곳, 내가 쓸모 있는 곳에서 일하고 싶다는 생각이 들더라고. 그렇게 하나둘 이직한 거지. 물론 그중 가정이 있는 사람들이나 학자금 대출 때문에 돈이 필요한 사람들은 회사에 더 남아있었지만. 근데 그 사람들도 길어야 5년을 넘기지 못하더라고. 나뿐 아니라 얘(옆에 앉아 있던 다른 친구)도 그렇고. 우리 둘 다 지금 일하는 회사 연봉이 한국에서 받은 것에 비하면 한참 적지만, 돈의 유혹에서 벗어나 빨리 그만두고 이곳에 온 게 얼마나 다행인지 몰라."

이렇게 똑똑한 인재들을 모아놓고 돈은 돈대로 써가며 제대로 활용하지 못한다는 사실도 놀라웠지만, 한국 사람들이라면 모두가 가고 싶어 하는 대기업이 이들에게는 최악의 기업으로 기억 속에 남아있다는 것이 더욱 놀라웠다.

나 역시 한때는 대기업 취업이 인생을 성공으로 이끌어 줄 유일한 길이라 생각했다. 하지만 이제는 그렇지 않다. 대기업을 다니는 것이 잘 사는 인생의 척도가 아님을 알고 있으니까. 대기업이 아니더라도, 월급이 많지 않더라도, 내가 즐겁게 일할 수 있는 회사라면 그게 바로 '최고의 직장' 아닐까? 그리고 이 넓은 세상에는 나를 행복하고 즐겁게 만들어 줄 만한 멋진 일이 생각보다 훨씬 많다.

●
●

다른 사람들의 충고는 감사히 듣기만 하자

상하이 직장 생활 5년 차쯤 되던 해, 상하이에서 일을 하는 한국인 직장인 모임에 간 적이 있었다. 그 자리에는 해외의 외국 기업에 취업을 하고 싶어 한국 직장을 관두고 상하이로 와서 구직 활동을 하던 친구가 있었다. 그 친구는, 예상은 했지만 그래도 자신의 생각보다 취업이 빨리 되지 않아 걱정이 이만저만이 아니라고 했다. 아직 한 달도 채 되지 않았으니 너무 조급해하지 말라고 이야기해 주려던 찰나, 어느 남자분이 우리 대화에 끼어들었다.

"글쎄… 요새 워낙 쟁쟁한 친구들이 많아서 외국 기업은 불가능할걸? 그냥 한국 기업이나 알아보지 그래?"

그의 얄미운 입을 막아버리고 싶었다. 자신의 꿈을 이루기 위해 상하이로 와서 구직 활동을 하고 있는 용기가 멋지다고 응원해 주지는 못할망정 꼭 그런 말을 해야 했는지 도무지 이해가 가지 않았다. 다행히 현명한 그 친구는 불가능하다는 말을 강 너머로 깔끔히 흘려보냈고, 얼마 지나지 않아 원하는 분야의 외국 기업에 보란 듯이 취업했다.

간혹 취업 사이트에 '저는 명문대를 못 나왔는데 해외 취업이 가능할까요?'와 같은 게시물에 불가능하다는 부정적인 의견의 댓글이 한가득 달리는 것을 보면 안타깝다. 그러한 댓글을 쓰는 사람들은 과연 자신이 시도를 해 본 후 조언을 해 주는 것일까? 직접 해 보지도 않은, 또는 자신이 이루지 못했다고 남들도 못할 것이라 생각하는 사람들의 조언은 감사히 받기만 하고 마음에 담아 두지 말자. 직접 도전해 보지 않고서는 그 결과를 누구도 장담할 수 없는 것이니까.

나 역시 해외 취업으로 방향을 결정한 후 주변 사람들에게 이야기했을 때 돌아온 것은 격려가 아닌 온갖 부정적인 의견뿐이었다. "그래도 1년은 회사를 다녀야 경력에 뭐라도 써넣지 않겠니? 타지까지 가서 뭣하러 사서 고생을 하려고 하니" 걱정하는 의견에서부터 "요새는 2개 국어는 물론 3, 4개 국어 등 외국어 잘하는 한국 사람이 너무 많아서, 그저 그런 외국어 실력으로 해외에 취업하는 것은 거의 불가능이래", "한국에서도 취업하기 힘든데 외국 취업은 낙타가 바늘구멍 들어가기만큼 힘들 거야"라고 말했던 사람들까지.

지금이야 꿈과 목표를 가로막는 부정적인 의견은 가볍게만 들으라고 호기롭게 말하지만, 나 역시 소심하고 걱정 많기로 둘째가라면 서러운 사람이다. 구태여 말해 주지 않아도 충분히 불안한데, 이런 부정적인 의견을 들을 때마다 얼마나 주눅 들었는지 모른다. 하지만 그때마다 나를 다잡았던 것이 있다. 첫째, 더 넓은 세상을 구경해 보고 싶다는 마음과 둘째, 해 보지 않고 후회만 하면서 살고 싶지 않다는 마음이었다.

상하이 첫 직장인 스웨덴 글로벌 교육 회사의 경우 오피스는 상하이에 있었지만 외국인 고용 비율이 매우 높았다. 그래서 사무실 내 공용어는 중국어가 아닌 영어였다. 그 덕분에 중국어 실력이 출중하지 않았던 나의 약점이 채용하는 데 별문제가 되지 않았던 것이다. 만일 다른 사람들의 조언을 그대로 받아들여, 중국어 실력이 좋지 않아 중국 취업이 불가능할 거라고 생각했다면 어떻게 되었을까? 이력서조차 내지 못하고 해외 취업을 일찌감치 포기했을 것이다.

당락 여부는 회사에서 결정하는 것이다. 회사마다 필요한 사람이 다르고 그에 따라 사람을 채용하는 기준 역시 제각각이다. 즉, 어떤 회사에서 매력 없는 구직자가 다른 회사에서는 꼭 필요한 인재일 수 있다는 말이다. 그러니 계속되는 탈락으로 자신감을 잃어가는 친구들에게 이야기하고 싶다. 아직 나와 딱 맞는 회사를 만나지 못한 것뿐이니, 자신감을 잃지 말고 끊임없이 지원하라고.

그래서… 행복하니?

한 번은 미국인 친구 부모님과 함께 저녁을 먹은 적이 있다. 당시 그 친구는 스타트업 회사로 이직한 지 얼마 안 된 상태여서, 자연스레 대화의 주제는 그 친구가 새로 하는 일에 대한 쪽으로 흘러갔다.

"그래서 요즘 새로 시작한 일은 정확히 무슨 일인 거니?"

친구의 부모님이 자연스럽게 서두를 꺼내셨다.

"기업 고객을 상대로 마케팅 솔루션을 제공하는 애플리케이션을 개발하는 사업이야. 예전에 일하던 회사의 상사가 창업한 스타트업 회사야. 아직은 불안정하지만, 그 사람은 이 분야에 인맥이 많고 나는 이쪽 전문가니까 우리 둘이 합심하면 금방 고객이 많이 생길 거라 확신해. 벌써 기업 고객 하나가 프로젝트를 요청해서 지금은 그 관련 일을 하고 있어."

친구의 이야기를 가만히 듣고 계시던 어머니의 얼굴은 점점 걱정으로 굳어져 가고 있었다. 미국에서 이름만 들으면 알 만한 대기업에서 일을 했고, 유럽으로 건너가 세계 TOP3에 드는 MBA를 졸업하고, 상하이 소재 글로벌 기업에 스카우트되어 높은 연봉을 받으면서 커리어에 순탄 대로를 걷고 있는 것 같던 자식이 갑자기 미국도 아닌 중국에서 사업을 한다고 하니 어찌 걱정하지 않을 수 있을까? 친구의 말이 다 끝나고 나면 부모님이 뭐라고 반응을 하실지 왠지 짐작이 갔다. 하지만 마침내 입을 연 어머니의 첫 문장은 내가 예상했던 것과 전혀 달랐다.

"So… Are you happy?"

그래서… 행복하니?

"Yes, I am happy."

응, 행복해.

"If so, then it's OK."

네가 행복하면 됐어.

그 회사 믿을 수 있는 회사인 거니? 돈은 얼마나 받고 일하는 거니? 비자는 어떻게 되는 거니? 걱정 가득 담긴 질문 플러스 엄마표 잔소리를 한가득 하실 줄 알았는데, 친구 어머니 입에서 나온 첫 문장은 회사에 관련된 질문도 월급에 관련된 이야기도 아니었다.

그때까지 나는 진로와 관련된 결정을 할 때 이름 있는 회사인지, 안정된 직장인지, 돈은 얼마나 버는지를 먼저 생각했지 '그 일이 나를 행복하게 해 주는 일인지'는 생각해 본 적이 없었다. 주변에서 이직을 고민하거나 이직을 한 친구의 이야기를 들을 때에도 이직하려는 회사가 인지도 있는 회사인지, 벌이는 괜찮은지만 물어봤지 '그 일이 너를 행복하게 해 주는 일이니?'라고 물어본 적은 단 한 번도 없었다. 무의식 중에 일과 행복은 함께 가지고 갈 수 없는 존재라고 생각했던 것 같다. 일은 돈을 벌기 위한 행위에 불과하며, 고로 인생의 행복은 일이 아닌 다른 곳에서 찾아야 하는 것으로 생각했다. 하지만 해외에 살면서 내 친구처럼 자신이 행복해질 수 있는 일을 하기 위해 안정되고 쉬운 길이 아닌 조금은 힘난한 길을 걸으며 사는 사람들을 자주 마주했다. 중국 대명절인 춘절에도 쉬지 않고 자신이 만든 영국식 수제 파이를 고객 집까지 자전거를 타고 직접 배송하는 영국인 친구, 아버지가 체코에서 이름만 대면 모르는 사람이 없는 대기업 사장이지만 상하이에서 평범한 직장 생활을 하는 체코인 친구 등.

내가 행복한 일을 하며 산다는 것은 결코 쉽지 않은 일임을 알고 있다. 나를 행복하게 만들어 줄 수 있는 일이 무엇인지 찾는 것 자체도 쉽지 않지만, 그 일이 무엇인지 안다고 해도 여러 가지 현실적인 장벽이 존재한다. 내가 행복하기 위해 해외에 나가 일을 하면 나를 사랑하는 부모님께 걱정을 배로 끼쳐드릴 수 있고, 내가 행복하기 위해 창업을 하면 나에게 의지하는 가족을 경제적으로 힘들게 할 수도 있다. 내가 행복한 일은 부모님이나 가족이 반대하는 일이 될 수도 있고, 주변 사람들을 힘들게 하는 일이 될 수도 있다. 하지만 그렇다고 해서 인생의 주체, 행복의 중심이 내가 아닌 부모님이나 다른 사람이 되어서는 안 된다고 생각한다.

예전에 요리 쪽에 열정을 가진 일반인들이 TV에 나와 다른 참가자들과 요리 관련 경쟁을 벌이는 미국 리얼리티쇼를 본 적이 있다. 참가자 중에는 한국계 미국인도 있었는데 요리 방면으로 탁월한 재능을 가진 그는 한국식 미국 퓨전 요리를 선보이며 강력한 우승 후보지로 자리매김을 했다. 군침 돌게 하는 한국식 퓨전 요리를 뚝딱 만들어 내는 그의 놀라운 능력에 빠져 각 에피소드를 빠짐없이 챙겨 보면서 다른 참가자와 다른 그만의 특이한 점을 발견했다. 그것은 그가 가지고 있는 비장의 소스나 요리 도구가 아니었다. 그것은 바로 참가자 개별 인터뷰를 할 때마다 그가 입버릇처럼 하는 '꼭 우승해서 부모님께 인정받고 싶다'는 말이었다. 다른 참가자들은 '우승해서 나의 꿈을 이루겠다', '우승해서 나의 레스토랑을 차리겠다'와 같은 우승 포부를 밝혔는데 그만 유독 우승의 목적이 '내'가 아닌 '부모님'에 초점이 맞추어져 있었다.

부모님이 인정하지 않으면 내가 추구하고 있는 길은 의미 없는 길인 것인가? 부모님께 인정받지 못하면 내가 선택한 삶은 불행한 삶인 것인가? 물론 부모님을 행복하게 해드리고 부모님께 인정받는 것이 내가 행복한 일이라면 그 삶 역시 멋진 삶이고 그 삶을 존중한다. 타인의 행복을 위해 자신을 희생하며 산다는 것이 얼마나 성숙한 결정이고 대단한 일인가? 하지만 만약 자신은 그런 삶을 원하지 않는데 부모님이 인정해 주지 않아서, 부모님이 다른 길로 가라고 해서 어쩔 수 없이 선택한 것이라고, 불평하며 사는 사람이 있다면 그건 핑계에 불과하다고 생각한다. 사실 자기도 두렵고 확신이 없어서 스스로 원하는 길을 선택하지 않은 것 아닐까? 자신의 결정에 책임지고 싶지 않아 부모님의 조언을 따르며 살기로 선택한 것이 아닐까? 그리고 그 선택 역시 어찌 되었건 결국 자기 스스로가 한 것이다. 괜한 부모님 탓하며 후회하지 말고, 자신에게 끊임없이 물어보는 것은 어떨까?

'그래서 지금 너는 행복하니?'

이 길이 힘든 길임은 알고 있었다. 부모님께서 제시한 길, 즉 한국에서 안정된 직장에 다니며 한국인 배우자를 만나 결혼하고 아이 낳고 사는 길이 편한 길이라는 것은 알고 있었다. 하지만 그 길은 과정과 끝이 시작점에서부터 너무나도 명확히 보여 재미가 없게 느껴졌다. 부모님께서 감사하게도 인생을 편하게 사는 지름길을 가르쳐 주셨지만, 나는 그 옆의 가 보지 않은 길이 자꾸만 눈에 밟혔다. 돌과 나무로 빼곡하고 길도 나지 않아 위험해 보이는 길이었지만 그 길은 어떤 길일지, 보이지 않는 그 길의 끝이 궁금했다.

내 나라가 아닌 남의 나라에서 일한다는 것은 결코 겉으로 보는 것처럼 멋진 일만은 아니다. 비자 때문에 마음고생도 많았다. 나날이 오르는 월세로 집을 옮겨야 할 때면 떠돌이 신세가 된 것 같아 힘들었다. 몸이 아플 때는 가족처럼 의지할 만한 사람이 없어 아픔과 서러움이 두 배로 몰려온다. 내가 왜 사서 이 고생을 하고 있을까 생각할 때도 많다.

해외 생활이 쉽지 않다는 것을 알고 있음에도, 그것이 당신이 살면서 꼭 해 보고 싶은 일 중 하나라면 다른 사람이 뭐라 하든 흔들리지 않기를 바란다. 주변 사람들의 부정적인 의견 때문에 꿈을 향한 마음다짐이 자꾸만 흔들린다면 스스로에게 되물어 보자. '그때 그 도전을 해 봤더라면 어떻게 되었을까?' 아쉬워하며 살고 싶은지, 아니면 '그때 참 무모했지만 그래도 그러한 도전을 해 봤었지' 생각하며 후회 없는 삶을 살고 싶은지.

> "넌 못할 거란 말 절대 귀담아듣지 마. 그게 아빠인 내가 한 말이라
> 도 말이야. 꿈이 있다면 그것을 지켜내야 해."
> ─영화 〈행복을 찾아서〉에서

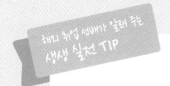

해외 취업 준비,
어디서부터 어떻게 시작해야 할까?

먼저 해외 취업을 준비하고 있다면 절대 조급해서는 안 된다. 한국에서 일을 찾는 것도 인내의 시간이 필요한데, 해외 취업은 어떠하리. 타이밍과 운이 좋아 금방 해외 취업을 하는 사람도 있지만, 자신이 원하는 조건이 있을수록 나한테 딱 맞는 일을 찾기는 더욱 쉽지 않다. 그렇기 때문에 장기전으로 생각하고 준비할 것을 권한다.

한국은 공채가 있어 모든 기업이 비슷한 시기에 직원을 채용하지만, 대부분 외국 기업은 사람이 필요하면 그때그때 채용을 진행한다. 그러므로 최대한 많은 구직 사이트, 그리고 일하고 싶은 기업의 사이트를 찾아 컴퓨터에 즐겨찾기를 해 놓은 후 수시로 어떤 새로운 채용 공고가 올라왔는지 확인하는 것이 좋다.

그리고 하루의 모든 시간을 해외 취업 준비만 하면서 시간을 보내기보다 회사의 규모가 작아도 괜찮고 파트타임도 괜찮으니 자신이 일하고자 하는 분야와 조금이라도 관련된 일을 하면서 해외 취업을 준비하는 것을 추천한다. 짧게라도 관련 경력이 있으면 아무래도 취업이 더욱 수월해지고, 비자가 나오기도 쉽다. 외국 기업의 경우 한국 대기업처럼 장문의 자기소개서를 요구하는 곳이 드물기 때문에, 자기소개서를 기업에 맞춰 다르게 쓰느라 소비하는 시간도 많지 않아 다른 일을 하면서 충분히 해외 취업을 준비할 수 있다.

해외 취업 준비에 도움이 될 몇 가지 사항을 적어 보자면 다음과 같다.

1. 월드잡플러스(www.worldjob.or.kr)

앞에서 언급한 것과 같이 월드잡은 한국산업인력공단에서 운영하는 사이트로 한국 청년들의 해외 취업을 여러 방면으로 지원한다. 해외 구인 정보 및 해외 취업 연수 과정뿐 아니라 해외 취업 박람회 및 세미나 등 해외 취업에 도움이 될 만한 각종 정보를 제공하고 있다. 특히 해외 취업 연수 과정의 경우 해외 취업에 필요한 어학 및 직무 교육을 진행하고 최종적으로 해외 취업에 성공할 수 있도록 도와주는 과정으로 직장 경력이 없는 사람이라면 해외 취업 가능성에 한 발짝 가까이 다가가는 데 도움이 될 수 있을 것이다. 연수 비용 중 일부가 국비 지원이 되기 때문에 개인 부담금이 사기업 인턴십 과정보다 적다는 것 역시 큰 장점이다. 이외에도 해외 취업 상담, 해외 멘토 연계 등 다양한 서비스를 제공하고 있으니, 해외 취업을 준비하고 있다면 확인해 보면 좋은 사이트다.

2. 해외 인턴 및 취업 연수

유학원 또는 인턴십 과정 등을 전문으로 하는 회사에서 해외 인턴 및 취업 연수 프로그램을 운영하기도 한다. 이 경우 호텔이나 패션, 무역 쪽 업무가 주를 이룬다. 인턴으로 일을 하다가 정직원으로 채용될 가능성도 있고, 정직원이 되지 못한다 하더라도 원하는 직종에서 해외 인턴 경험을 쌓아 놓으면 나중에 보다 수월하게 일을 찾을 수 있다. 하지만 이 방법의 경우 프로그램 참가비나 생활비 등 개인 부담이 큰 편이기 때문에 1순위 방안으로 고려하기보다는 다른 방법을 시도해 본 후 최후의 방법으로 시도하는 것을 추천한다.

∗ 해외교육진흥원(www.globaledu.or.kr): 한국산업인력공단, 고용노동부 등의 기관과 파트너십을 맺고 국비 연수를 진행하고 있다. 이외에도 미국, 캐나다, 프랑스 등에 해외 연수 프로그램 및 어학 연수 프로그램이 있다.

＊ 휴니언(www.hunian.co.kr): 해외 인턴십/취업 전문 회사로 미국, 호주, 싱가포르 인턴십 및 취업 연계 서비스, 싱가포르 국비 취업 프로그램을 진행하고 있다. 미국 인턴십의 경우 전공과 관련 분야에서 인턴 경험을 쌓을 수 있고, 근무 후에는 경력 증명서도 발급해 주고 있다.

3. 워킹 홀리데이

하루라도 빨리 해외에서 일을 해 보고 싶다면 워킹 홀리데이만 한 방법이 없을 것이다. 취업 비자가 나오기 때문에 기업에서도 비자 지원을 따로 하지 않아도 되어 부담이 없고, 본인도 비자 걱정 없이 합법적으로 일을 할 수 있는 것이 장점이다. 돈도 벌고 해외 경험도 쌓고 거기에 해당국가의 언어 능력도 키울 수 있으니, 어학 연수를 가서 돈만 쓰다가 오는것보다 매력적이지 않은가?

나 역시 대학교 졸업을 한 학기 앞두고 호주 워킹 홀리데이를 갔는데, 그때 옷 가게에서 세일즈를 한 경험은 나중에 해외 취업을 하는 데 도움이되었다. 호주에서 외국인을 상대로 영어로 세일즈를 한 이력, 사장님이준 추천서는 나의 이력서를 조금 더 특별하게 만드는 데 확실히 한몫했다. 물론 해당 국가의 언어 능력이 부족하면 그만큼 구할 수 있는 일에한계가 있을 수 있다. 그렇기 때문에 단순히 해외 경험 쌓기가 아니라 해외 취업을 목적으로 워킹 홀리데이를 간다면 준비를 철저히 하고 목표를 명확히 세우고 가야 한다. 워킹 홀리데이 비자로 있는 동안 어떤 경험을 쌓고 싶은지, 어떠한 경력이 나의 커리어에 도움이 될 수 있을지 진지하게 생각한 후, 그 목표를 향해 나아가지 않으면 커리어에 도움이 별로되지 않는 경험만 쌓으며 허송세월할 수도 있다.

＊ 외교부 워킹홀리데이 인포센터(whic.mofa.go.kr): 외교부에서 운영하

는 웹사이트로 워킹 홀리데이 관련 정보를 확인할 수 있다.

4. 링크드인(Linkedin.com)

링크드인은 해외 취업, 특히 경력직으로 해외 취업을 생각하고 있다면 절대 몰라서는 안 되는 사이트다. 해외 구직자들 사이에서 링크드인은 일자리를 찾고 커리어 인맥을 쌓는 데 아주 유용한 사이트로 통하기 때문에 모르는 사람이 거의 없다. 나 같은 경우 검색창에 Korean, Korea, Marketing과 같은 단어를 입력하고 취업을 원하는 국가 및 도시를 설정해 원하는 일자리를 검색했다. 신입보다는 경력직 구인 공고가 많은 편이지만, 헤드헌터들이 이곳에서 활발한 활동을 하고 있기 때문에 헤드헌터를 적극 활용해 해외 취업의 기회를 잡아볼 수도 있다. 또한, 당장은 아니더라도 언젠가 꼭 취업하고 싶은 곳의 채용 공고 내용이나 해당 분야에 종사하고 있는 사람들의 프로필을 살펴보면서 취업에 필요한 자격 사항들을 미리 체크해 볼 수도 있다.

5. 헤드헌터

헤드헌터란 인재를 찾는 회사와 구직자 사이의 중개인이라고 보면 된다. 헤드헌터는 회사가 필요로 하는 사람을 대신해서 찾아줌으로써 회사의 일손을 덜어주고 그 대가로 일정 수수료를 받는다. 일이 잘 진행되어 취업에 성공했다 하더라도 구직자는 수수료를 내지 않는 것이 일반적이기 때문에, 구직자 입장에서는 비용적인 부담이 전혀 없다. 보통 경력직 위주로 사람을 찾지만 가혹 신입 채용 자리도 나오기 때문에 경력이 없다 하더라도 밑져야 본전이라는 생각으로 헤드헌터에게 이력서를 제출해 보는 것을 추천한다. 어떤 회사의 경우 구직 사이트에 채용 공고를 올리지 않고 오직 헤드헌터를 통해서만 사람을 구하기도 하기 때문에 헤드헌터를 통해 보물 같은 기회를 잡을 수도 있다.

* Michael Page(www.michaelpage.com): 글로벌 헤드헌팅 기업으로 여러 국가의 헤드헌팅 서비스를 제공하고 있다. 중국에도 지사가 있어 헤드헌팅 서비스를 제공하고 있다.

* Adecco(www.adecco.com): 세계 최대의 인력 서비스 회사로, 미국의 경제 잡지인 〈포춘〉이 선정하는 세계 500대 기업에 이름을 올리고 있다. 아시아 및 UK 지역 전문 헤드헌팅 회사다.

* JAC Recruitment: 1975년 설립 후 싱가포르, 일본 등 아시아 각국에서 헤드헌팅 서비스를 제공하고 있다. 한국어 사이트도 있는데(www.jac-recruitment.kr), 주로 일본계 회사 채용 정보가 올라온다.

6. 각종 구인구직 사이트

상하이나 싱가포르, 뉴욕처럼 인터내셔널한 도시라면 링크드인에 꽤 많은 채용 공고가 올라오지만, 링크드인만 믿고 해외 취업을 도전하기에는 기회가 너무 제한적이다. 중국 상하이의 경우 글로벌 회사의 채용 공고는 링크드인, 작은 규모의 회사지만 영어를 할 줄 아는 외국인을 찾고 있는 채용 공고는 상하이 거주 외국인을 위한 웹사이트인 스마트상하이(www.smartshanghai.com), 한국인을 찾는 한국 회사 채용 공고는 상하이 한인커뮤니티 두레마을(http://cafe.daum.net/shanghaivillage), 그리고 중국 현지인들이 많이 사용하는 구직 사이트로는 51job.com 또는 Zhaopin.com이 있다. 이렇게 나라 및 도시마다 채용 공고가 많이 올라오는 사이트가 모두 다르다. 한때는 괜찮은 구인구직 사이트였으나 시대가 바뀌면서 예전만 하지 못한 사이트가 있는가 하면, 새롭게 떠오르는 사이트도 있다. 또한 업계나 직무에 따라 관련 채용 공고가 많이 올라오는 사이트가 다를 수 있기 때문에 구글, 네이버와 같은 검색 엔진을 통해서 최대한 많은 구인구직 사이트를 찾아 놓고 수시로 채용 공고를 확인하는 것이 좋다.

7. 무작정 해외로 나가 일거리 찾기

가장 무모하고 위험 부담이 큰 방법이지만 가장 많은 사람들이 시도하는 방법이기도 하다. '절박하면 무엇이든 할 수 있다'는 말처럼 절박한 상황이 불가능을 가능으로 만들어 낼 수 있기 때문이다. 지원자가 마음에 들지만 이력서에 적힌 현 거주지가 다른 나라인 것을 발견하고는 면접을 보러 오라고 하기가 부담스러워 그냥 떨어트리는 경우가 종종 있다. 그렇기 때문에 무작정 해외로 나가 일거리를 찾으면 이런 안타까운 이유로 기회를 놓치는 일을 방지할 수도 있다. 또한, 현지 헤드헌터를 통하면 한국에 있을 때보다 더 다양한 면접의 기회를 얻을 수 있다. 각종 비즈니스 네트워킹 이벤트 등에 참여해 사람들을 만나 인맥을 쌓으면서 알짜 취업 정보나 채용의 기회를 얻을 수도 있다.

하지만 단기 여행 비자로 와서 구직 활동만 하다 보면 쉽게 우울해지고, 비자가 끝나기 전에 빨리 취업해야 한다는 생각에 마음이 조급해져 잡을 수 있는 기회도 놓쳐버릴 수 있다. 그렇기 때문에 파트타임 아르바이트를 하거나, 금전적 여유가 있다면 어학원에 등록해 언어 실력을 쌓으며 일자리를 찾는 것 역시 좋은 방법이다.

영문 이력서 작성을 위해
반드시 기억해야 할 10가지

보통 인사 담당자들이 이력서를 검토하는 시간은 대략 30초, 길어야 1분이라고 한다. 대학교 졸업 후 구직 활동을 할 때는 내가 심혈을 기울여 쓴 이력서가 이렇게 짧은 시간 동안 평가된다고 생각하니 억울했다. 짧은 시간에 지원자가 자격이 있는지 없는지를 판단할 수 있다는 것이 믿기지 않았다. 하지만 지원자들의 이력서를 받는 입장이 되고 나니, 30초의 시간은 한 명의 이력서를 살펴보기에 꽤 충분한 시간이라는 것을 발견하게 되었다. 특히 경력직 지원자일수록 경력 사항만 살펴봐도 지원자의 직무 적합성 여부를 금방 파악할 수 있어 이력서를 검토하는 데 긴 시간이 필요하지 않았다.

신입인 경우 보통 이렇다 할 직무 경험이 없기 때문에 경력 사항을 보고 적합성 여부를 판단하기 어렵다. 그래서 자기소개서 내용과 이력서 양식, 문체 심지어 파일명을 어떻게 하여 저장했는지 등처럼 작은 요소를 보고 지원자가 일하기에 적합한 사람인지 아닌지를 판단하기도 한다. 그러니 신입의 경우 이력서의 사소한 부분까지 더더욱 꼼꼼히 신경 써서 작성하는 것을 권장한다.

1. 해외 검색 엔진 사이트를 적극적으로 활용한다.

한국 포털 사이트에서 '영어 이력서'로 검색을 하면 꽤 많은 정보를 얻을 수 있다. 하지만 여기에 그치는 것이 아니라 '구글'과 같은 해외 검색 엔진 사이트를 적극 활용하는 것을 권장한다. 더 다양한 정보가 있을 뿐 아니라, 외국 기업 담당자들이 선호하는 요즘 트렌드에 맞춘 이력서 정보를 얻을 수 있기 때문이다. 'resume templates', 'resume examples' 같은 단어로 검색하거나, 'marketing resume templates'처럼 자신이 지원하고자 하는 직무 관련 이력서 양식을 검색해 보면 영문 이력서 작성에 큰 도움을 얻을 수 있을 것이다.

2. 중요한 내용을 앞부분에 요약하여 작성한다.

이력서 첫머리에 해당 업무에 적합한 경력 및 강점 등을 함축적으로 기술해 놓는 것을 영문 이력서에서 'Qualifications Summary'라 부른다. Bullet Point(중요 항목 앞에 네모꼴이나 원 등의 글머리 기호를 붙이는 것)를 활용해 5~6줄 이내로 요약하는 것이 보통인데, 이 부분을 신경써서 작성하면 채용 담당자에게 좋은 인상을 줄 수 있다. 한국 사람들이 영문 이력서를 작성할 때 이 부분을 제외하는 경우가 많다. 하지만 Qualifications Summary를 작성하면 채용 담당자 입장에서 긴 시간을 들여서 이력서를 확인해 볼 필요가 없어서 좋고, 지원자 역시 자신의 강점을 한데 모아 강조할 수 있어 좋다.

3. 필요 없는 이력은 아쉬워도 모두 뺀다.

영문 이력서는 최대한 짧게, 핵심만 추려 만든다. 과거 경력 사항, 인턴, 봉사 활동 경험 등 모두 넣고 싶겠지만, 업무와 관련 없는 경력은 아쉽더라도 과감히 빼버리는 것이 좋다. 예전에 마케팅 이사로 일하는 미국인 친구의 이력서를 본 적이 있다. 10년 넘는 마케팅 경력만 작성해도 두 장은 쪽히 넘을 것 같은데, 불필요한 내용을 모두 빼고 한 장짜리 이력서를 만든 것을 보고 대단하다 싶었다. 핵심 없이 장황하게 작성한 이력서는 매력적이지 않다는 것을 그 누구보다 잘 알고 있었기 때문이다.

4. 사진은 꼭 프로페셔널한 사진으로!

예전에 이력서 작성 팁에 이 조언이 있으면, 이런 당연한 내용을 왜 넣을까 싶었다. 하지만 다양한 사람들의 이력서를 받으면서 이러한 기본적인 부분에서부터 실수하는 사람이 꽤 있다는 것에 놀라움을 금치 못했다. 당장 이력서에 넣을 만한 사진이 없는데, 지원 마감일이 코앞이라면 차라리 사진을 넣지 않는 편이 나을 수 있다. 증명사진을 넣지 않은 영문 이력서는 종종 봤지만, 엉성한 사진을 첨부하는 경우는 거의 보지 못했다. 격식을 많이 따지지 않는다는 서양인들도 핸드폰 카메라로 찍은 사진을 이력서에 사용하는 경우는 없다. 아무리 시간이 없고, 돈이 없더라도 이력서에 들어갈 사진만큼은 깔끔히 차려입고 사진관에 가서 정식으로 찍자.

5. 출신 학교, 과거 근무했던 회사 이름, 자격증 등에 관한 추가 설명을 넣는 것도 좋다.

서울대학교를 나왔다 해도 외국인들은 그저 도시 명칭을 딴 대학교인가 보다 생각할 수 있다. 그러니 만일 부연할 가치가 있다고 생각될 경우 간단하게 언급을 해 주는 것도 좋다. 예를 들어, 'xxx 회사: 서울 소재, 직원 총 300명, xx 업계 선두 기업'과 같이 한 문장으로 간단하게 설명하면 좋다. 자격증 역시 마찬가지다. 한국에서는 토익을 모르는 사람이 없지만, 외국에서는 그렇지 않다. 좀 더 자세하게 "TOEIC Test of English for International Communication: 910점 취득 (*990점 만점)"이라고 적으면 채용 담당자가 이해하기 쉬울 것이다. 공인 시험 점수가 그다지 높지 않다면 과감히 생략하고 '영어 실력 – 일반 의사소통에 문제없음' 정도로만 언급하는 것도 팁이다.

6. 디테일에 더욱 신경 쓴다.

이메일 제목, 첨부 파일 이름 등 작은 부분만 봐도 이 사람이 바로 일을 시킬 만한 사람인지, 작은 것부터 하나하나 가르쳐야 하는 사람인지 짐작할 수 있다. 만일 이메일 제목이 '안녕하세요'라고 되어 있다거나, 이력서 첨부 파일 이름이 'ㅌㄹㅁㅅ1111'과 같이 의미 없는 문장으로 되어 있다면 프로페셔널하지 않다고 생각할 수 있다. 이메일 제목은 '홍길동, XX 회사 마케팅 부서 신입 지원', 이력서 첨부 파일 이름을 '홍길동_이력서'와 같이 핵심 정보를 적는 것이 좋다. 또한, 맞춤법 오류는 물론이고, 글씨체나 글자색, 글자 크기가 제각각이거나 줄맞춤 등이 제대로 되어 있지 않으면 이 역시 좋지 않은 인상을 줄 수 있다. 사소한 부분이라고 생각할 수 있지만, 조금만 더 신경 쓰면 훨씬 더 깔끔하고 프로페셔널한 이력서를 작성할 수 있을 것이다.

7. 회사 웹사이트와 채용 공고 내용을 이력서 작성 때 적극 활용한다.

회사 웹사이트의 인재상, 채용 공고에 적힌 지원자 요구 항목 등을 참고해 이력서를 작성하면 좋다. 회사 웹사이트에 자주 등장하는 단어나 문구, 표현 등을 이력서 작성 시 적절히 버무려 넣어보자. 만일 채용 담당자와 이메일로 이력서 및 면접 일정 등을 주고받고 있는 경우라면, 그 사람이 자주 쓰는 문장 표현, 이메일 형식 등을 잘 살펴본 후 그와 비슷하게 작성해 답장하는 것도 좋다. 아무래도 사람은 자신과 비슷한 사람에게 호감이 생기는 법이기 때문이다.

8. 'Copy and paste' 자기소개서라면 차라리 그냥 보내지 마라.

외국 기업에 이력서 외에 커버레터를 함께 제출하기도 하는데, 커버레터란 자기소개서와 비슷한 개념으로 특정한 형식이 없는 것이 일반적이다. 경력직의 경우 커버레터 없이 이력서만 제출하는 경우도 있지만, 신입이라면 회사를 향한 관심, 일에 대한 열정 등 자신을 PR할 수 있는 기회이기 때문에 커버레터를 작성해 보내는 것을 추천한다. 커버레터 역시 장황하게 쓰는 것은 피하고 간결하게 핵심을 강조하는 것이 좋다. 하지만 똑같은 내용의 뻔하디뻔한 커버레터는 차라리 보내지 않는 편이 낫다. 하루에도 몇십, 몇백 통의 이력서와 자기소개서를 받아보는 채용 담당자들은 첫 문장만 보아도 이 커버레터가 읽을 만한 가치가 있는지 알 수 있다. 회사 이름만 바꾸어 똑같이 써낸 커버레터라는 생각이 들 경우 첫 문장 이후에는 읽지도 않고 넘어갈 가능성이 크다. 그러니 커버레터만큼은 지원하고자 하는 회사에 맞추어 작성하는 정성을 보이자.

9. 상대방의 입장이 되어 작성하라.

지원자의 자기소개서 내용을 읽다 '내가 성장할 수 있는 회사라는 생각이 들어 지원했다'는 문구를 가끔 보고는 한다. 회사는 봉사 단체가 아니다. 당신이 성장할 수 있도록 도와주는 인재개발학원이 아니다. 내가 어떤 일을 할 수 있는지를 강조하여 회사가 나를 고용함으로써 얻는 이득을 어필하는 것이 좋다.

10. 가능하다면 영어 원어민에게 검토를 받자.

주변에 아무리 영어를 잘하는 친구들도 영문 이력서만큼은 영어 원어민에게 최종적으로 검토를 받는 경우를 많이 봤다. 자국어로 써도 쓰기 어려운 이력서인 만큼 신중에 신중을 기하는 것이다. 문법 교정은 물론 표현이 진부하거나 프로페셔널하지 않게 보이는 곳은 없는지, 전체적인 이력서 느낌이 지나치게 무겁거나 가볍지는 않은지 등 세세한 부분까지 잡아줄 수 있다. 주변 인맥, 영어 학원 선생님, 영문 이력서 교정을 도와주는 웹사이트(한국어 사이트보다 구글 검색을 통해 영어 원어민이 교정을 해 주는 외국 사이트를 이용하는 것을 권장한다) 등 할 수 있는 방법을 모두 동원해 영어 원어민에게 검토를 받으면 좀 더 완벽한 이력서를 작성할 수 있을 것이다.

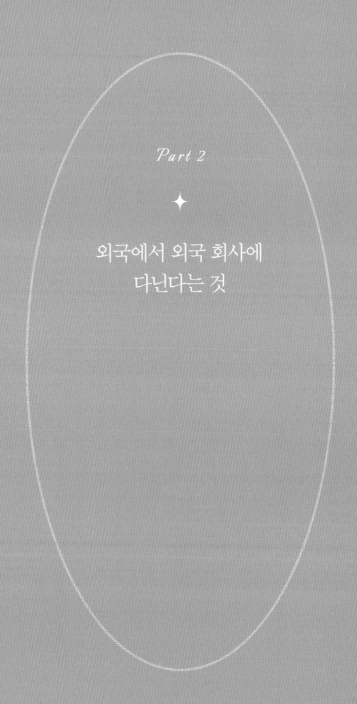

Part 2

외국에서 외국 회사에
다닌다는 것

인생을 살면서 때로는 원치 않은
변화가 온다 해도, 절망하지 말자.
그것이 우리의 인생을 더 나은 길로
업그레이드해 줄 수도 있으니까.
그 시련을 잘 이겨내고 나면 분명
좋은 일이 나를 기다리고 있을 것이다.

상하이에서의 첫 출근

"드디어 비자가 나왔다고 들었어요. 입사를 축하합니다! 여기 회사 근처 호텔 예약 서류와 상하이로 오는 비행기 표예요. 조심히 오세요."

회사에서는 한국에서 상하이로 나를 데려다줄 비행기 표와 상하이에서 집을 찾는 동안 머무를 수 있는 호텔 방을 예약해 주었다. 비즈니스 클래스도 아니었고 최고급 호화 호텔도 아니었지만 감회가 새로웠다. 부모님 돈이 아닌 남의 돈, 그것도 회사 돈으로 다른 나라에 와서 호텔에 머무르며 출근하다니. 마치 미국 영화 속에 등장하는 멋진 커리어 우먼이 된 것 같았다. 상하이 시내와 와이탄 전망이 한눈에 보이는 다이닝룸에서 조식을 먹으며 생각했다.

'한국에서 나는 참 쓸모없는 사람 같았는데, 이렇게 어딘가에서는 필요한 존재가 될 수 있구나.'

그렇게 감격에 젖어 조식을 먹은 후, 설레는 마음을 안고 첫 출근 준비를 했다. 호텔에서 사무실까지는 걸어서 대략 10분. 한국에서 새내기 직장인의 징석 복장이라 할 수 있는 흰색 블라우스에 무릎까지 오는 검은색 정장 스커트를 갖추어 입었다. 그리고 한쪽 어깨에는 취업 축하 선물로 받은 숄더백을 메고 자신 있게 호텔 문밖으로 나섰다.

그런데 이게 웬걸! 호텔 문을 나오자마자 거리를 바쁘게 오가는 중국인들의 인파에 압도되어 두려움이 몰려왔다. 중국에 처음 와 본 것도 아니면서, 오랜만에 보는 중국의 거리 풍경이 갑자기 무섭고 낯설게 느껴졌다. 미국 드라마 〈섹스 앤드 더 시티〉에서처럼 화려하고 멋진 도심 속을 하이힐을 신고 당차게 걸어가는 모습을 상상했건만 현실은 괴리가 커도 너무나 컸다. 혹여 소매치기를 당할까 봐 숄더백을 복대처럼 메고 몇 초에 한 번씩 지갑이 잘 있나 확인하며 회사를 향해 걸어갔다. 한국인 팀장님을 만나기로 한 약속 장소 근처에서 서성이고 있는데 누군가 다가와서 내게 말을 걸었다.

"헬로!"

노랑머리의 서양인이 인사를 건넨다. 음? 분명 한국 사람이 마중 온다고 들었는데 계획이 변경되었나? 아니면 내가 중국인 줄 알고 길을 물어보는 관광객인가? 의문과 경계심 가득한 눈빛으로 쳐다보자 그가 미소를 지으며 말을 이어간다.

"혹시 길을 잃었니?"

누가 보아도 내 행색이 불안에 떨고 있는 길 잃은 관광객 같았나 보다.

"아, 그런 건 아니고 사실 오늘이 첫 출근 날이라, XX 건물을 찾고 있었어. 여기가 그 건물 맞니?"

"와! 정말? 축하해!! 어, 제대로 찾아온 거 맞아. 나는 여기 근처에서 일한 지 2년 정도 되어가. 반가워!"

"어, 그… 그래…? 반… 반가워…"

"이 근처 맛있는 음식점은 내가 다 꿰고 있는데 언제 시간 되면 같이 점심 먹자!"

생판 처음 보는 사람에게 스스럼없이 다가온 그의 모습도 신기했지만, 중국 땅에서 유럽에서 온 서양인과 첫 출근 날부터 대화를 주고받았다는 사실이 더욱 신기했다.

내가 근무하게 될 사무실은 본사에서 10분 정도 떨어진 건물에 자리하고 있었다. 당시 본사 건물을 이전할 예정이었는데, 일정이 지연되면서 일부 부서는 본사 건물에서 떨어진 임대 사무실에서 근무하게 된 것이다. 한국팀 팀장님은 간단한 회사 소개와 함께 일하는 직원들을 소개해 주었다. 임대 사무실에는 내가 일하게 될 부서인 한국팀을 포함해 독일, 스웨덴, 이탈리아, 러시아 등 글로벌고객지원팀 직원들이 일하고 있었다. 다양한 국적의 사람들과 한 공간에서 일을 하게 된다는 사실이 나를 흥분시켰다. 긴장했던 마음이 간신히 가라앉으려던 찰나, 팀장님이 말을 했다.

"아, 정말 미안하게도 오늘 예전부터 잡아 둔 선약이 있어서 같이 점심을 못 먹을 것 같아요. 오늘은 글로벌고객지원팀원들이랑 같이 점심 먹을래요? 앞으로 같이 일할 일이 많을 텐데 서로 친해질 기회도 되고 좋을 거예요. 제기 잘 챙겨 주라고 말해 둘게요. 첫날인데 미안해요."

헉! 출근 첫날부터 이게 무슨 일이람?! 서양인들 사이에서 동양인 나 혼자, 그것도 처음 보는 외국인 직장 동료들과 점심을 같이 먹어야 한다니. 이제 어쩌나 고민하고 있는데 스웨덴 출신 오스카가 내 자리로 다가

<u>회사 홈페이지 모델이 되다</u> 상하이에 있는 스웨덴 회사였던 내 해외 첫 직장은 세계의 다양한 곳에서 모여든 다양한 사람들로 넘쳤다. 이곳에서 일하는 이유도 제각각. 나는 뭐가 두려워 그동안 도전을 미루고 미뤄 왔던 것일까? 사진은 회사 홈페이지의 모델이 된 모습.

와 말을 걸었다.

"쑤! 우리 오늘은 간단하게 샌드위치 먹으려고 하는데 어때? 이따가 미팅 있어서 빨리 먹고 다시 일해야 하거든."

첫 출근 날 점심을 샌드위치로 대충 때워야 한다는 것이 아쉽게 느껴졌지만, 다른 한편으로는 안 그래도 영어 때문에 불편한 점심이 될 것 같았는데 빨리 먹고 헤어지는 편이 오히려 낫겠다 싶었다. 사무실 근처 외국 마트에서 테이크아웃 샌드위치를 주문하고 기다리는데 청문회 같은 질문이 쏟아졌다. 무슨 이유로 상하이에 오게 되었니, 한국보다 상하이가 좋니, 여기가 첫 직장이니, 전 직장에서는 무엇을 했니, 지금까지 우리 회사에 대한 느낌이 어떤 것 같니 등등. 부족한 영어로 땀을 삐질삐질 흘려가며 정신없이 대답을 한 후, 드디어 내가 질문할 수 있는 기회가 찾아왔다.

"그런데 너희들이야말로 어떻게 먼 유럽에서 중국까지 오게 되었니?"

오스카는 스웨덴에서 중국인 여자친구를 만나 그녀와 함께 상하이로 오게 되었고, 독일에서 온 헬레나는 중국에 어학 연수를 왔다가 상하이라는 도시가 좋아 자리를 잡게 되었다고 한다. 이탈리아 출신 스테파노는 아시아 문화에 심취해 무작정 중국으로 와서 직장을 찾았다고 한다. 당연히 이곳에 처음 왔을 때 셋 모두 중국어 실력은 제로였다고 한다. 그들의 이야기를 들으면서 생각했다. 중국어를 전혀 못하는 파란 눈의 서양인들도 자신이 하고 싶은 것, 좋아하는 것을 찾아 고향에서 머나먼 이곳 중국으로 와서 각양각색의 삶을 살고 있는데, 중국에서 비행기로 고작 두 시간 거리에 있고 같은 동양 문화권인 우리가 그들처럼 못하리라는 법이 어디 있을까?

외국어를 못 해서, 나이가 많아서, 돈이 없어서, 경력이 없어서 등 핑계를 대며 하고 싶은 일을 미뤄 왔던 나 자신이 부끄러워졌다. 그렇게 첫 출근 날부터 다사다난한 일을 겪으면서, 앞으로 이곳에서 많은 것을 배우며 성장할 것 같다는 기분 좋은 예감이 들었다. 그리고 이 멋진 상하이에서 나의 인생을 멋지게 펼쳐 나가겠다고 결심했다.

파란 눈의 동료에게 받는 트레이닝

"오늘 오후에는 글로벌고객지원팀 매니저인 오스카가 트레이닝해 줄 거예요. 오스카가 우리 회사에서 이쪽 일을 가장 오래 한 친구니 잘 가르쳐 줄 거예요."

한국말로 트레이닝을 받아도 긴장될 마당에 외국인에게 영어로 트레이닝을 받는다니 걱정이 앞서왔다. 거기다 트레이닝을 해 주는 사람이 훤칠한 키의 금발에 파란 눈을 가진, 멋진 외모의 우리 회사 최고 인기남인 오스카라니! 긴장이 두 배로 되었다. 이런 마음을 아는지 모르는지 오스카는 조금이라도 더 잘 가르쳐 주겠다는 열정으로 내 의자 옆에 착 달라붙어 이것저것 설명하는데, 머릿속에 제대로 입력이 될 리가 없다. 끄덕이는 고개와 'OK'라고 말하는 내 입은 이미 내가 통제하는 것이 아니요, 내 정신은 이미 안드로메다에 가 있었다. 그렇게 무슨 이야기가 어떻게 오갔는지 기억조차 잘 나지 않는 트레이닝이 끝나고 반쯤 멍한 표정으로 돌아온 나를 보며 한국인 팀장님이 웃으며 말을 걸었다.

"어땠어요?"

"……."

"긴장해서 무슨 말인지 제대로 못 들었죠? 하하. 처음에는 원래 다 그래요. 저도 처음에 영어로 트레이닝 받을 때 그랬고요. 계속 일하다 보면 금방 이런 환경에 익숙해질 거예요. 걱정하지 마요. 제가 다시 트레이닝해 줄게요."

그때는 사소한 일 하나에도 얼마나 긴장했는지 모른다. 처음 하는 일이라 서툴고 모르는 것이 당연한 건데 그것이 마치 나의 약점인 양, 그리고 그 약점이 들통나서 회사에서 잘리면 어쩌나 바보 같은 생각만 했다. 이렇게 혼자 속만 태우고 잘 모르는 것이 있으면 감추려고 하다 보니 사소한 일에도 긴장이 될 수밖에 없었다.

출근 둘째 날에는 이메일 상단에 'FYI'라는 정체불명의 단어가 적힌 이메일이 계속해서 내 메일함으로 날아오는데, 읽고 또 읽어봐도 무슨 말인지, 뭘 하라는 건지, 왜 이메일을 나한테 보내는 것인지 몰라서 걱정한 적도 있었다. 다행히 한국인의 네이버Neighbor 네이버Naver가 있어 검색 후 금방 이메일의 의도를 파악했지만 말이다.

FYI는 'For Your Information'의 약자로 앞으로 업무할 때 도움이 될 수도 있으니 참고하라고 보내 준 이메일이었다. 그것도 모르고 나는 이메일에 적힌 내용을 뚫어져라 정독하면서 '내 영어 실력이 부족해서 그런가? 도무지 무슨 말인지 알 수가 없는데…'라고 괜히 자책하고 있었던 것이다.

외국인들과 함께 일하면서 느낀 것은 그들은 자신이 모르는 것을 다른 사람한테 물어보는 것을 별로 두려워하지 않는다는 것이었다. 한국식 주입식 교육의 폐해인지는 모르겠지만, 그동안 나는 잘 이해가 가지 않아도 일단 '네'라고 대답하는 것이 현명한 처세라고 여겼다. 남들이 다 알고 있는 것이라면 나도 아는 척하고 넘어가는 것이 사회에서 무시당하지 않고 사는 법이라고 생각했다. "이해를 잘 못했는데 다시 한 번 말씀해 주시겠어요?"라고 말하는 순간 바보로 취급될 것 같았다. 하지만 외국인들과 함께 일하면서 알게 된 것은 그들에게는 모르는 것을 질문하지 않는 사람이 어리석은 사람이고, 그로 인해 나중에 더 큰 문제거리를 가져오는 사람이야말로 가장 바보 같은 사람이라는 것이었다.

상하이에서 일을 시작한 지 3년 정도 지났을 때였다. 영어로 진행하는 회의를 졸면서도 할 수 있을 만큼 짬밥이 생긴 어느 날, 런던 그리고 일본 오피스 팀과 보이스 콜 미팅을 한 적이 있다. 매주 진행하는 미팅이라 평소와 별다를 게 없는 미팅이었는데, 다른 점이 있다면 일본팀에 새로 합류한 직원이 처음으로 미팅에 참여했다는 것이었다. "회사에 조인한 지 얼마 되지 않아 부족한 점이 많으니 이해 부탁합니다"라며 강한 일본식 억양으로 자기소개를 한 그는, 회의를 마무리하며 궁금한 것이 있냐는 런던팀 마케팅 매니저의 형식상 질문에 기다렸다는 듯이 이것저것 물어보기 시작했다. 답변이 여전히 이해가 가지 않거나 제대로 알아듣지 못하면 다시 한 번 설명해 달라고 부탁하면서, 꼬리에 꼬리를 물고 끝없이 질문하는데 그 때문에 회의가 길어지는 것 같아서 슬슬 짜증이 났다. 또, 그의 영어는 얼마나 어눌하고 느리던지… 성격 급한 나의 인내심을 시험하는 것 같았다. 그리고 솔직히 말하면 그가 조금은 바보 같다고 느껴졌다. 하지만 조금도 귀찮은 투 없이 그에게 친절히 대답해 주는 런던팀 마케팅 매니저를 보며, 나 빼고는 아무도 그가 어리석다고 생각하지 않는다는 것을 깨달았다. 오히려 처음 일을 시작하니 이해가 안 가는 부분이 많은 것이 당연하고, 이것저것 질문하는 그의 모습을 보며 일을 향한 열정이 넘치는 사람으로 평가하는 것 같아 적잖이 놀랐다.

소심하고 쓸데없는 걱정 많은 내가 그 일본 동료처럼 모르는 것을 알 때까지 물어보는 것은 여전히 쉽지 않은 일이다. 하지만 이해가 가지 않는 부분이 있으면 주저하지 않고 바로바로 물어보는 습관이 새로이 생겼다. 내가 신이 아닌 이상 모르는 게 있고 부족한 점이 있는 것은 당연한 것이니까.

"뭐? 일주일 동안 회사 전체가 쉰다고?"

상하이에서 직장 생활을 시작한 지 몇 개월 채 지나지 않았을 때였다. '오프사이트Off-Site'라는 생전 처음 들어보는 단어를 꺼내며, 상하이 오피스 전 직원이 한 주 동안 해외로 여행을 간다는 소식을 접했을 때 그 문화 충격이란!

'오프사이트'란 회사 연수회, 야외 단합 활동처럼 사무실 이외의 곳에서 이루어지는 워크숍 및 미팅을 말한다. 물론 한국 회사도 해외 연수를 종종 간다고 하지만, 무려 5일! 그것도 주말을 끼지 않고 월요일부터 금요일까지 전 직원이 해외로 나간다니 나의 상식으로는 상상조차 할 수 없던 일이었다.

한국에서 직장 생활을 하는 지인한테 회사 연수회나 단합 여행을 가는 것이 야근하는 것보다 더 싫다는 말을 들은 적이 있다. 아침부터 저녁까지 빼곡히 채운 세미나 및 회의 스케줄에, 저녁에는 단합 대회라고 춤이며 노래며 장기자랑을 준비해야 하고, 밤에는 부어라 마셔라 밤을 새워가며 상사들과 술을 마셔야 하기 때문이란다.

하지만 우리 회사의 오프사이트는 무늬만 해외 연수지 사실상 정말 즐거운 무료 해외여행이다. 한 해 동안 열심히 일한 직원들에게 주는 선물로, 푹 쉬고 신나게 놀면서 재충전하는 시간을 가지라는 것이 해외 연수의 주 목적이기 때문이다. 물론 크고 작은 회의가 있고, 팀 단합 활동, 세미나 교육 등의 일정이 잡혀 있지만 오후 4~5시가 되면 자유시간이 시작된다. 그리고 일정 중 최소 하루는 완벽한 자유시간으로 마음대로 자신만의 시간을 즐길 수 있으니 오프사이트에 갈 시기가 다가오면 전 직원들이 얼마나 들떠 있는지 모른다. 마지막 날 저녁에는 갈라 디너 파티가 있는데 매해 다른 주제로 파티가 진행되어서 파티 주제에 맞는 옷을 산다며 폭풍 인터넷 쇼핑이 시작되기도 한다.

한 번은 제주도에서 이루어진 오프사이트 마지막 날 가장 중요하고 큰 규모의 전 직원 연례 회의가 잡혀 있었다. 한 해 동안 이룬 것, 앞으로의 목표와 방향을 설명하는 자리에 부사장님이 공룡 옷을 입고 등장해 모두를 웃음 짓게 만든 적도 있었다. 회의 바로 뒤에 있을 디너 파티 때 입을 코스튬을 나중에 갈아입기 귀찮다며 회의 때 그대로 입고 나온 것이었다. 고등학생 아들 둘이 있는 중년의 부사장님이 공룡 옷을 입고 진지하게 회의에 임하는 모습은 장관이었다. 회의가 끝나고 나서, 긴 회의를 잘 마친 것에 대해 스스로 보상이나 하려는 듯 공룡 엉덩이를 흔들며 어찌나 열심히 춤추면서 파티를 즐기던지… 이렇게 사장님, 부사장님 능 소위 '윗사람들'이 누구보다 더 즐겁게 노니 자연스레 전 회사 직원들 머릿속에 인생을 즐길 줄 아는 사람이 일도 스마트하게 한다는 생각이 자리 잡는다.

위 펭귄 코스튬을 하고 있는 부사장님 / 아래 금요일 저녁 5시 해피 아워 타임

위 제주 오프사이트에서 〈강남 스타일〉에 맞추어 / 아래 캄보디아 오프사이트 때 골드 테마로 진행된 갈라 디너 파티

다들 저녁 6시가 되면 칼같이 퇴근해 '열심히hard'를 넘어 '미친 듯이crazy' 내 인생을 즐기고, 회사에 오면 언제 그랬냐는 듯이 정말 열심히 일한다. 능률이 중요하지 얼마나 오래 일하냐는 중요하지 않기 때문에 남들보다 조금 늦게 출근하든, 조금 일찍 퇴근하든 그 누구도 신경 쓰지 않는다. 오히려 매일 밤 늦게까지 일하고 주말에도 출근하면 시간 관리를 제대로 못하는 사람 또는 일 중독자, 자기 삶이 없는 재미없는 사람으로 인식되기 십상이다. 휴가 역시 마찬가지다. 휴가를 하루도 쓰지 않고 매일 출근해 일한다고 해서 대단하다고 치켜세우지 않는다. 오히려 '왜 저렇게 살지?' 하는 이상한 눈초리만 돌아올 뿐. 가끔은 푹 쉬고 충전의 시간을 가져야 중간에 지치지 않고 더 일을 잘할 수 있다는 생각 때문이다. 업무에 지장 주지 않게 알아서 잘 계획을 짜 놓고 휴가를 간다는데 안 될 이유가 전혀 없지 않은가?

자신만의 인생을 즐기는 법은 사람마다 다르다. 맛집을 찾아다니거나, 밤마다 클럽을 다니는 사람이 있는가 하면 집에서 TV를 본다든지 책을 읽으면서 편하게 쉬는 것을 선호하는 사람도 있다. 요가나 복싱, 그림 그리기 등 취미 활동을 하는 사람도 있다. 이런 취미 생활을 더 발전시켜 연극 공연을 하는 사람, 매일 금요일 밤 재즈바에서 멋진 음악 연주를 하는 사람도 있다. 이뿐 아니라 자신의 사업을 하는 사람까지(심지어 우리 회사의 사장님과 부사장님도 회사 업무 외에 자신만의 또 다른 사업을 하고 계셨다) 다양하다. 이런 것을 보면 취미 생활하는 것조차 눈치를 봐야하는 우리 한국 직장인들의 삶이 조금은 서글프다는 생각이 든다. 어떨때 보면 이들 역시 '즐기는 인생'에 대한 약간의 강박증이 있는 것 같다는 생각도 들지만, 인생을 즐겨야 내가 행복하고, 내가 행복해야 일도 즐겁게 할 수 있다는 논리는 결코 틀린 말은 아닌 것 같다.

〈섹스 앤드 더 시티〉와 같은 삶은 어디로

나는 자칭 타칭 타고난 해외 체질이다. 감기 등 갖은 잔병치레로 병원을 제집 드나들 듯이 하는 저질 체력도 해외에 나가는 순간 갑자기 최강 체력이 되어 아픈 곳 하나 없다. 해외에 나가면 많이들 겪는다는 '물갈이(며칠 동안 심하게 설사를 하거나 피부 트러블이 생기는 등 물이 바뀐 것에 몸이 적응하지 못해서 생기는 변화라고 하여 '물갈이'로 불림)'도 겪어 본 적 없다. 발 뻗고 누워 잘 공간만 있으면 어디에서든 숙면을 하고, 어떤 음식도 입에 잘 맞아 한국에 있을 때보다 오히려 포동포동 살이 오른다. 이렇게 타고난 해외 체질인 나를 힘들게 만든 아주 나쁜 놈이 있었으니, 그 놈은 바로 '바/퀴/벌/레'다.

나의 상하이 첫 집은 중산공원 화동사범대학교 근처에 위치한 아파트였다. 나날이 가파르게 오르는 상하이 집값은 상하이 직장인들의 마음을 무겁게 하는 주 원인이라 해도 과언이 아니다. 그래서 월급이 적은 사회 초년생에게 있어 상하이에서 마음에 드는 집을 찾으러 다니는 것은 꽤나 절망스러운 경험이 되기도 한다. 한국에서 부모님과 함께 산다면 저축할 수 있는 돈이기에, 매월 집값을 낼 때마다 괜히 멀쩡한 돈을 남에게 뜯기는 것처럼 속이 쓰려 온다.

적은 예산으로 우여곡절 끝에 발견한 나의 첫 아파트는 가격 대비 건물도 깨끗하고, 주변 환경도 나쁘지 않아 보자마자 단번에 계약했다. 남향은 아니지만, 침대 바로 옆에 있는 큰 창이 좋았고, 그 창 너머로 보이는 상하이 시내 전망에 반했다. 창틀에 앉아 상하이 시내를 내려다보며 드디어 상하이에 내 집, 내 공간이 생겼다며 감격에 젖을 때만 해도 이 집이 나에게 어떤 시련을 가져다줄지 상상조차 못 했다.

이사 온 지 한 주가 채 지나지 않았을 즈음. 샤워를 하려고 화장실에 들어갔는데 눈앞에 손가락 마디보다 큰 까만 바퀴벌레가 샤샤샥 하고 지나가는 것 아닌가! 크흭! 한국 집이었다면 "꺅!" 하고 부모님 들으라고 소리를 질렀을 텐데, 소리 질러 봐야 들을 사람도 없다. 어찌해야 하나 생각하기도 전에 몸이 먼저 반응해 반사적으로 화장실에서 튀어나왔다. 지금까지 살면서 그렇게 큰 바퀴벌레를 본 적이 없기에 충격 그 자체였다.

'저렇게 큰 벌레를 어떻게 죽이지? 바퀴벌레약도 없는데…'

어떻게 해야 할지 몰라 일단 침대 위로 피신했다. 한참을 고민하다 화장실 부근으로 살짝 가서 살펴보니 인기척을 느꼈는지 다른 곳으로 도망가 보이지 않았다. 잠시 보이지 않는 틈을 타 빨리 이곳을 빠져나가야겠다는 생각에 옷을 대충 입고 부리나케 출근했다. 우리 아빠가 이 이야기를 들었다면, "야! 바퀴벌레보다 네가 몇백 배 더 큰데 그게 뭐가 그렇게 무섭다고, 바퀴벌레 때문에 집 밖으로 도망을 나오냐?" 하고 어이없어했을 거다. 나는 그날 처음으로 깨달았다. 이런 상황을 생전 처음 겪을 정도로 부모님께서 나를 참 곱게 키워 주셨다는 것을. 이런 일이 있을 때마다 "아빠! 엄마!"를 부르면 슈퍼맨처럼 등장해 문제를 해결해 주셨다.

무거운 마음으로 사무실에 출근해 하루 업무를 마친 후, 주변 마트에서 스프레이 바퀴벌레약을 한 통 샀다. 또 나오지 말아 달라는 나의 간절한 염원과 달리 바퀴벌레는 다음 날 또 화장실에 등장했다. 부리나케 바퀴벌레약을 뿌렸다. 기침이 나올 정도로 한참을 뿌린 후에야 커다란 바퀴벌레가 생을 마감했다. 징그러운 바퀴벌레를 주워 담아 쓰레기통에 버리는 과정은 얼마나 더 구역질 나던지…….

이제 바퀴벌레를 죽였으니 더 이상 바퀴벌레가 나오지 않을 것이라 여긴 나의 생각은 참으로 깜찍한 희망이었다. 다음 날, 그다음 날, 계속해서 나오는 바퀴벌레들. 스프레이를 집 안 가득 뿌리고, 종류별로 바퀴벌레약을 사서 뿌려 보아도 아무 소용이 없었다. 역겨운 스프레이 냄새에, 더 역겨운 바퀴벌레 사체를 치우는 일까지 매일같이 반복됐다.

"매니저님, 매니저님 집에도 바퀴벌레가 나오나요?"

"아니, 나는 아직 한 번도 없는데… 집에 바퀴벌레가 나와요?"

"네… 휴….'

"어머, 어떡해. 예전에 한인 타운에 있는 어느 가게에서 아주 강력한 바퀴벌레약을 판다고 들은 적 있는데 한번 알아봐 줄게요."

효과가 어마무시하다는 치약형 바퀴벌레약에 대한 정보를 입수한 후, 피곤한 몸을 이끌고 회사에서 멀리 떨어진 한인 타운으로 향했다. 마지막 구세주가 되어주길 바라는 마음으로 바퀴벌레약을 구매한 후, 택시를 타고 집으로 돌아오는 길이었다. 바퀴벌레 때문에 별짓을 다 한다고 생각하며 우울해하고 있는데, 택시 기사 아저씨가 우리 집을 바로 옆에 두고 계속 직진을 하는 것이 아닌가?

"아저씨! 어디 가시는 거예요? 우리 집 바로 이 옆이에요."

"이 길이 우회전이 안 되어서 쭉 직진한 후에 앞에서 돌아와야 해."

다른 차들은 잘만 우회전해서 들어가는데 도대체 무슨 말을 하는 건지 기가 막혔다.

"네? 무슨 말이에요! 여기 우회전할 수 있단 말이에요!"

그러자 택시 기사 아저씨는 나를 제압하려는 듯 큰 목소리로 화를 내기 시작하는데, 갑자기 이 상황이 너무 무서워졌다. 깜깜한 밤길, 거기다 하필 그때 차는 인적이 없는 다리 밑을 지나가고 있었다. 나는 여기서 중국어도 잘 못하는 외국인이니 이 아저씨가 나쁜 마음을 먹는다면 속절없이 당하겠구나 싶었다.

"그냥 여기서 내려 주세요."

부리나케 돈을 내고 차에서 내려 어두컴컴한 다리 밑을 달리다시피 걸어 나왔다. 집에 도착해 문을 걸어 잠그고 이제 안전하다는 생각이 들자, 갑자기 눈물이 왈칵 쏟아졌다.

엉엉엉.

'내가 도대체 여기까지 와서 왜 이러고 있는 거지? 우리 부모님께서 이런 일 겪지 말라고 곱디곱게 키워 주셨는데, 무엇을 위해 이렇게 사서 고생을 하고 있는 거지?'

중국으로 꿈을 품고 온 것에 대한 회의, 중국에 대한 실망, 내가 생각했던 이상과는 거리가 먼 해외 생활이 갑자기 매우 싫고 서글퍼졌다.

다행히 그날 이후 강력한 바퀴벌레약은 마법처럼 바퀴벌레를 전멸

시켜 주었다. 어떻게 보면 고작 바퀴벌레 하나로 유난을 떨었다 생각할 수 있다. 하지만 홀로 나와 타지에 살다 보니 이런 사소한 사건들이 해외 생활을 외롭고 힘들게 만들었다. 해외 생활을 한다는 것은 영화나 드라마 속에서 비추어지는 것처럼 매일매일 즐겁고 익사이팅한 일만 벌어지는 것이 아니다. 오히려 오롯이 혼자서 부딪치고 감내하며 해결해야 할 일들이 더욱 많아지기 때문에 더욱 강한 독립심과 책임감을 필요로 하는 것 같다.

켈리, 멋지고 쿨한 내 인생의 멘토

지난 7년간의 상하이 생활을 돌이켜 볼 때 언제나 나의 마음속 한켠을 따뜻하게 만드는 사람이 있다. 그녀의 이름은 '켈리'. 켈리는 나의 좋은 친구이자 든든한 언니, 직장 상사 그리고 인생 멘토다. '켈리'라고 하니 외국 사람을 상상할 수도 있겠지만, 그녀는 한국인이다. 그것도 한국에서 중고등학교, 대학교를 졸업한 토종 한국인이다.

한국고객관리팀 팀장이자 나의 직속 상사였던 켈리는 나와 비슷한 시기에 입사했는데, 전에 다니던 회사 일을 마무리하느라 나보다 일주일 정도 늦게 입사했다. 나에게 업무를 가르쳐 주어야 할 직속 상사가 나와 함께 일을 배우고 있는 상황이, 심지어 어떤 업무는 내가 먼저 배워 그녀에게 설명해 주어야 하는 상황이 조금 어색하던 차에 켈리가 나에게 말했다.

"쑤는 일을 참 빨리 배우는 것 같아요. 나는 새로운 일을 배우고 습득하는 속도가 느린 편이에요. 7동안은 쑤가 좀 이해해 줄래요?"

내가 켈리 입장이었다면 아무리 늦게 입사했다 하더라도 나름 상사니까 부하 직원에게 밑 보이지 않으려고 강한 척했을 텐데, 오히려 나의 장점을 칭찬해 주고 자신의 약한 부분을 솔직하게 말하는 그녀의 모습에 놀랐다. 그렇게 그녀는 나에게 부드러운 카리스마가 무엇인지 가르쳐 주었다. 직장 경력이 없는 신입이라 답답했을 법도 한데, 처음에는 그럴 수 있다며 지금부터 배우면 된다고 항상 다독여 주었다. 나의 단점보다는 장점을 부각시켜 주고 "쏘는 정말 대단한 사람"이라며 자신감을 북돋아 주는 켈리를 보면서 나도 저렇게 멋진 사람이 되어야겠다고 생각했다. 그 일이 있은 후 한 달 정도 지나서였을까? 퇴근을 하고 시원한 맥주한 잔을 곁들여 저녁을 먹던 중 켈리가 말을 꺼냈다.

"쏘, 이제 우리 안 지도 어느 정도 되었는데, 매번 그렇게 '팀장님' 직책 붙이면서 존댓말 하지 않아도 괜찮아요."

"에이, 아무리 팀장님이 언니같이 편하게 해 주셔도 그렇지 어떻게 반말을 해요?"

"반말, 존댓말이 뭐가 중요해요. 상대를 존중하는 마음만 있으면 되지. 단순히 나이를 기준으로 정해지는 존댓말이 무슨 의미가 있어요. 나는 상대방을 존경하는 데 나이가 기준이 되면 안 된다고 생각해요. 나보다 한참 어려도 높게 사고 존중하고 싶은 사람이 있고, 어떤 사람은 나이가 많아도 존중할 구석이 하나도 없는 사람도 있으니까요. 그러니 이제부터 말 편하게 해요."

머리를 한 대 땡! 하고 맞은 기분이었다. 나보다 네 살이나 많고 직장 상사임에도 팀장이라는 직책 대신 이름을 부르라는 그녀를 보며 누군가를 존중하고 상대방에게 존경받는다는 것에 대한 의미를 재정립하게 되었다.

그 이후 우리의 관계는 급속도로 가까워졌다. 퇴근 후에 함께 저녁을 보내지 않으면 아쉬울 정도로 편한 사이가 되었다. 주말이 되면 켈리와 나는 머리를 맞대고 이번 달에는 어떤 음식점을 탐방하고 어떤 이벤트를 가고 어떤 분위기 좋은 바와 물 좋은 클럽을 갈까 진지하게 연구했다. 직장과 집만 왔다 갔다 할 거면 뭐 하러 상하이까지 오냐면서 친구보다 더 친구처럼, 언니보다 더 언니처럼 나를 챙겨 주었다. 요새는 모르는 사람이 없는 단어, 'YOLO'(You Only Live Once, 한 번뿐인 인생 해 보고 싶은 것을 하며 살아야 한다는 모토)를 그대로 실천하며 살았던 켈리. 열심히 놀고 인생을 즐겨야 그만큼 배울 것도 생기는 것이라고 귀에 박히게 말했던 그녀의 조언은 나의 상하이 생활 수칙이자 인생 모토가 되었다.

켈리는 중학교 때 우연히 접한 홍콩 영화에 나오는 남자 주인공 장국영에 반해 중국어를 배우기 시작했고, 훌륭한 중국어 실력 덕분에 외국어고등학교로 진로를 결정했다고 한다. 똑똑한 켈리는 공부 잘하는 아이들만 모여 있다는 외고에서 언제나 상위권을 차지했지만, 수능을 한 달 정도 앞두고 크게 아파 입원을 하면서 수능을(당시는 내신이 큰 부분을 차지하지 않았다) 망쳤다. SKY(서울대, 고려대, 연세대)만을 바라보던 그녀는 수능 점수가 제대로 나오지 않아 결국 원하는 대학에 입학하지 못했다. 크게 좌절했을 법도 하지만 미련을 버리고 다른 대학교에 입학해 4년 장학생으로 학교를 다녔다. 또한, 학교에서 우수 학생으로 선정되어 대만으로 교환 학생을 갔고, 그곳에서의 생활이 그녀의 인생에 또 다른 터닝포인트가 되어 중국으로 취업을 결정했다. 중국 현지 물류 회사에 입사한 후 밤낮 가리지 않고 열심히 일한 덕에 빠른 속도로 승진했다. 광둥, 홍콩, 베이징으로 사무실을 옮겨 가며 승진에 승진을 거듭했고, 최종적으로 상하이에서 일하게 된 그녀의 스토리는 들으면 들을수록 스펙터클하고 재미있다. 이곳저곳에서 산전수전 다 겪어서 그런지 몰라도 어떤 상황에서 누구를 만나도 여유 넘치고 유머러스한 그녀는 어디를 가도 사람들에게 '멋지고 쿨한 한국인'으로 기억되는 인기녀다. 지금은 당시 연애하던 네 살 연하 미국인 남자와 결혼해 미국에서 예쁜 아이를 낳고 알콩달콩 살고 있는 켈리. 이제는 서로 먼 곳에서 떨어져 지내지만, 그녀는 여전히 나에게 일과 연애뿐 아니라 각종 인생 문제에 대한 상담을 해 주는 상하이에서 만난 아주 소중한 사람 중 하나다.

사내 정치의 세계를 접하다

영화 〈악마는 프라다를 입는다〉에 나오는 냉철한 잡지 편집장과 같은 이름의 프랑스인 미란다는 이름만 같지, 외모나 성격은 많이 다르다. 하지만 둘 사이에 큰 공통점이 있으니 바로 성공에 대한 야망이 대단하다는 것이다. 'Office Politics'라는 단어를 알게 된 것도 바로 미란다 때문이었다. 'Office Politics'란 사내 정치를 뜻하는데, 직장 내에서 파워가 있는 사람이나 동료를 이용해 승진 또는 원하는 것을 얻으려는 행위를 말한다. 사내 정치를 잘하는 사람을 처세술이 좋다고 하기도 하지만, 나쁜 의미로 해석되어 기회주의자로 여기기도 한다. 미란다의 경우는 후자였는데, 남의 뒷담화(가십)를 지나치게 했기 때문이다.

180센티미터가 훨씬 넘는 큰 키로 사무실 구석구석을 휘젓고 다니며, 누군가와 속닥속닥 이야기하고 있는 그녀의 모습을 발견할 때면 '오늘은 또 무슨 가십을 입에 올리고 있을까?' 하는 생각이 든다. 회사 사람들과 깔깔깔 웃으며 대화를 나누다가 돌아서서 바로 그 사람 뒷담화를 하는 것은 그녀의 주특기다. 동료가 일을 실수한 사건에서부터 심지어 개인적인 사생활까지 구태여 이야기하지 않아도 되는 일을 사람들에게 흘리고 다닌다. 상냥한 척 접근해 진솔한 대화를 나누는 척하면서 자신이 원하는 정보를 얻어가기도 하고, 별 탈 없이 지내고 있는 동료 둘 사이에 껴서 "너는 아무개에 대해 어떻게 생각하니?"라고 물어보며 은 근슬쩍 이간질하기도 한다. 이렇다 보니 사무실 내에서 그녀에 대한 호 불호가 크게 갈렸다. 미란다 밑에서 일하는 직원들은 대부분 그녀를 좋 아하지 않았고, 그녀보다 위에 있는 직원들은 그녀를 재미있는 사람으 로 여겼다. 하긴, 윗사람들이야 미란다가 자신에게 잘하고, 회사 동료들 의 비밀(가십을 통해 얻은 것들)을 가져다주니 그녀를 싫어할 이유가 없을 법도 하다. 이런 미란다를 옆에서 지켜보면서 '쿨'할 것만 같은 외국 회사 도 사내 정치라는 것이 존재한다는 것을 알게 되었다.

　한번은 회사에서 촉망받는 인재였던 중국계 스웨덴인 관Guan이 사 장님과 함께 단둘이 저녁을 먹은 이야기를 해 준 적이 있었다.

　"어휴, 불편해서 죽는 줄 알았어. 밥이 어디로 넘어가는지 알 수가 없 었다니까."

　"사장님이 상대방을 불편하게 만드는 타입도 아니고, 무엇보다 천하 의 네가 사장님이 불편했다고?"

　"말도 마, 한 숟갈 떠서 먹으려고 할 때마다 회사의 전망, 계획에 대해 말하고 뭘 자꾸 그렇게 물어보던지. 잘 보이면 회사에서 클 수 있는 좋은 기회가 될 수 있겠지만, 거기서 실수하면 안 되니까."

　당시 서른이라는 젊은 나이에 스웨덴에서 스카우트되어 온 관은 사 장님이건 누구건 "Hey, Yo!"라고 외치며 당돌하게 행동하기로 유명했기 에 그에게 이런 말이 나올 줄은 상상조차 못 했다.

7년 동안 외국 회사에서 일하면서 아직까지도 가장 어려운 것이 바로 사내 정치다. 외국 회사의 사내 정치는 한국보다 더 교묘하고 어려운 것 같다. 한국에서 흔한 말로 '줄을 선다'고 하는 것처럼 회사 내 파워가 있는 사람 밑으로 대놓고 줄을 서도 안 되지만, 그렇다고 나는 '아무것도 모르오' 하고 있다가는 존재조차 잊히기 십상이다. 존경을 표한답시고 너무 잘하거나 깍듯이 대하면 상대가 부담스러워 하고, 그렇다고 너무 쿨하게 굴어도 안 된다. 사장님에게 "Hey, Man! What's up?"이라고 인사를 하면서 세상 편하게 대할 수는 있지만, 그 안에 넘으면 안 되는 보이지 않는 선이 있기 때문에 조심해야 한다. 이놈의 보이지 않는 선은 왜 나에게만 유독 더 보이지 않는 건지…. 차라리 "부장님, 오늘 의상 너무 멋지세요!"라고 대놓고 아부를 떨어도 다들 그러려니 하는 한국식 사내 정치가 더 편한지도 모르겠다.

외 국 회 사 도 회 식 문 화 가 있 나 요 ?

"외국 회사도 회식 문화가 있나요?"

종종 받는 질문이다. 결론부터 말하면 NO. 간혹 있다 하더라도 점심 시간을 많이 활용하기 때문에 우리나라처럼 1차, 2차, 3차까지 옮겨 가며 술과 함께하는 회식 자리는 정말 드물다. 길어야 두세 시간 남짓 하는 식사를 마치고 나면 그것으로 공식 회식은 끝이다. 한잔 더 하고 싶은 사람은 다른 장소로 이동하고 다른 사람들은 쿨하게 작별 인사를 하고 집으로 간다. 개인적인 사정으로 회식에 참여하지 못하면 아쉬워할 수는 있겠지만 뭐라 하는 사람도 없고 그것 때문에 눈치 보는 사람도 없다. 그러니 평소에 술을 좋아하지 않거나 회식 자리를 좋아하지 않는 사람이라면 이 부분만큼은 걱정하지 않아도 된다.

하지만, 한국과 마찬가지로 회식 자리가 팀 동료들과 친해지고 다른 팀 사람들을 알 수 있는 좋은 기회가 된다는 것은 분명한 사실이다. 회사에 막 입사했을 때, 나는 총 인원이 다섯 명뿐인 한국팀 막내 신입 직원이었다. 300명이 넘는 직원들이 근무하는 오피스에 한국에서 온 한국팀 주니어의 존재감이 얼마나 있었을까? 그런 내가 부사장님과 친구 같은 사이가 되고, 회사 내에서 나의 존재감을 부각시킬 수 있었던 것은

'회식 자리' 덕분이었다고 해도 과언이 아니다. 이렇게 말하면 마치 내가 성격이 매우 활발하고 외국인과의 교류를 전혀 낯설어하지 않는 사람이라 생각할 수도 있겠지만 전혀 그렇지 않다. 다른 사람들의 해외 취업 성공 수기를 읽을 때마다, 내 성격으로 과연 외국 기업에서 잘 살아남을 수 있을까 걱정했던 나다.

때는 임시 오피스 생활을 끝내고 새 단장을 마친 본사 건물에서 일하는 첫날. 페이스북 오피스에 와 있는 것 같은 창의적인 인테리어와 전 세계 30여 개국의 사람들이 한곳에 모여 일하는 진귀한 사무실 풍경에 넋이 나가 감탄하던 차에 누군가 다가와 말을 걸었다. 바로 우리 회사의 유흥 담당 니콜라스였다.

"퇴근 후에 회사 앞 바에서 저녁 겸 맥주 하러 갈 건데 같이 갈래?"

환하게 웃으며 내 대답을 기다리는 그의 친절함을 거절할 수 없어 알겠다고 했지만, 갑자기 마음이 무거워졌다. 그간 3개월 동안 임시 오피스에서 일하면서 글로벌고객지원팀 동료들과는 조금 친해졌다지만, 여전히 외국인과 그것도 외국인 동료와 함께 술을 마신다는 것은 부담스러웠기 때문이다. 그렇게 얼떨결에 회사 동료들과 함께한 회식(회식이라기보다 퇴근 후 가볍게 즐기는 저녁 겸 술자리라는 편이 더 맞겠다)은 생각보다 훨씬 재미있고 편안했다. 회사 건물 건너편에 있는 아메리칸 스타일 펍은 우리 회사 직원들의 단골 회식 장소였다. 기다란 원목 테이블에 열댓 명이 옹기종기 붙어 앉아 생맥주를 한 잔씩 시켰다. 시원한 맥주를 한 모금 들이켜며 그들의 수다는 시작되었다. 주제는 일로 시작해서 연애, 그리

<u>외국 회사의 회식 문화</u>　외국 회사에서는 우리나라에서 만날 수 있는 공식적인 회사 회식을 만나기 어렵다. 그렇다고 동료들과의 술자리가 없는 건 아니다. 회사 일을 떠나 함께 많은 시간을 보내는 친구의 입장에서 즐겁게 먹고 마시고 수다 떠는 일은 외국 회사 생활에서도 활력소가 된다. 사진은 취업 후 얼마 안 되어 참석한 홈파티 성격의 회식 자리.

고 야한 농담까지…. 처음 보는 직장 동료 앞에서 어떻게 저런 주제의 이야기를 아무렇지 않게 나누는 건지 당황스러웠다. 게다가 10분도 안 되어 갑자기 사라진 한 명은 화장실에 간 줄 알았는데, 알고 보니 집에 갔다고 하는 것 아닌가? 생전 처음 보는 프리한 직장인의 회식 풍경에 놀라지 않을 수 없었다. 일찍 간다고 또는 술을 잘 못 마신다고 뭐라 하는 사람 하나 없으니 회식 자리가 편했고, 자리가 편하니 회식 자리에 자주 참석하게 되었다.

　'회식=일의 연장선'이 아니라, '회식=직장 동료와 스트레스 풀며 노는 시간'으로 인식이 바뀌게 된 것이다. 사무실에서 일만 하다 보면 만나기 어려웠을 법한 다른 부서의 사람, 직책이 한참 높은 상사를 회식 자리에서 만나 친분을 쌓을 수도 있었다. 심지어 사장님도 회식 자리에 종종 오셨는데, 사장님이 등장하면 회식 자리는 더욱더 즐거워졌다. 이뿐 아니라 직장 동료들의 친구, 친구의 친구 등을 만나며 회사 밖 인맥도 쌓을 수 있게 되었다. 그리고 이렇게 회식 자리에서 친해진 회사 동료들은 자연스레 일할 때에도 도움이 되었다. 모르는 것이 있으면 적극적으로 가르쳐 주었고, 서로 친분이 없었다면 이메일이 최소 서너 번은 오갈 업무를 '친한 동료'라는 이유로 단번에 처리해 준 경우도 많았다. 한번은 친한 직장 동료가 자신이 진행하는 프로젝트에 말단 직원이었던 나를 포함시켜 주었던 일도 있었다. 이렇듯 회식 덕분에 다양한 인맥을 쌓고, 업무를 하는 데도 도움을 받을 수 있었기 때문에 회식 자리에 참여하는 것을 적극 추천하고 싶다. 처음에는 낯설고 불편할 수 있다. 하지만 내가 먹고 싶은 것을 먹고, 마시고 싶은 만큼 마시며 원하는 때에 집에 돌아갈 수 있는 외국식 회식은 생각만큼 그리 불편하지도 않으며 꽤 유익한 시간이라는 것을 분명 발견하게 될 것이다.

방황 속에 시작한 마케팅 공부

고객지원팀에서 근무한 지 2년 정도 흘렀을 즈음이었다. 업무가 손에 익자 슬슬 새로운 업무를 해 보고 싶다는 생각이 들었다. 고객지원 업무가 힘들거나 적성에 맞지 않는 것은 아니었다. 하지만 2년 동안 다른 부서 동료들이 일하는 모습을 보며 '나에게 맞는 일이 무엇일까? 내가 정말 하고 싶은 일은 무엇일까?'라는 의문이 들기 시작했다. 그렇다면 어떤 일을 하고 싶은가? 세상에는 어떤 일들이 존재하는가? 하는 질문에 답을 찾기 위해 구직 사이트의 구인 공고를 뒤적거리던 중 유독 눈에 띄는 채용 공고가 있었다.

"Social Media Marketing Specialist."

젊고 캐주얼한 스타일을 내세우는 미국 의류 브랜드의 채용 공고였다. 상하이 오피스에서 근무할 한국 마켓 소셜 미디어 마케팅 전문가를 모집하고 있었다. 온라인 마케팅은 익히 들어 알고 있지만 소셜 미디어 마케팅은 무슨 업무일까? 호기심에 채용 공고 내용을 자세히 읽어보았다.

"블로그 및 각종 SNS 채널을 활용한 마케팅 업무."

"소비자의 마음을 끌 수 있는 양질의 마케팅 콘텐츠 제작 업무."

주요 업무 내용을 읽으며 '바로 이거다!' 싶었다. 평소 책 읽고 글을 쓰는 것을 좋아해 양질의 콘텐츠를 만드는 것에 자신 있었다. 또한, 고등학교 때부터 사람 심리에 관심이 많아 대학교에서 복수전공으로 경영학을 공부할 때에도 상대방의 심리를 활용한 마케팅 과목을 유독 열심히 공부했다. 사람 심리를 활용한 마케팅과 글쓰기, 내가 관심 있는 두 가지 분야를 동시에 할 수 있는 일이라니! 이것이야말로 내가 앞으로 하고 싶은 일이라는 생각이 들었다. 항상 그래왔듯 '밑져야 본전이지!'라는 생각으로, 이력서를 제출했다. 하지만 결과는 물론 서류 탈락이었다. 꼭 해보고 싶은 일이었기 때문에 아쉽기는 했지만 그렇다고 좌절하지는 않았다. 해당 분야의 경력이 없다는 것은 부정할 수 없는 팩트였기 때문이다.

'괜찮아. 이번에는 관련 경력이 없어 떨어졌지만, 다음 번 기회를 노리겠어. 그렇다면 이곳에 취직하기 위해 그동안 어떤 경험을 쌓아 놓아야 할까?'

구직 공고에 적힌 자격 요건들을 다시 한 번 꼼꼼히 읽어 내려갔다.

"블로그 또는 SNS 채널 운영 경력이 있는 사람. 창의적인 콘텐츠를 만들어 낼 수 있는 사람. 최신 패션 트렌드를 잘 알고 있고 해당 업계에 관심 있는 사람. …"

내용을 외울 정도로 읽고 또 읽다 급기야 구직 공고 내용을 프린트하여 책상 앞 벽에 붙여 놓았다. 관련 경험을 쌓기 위해 지금 내 상황에서 현실적으로 할 수 있는 것이 무얼까? 곰곰이 고민한 끝에 나온 결론은 바로 블로그였다.

'패션 블로그를 운영해 보자!'

나는 여느 20대 여성처럼 예쁜 옷을 입는 것을 좋아하기는 하지만 패션에 지대한 관심이 있는 것도, 뛰어난 패션 감각이 있는 것도 아니다. 철저히 내 취향 위주로 내가 입고 싶은 옷, 갖고 싶은 옷 사진을 모아 개인 블로그에 글을 작성하기 시작했다. 사실 '패션'은 블로그 콘텐츠를 제작하는 하나의 주제이자 도구였을 뿐 궁극적인 초점은 '블로그 마케팅'이었다. 블로그 마케팅이 무엇인지, 작성한 블로그 콘텐츠를 어떻게 상위에 노출되게 할 수 있는지 등등. 인터넷과 책 등을 활용해 블로그 마케팅을 공부하고 그 내용을 내 블로그에 직접 적용해 보았다. 그렇게 두어 달지났을까. 첫 목표였던 블로그 일 조회 수 1000 만들기를 달성하게 되었고, 며칠 지나지 않아 네이버 홈페이지 메인에 내 글이 소개되면서 조회수가 껑충 뛰게 되는 행운까지 덩달아 찾아왔다.

직장에서도 마케팅 공부는 계속되었다. 예전에는 고객지원팀 업무에만 집중했지만, 마케팅에 관심을 갖고 나서는 마케팅을 담당하는 직원이하는 이야기를 어깨너머로 들으며 마케팅을 배우려고 노력했다. 우리 회사 경쟁사에서부터 마케팅을 잘한다는 기업들의 마케팅 노하우를 살펴보기도 했다. 이렇게 직간접적으로 마케팅에 대한 자료를 읽고 공부하다보니, 자연스럽게 팀 내 회의를 할 때 마케팅 쪽으로 이런저런 제안을 할수 있게 되었다. 또한, 마케팅을 담당하는 동료에게 마케팅 업무를 배워보고 싶은데, 혹시 도울 수 있는 것이 있다면 편하게 일을 시켜달라면서마케팅을 향한 나의 관심을 표현했다. 그러던 어느 날, 홍콩에 있는 지사장님과 음성 회의를 할 때였다. 평소대로 업무 보고를 하고 회의를 마무리하려고 하는데 갑자기 생뚱맞은 질문을 툭 던지셨다.

"쑤, 혹시 마케팅 업무에 관심 있어요?"

"네! 지사장님. 어떻게 아셨어요? 마케팅하는 동료가 일하는 것을 옆에서 지켜보니 재미있어 보이더라고요."

"아, 팀 회의할 때 보니까 마케팅에 관심 있어 하는 것 같더라고요. 그러면 혹시 마케팅 업무를 시키면 할 수 있을 것 같아요?"

"당연하죠! 비록 마케팅을 해 본 경험은 없지만, 시켜만 주시면 정말 열심히 할 자신 있어요. 저 요새 소셜 미디어 마케팅을 배워 보고 싶어서 블로그를 운영하고 있는데 한 달 만에 일 조회 수 1000을 찍었어요!"

"하하, 그래요? 대단하네요. 알겠어요. 쑤의 의사를 잘 알았으니 기억하고 있을게요."

그렇게 지사장님은 알 듯 모를 듯 의미심장한 대답을 하시고는 전화를 끊으셨다.

조직 개편이라는 흉흉한 소문

우리 회사는 온/오프라인 영어 교육, 어린이 영어 교육, 성인 영어 교육, 해외 어학 연수 사업부로 나누어져 있었는데, 나는 온라인 영어 교육 사업부에서 근무했다. 당시 온라인 교육의 트렌드가 컴퓨터에서 모바일 학습으로 바뀌고 있었다. 이에 따라 전체적인 사업 방향이 영어 교육 애플리케이션에 집중되면서, 대대적인 조직 변화 및 인사이동이 시작되었다. 일주일이 멀다 하고 그만두는 사람들이 나왔다. 누구누구는 그만둔 것이 아니라 사실상 정리해고를 당했다는 이야기, 어느 부서가 다른 부서로 통폐합된다는 소문 같은 게 즐비했다. 이 추세라면 몇 년째 이렇다할 수익을 내지 못해 고전하고 있던 한국팀 역시 변화가 있을 게 뻔했다. 그렇게 불안한 마음으로 지내던 어느 날, 홍콩 오피스에서 근무하는 지사장님이 중요한 문제로 상하이 오피스에 온다는 소식이 날아왔다. 왜 오는지에 대한 정확한 언급은 없었지만 그 이유는 들으나 마나 뻔했다.

'지금부터 다른 회사 자리를 알아봐야 하나?'

상하이 오피스에 도착하자마자 지사장님은 한 명씩 개인 면담을 시작했다. 팀 막내인 나는 가장 마지막 차례였는데, 수능 날 첫 시험지를 받기 바로 전 그 시간처럼 긴장되었다.

"쑤, 이리 올래요?"

걱정으로 까맣게 타 들어가는 내 마음을 아는지 모르는지 미소를 지으며 나를 부르는 지사장님.

"네, 지사장님."

"쑤, 그동안 회사 분위기가 흉흉해서 마음고생 많았죠?"

"네…."

"이미 눈치를 대략 챘을 수도 있겠지만, 임원진과 회의 결과 한국 온라인 영어 사업부를 접자는 이야기가 나왔어요. 한국이 워낙 영어 교육 쪽 시장이 큰 국가라서 장기적인 가능성을 보고 어떻게든 계속 이끌어 나가려고 했는데 결국 이런 결정을 내리게 되었어요. 하지만 완전히 접는 것은 아니고 기존 고객도 있고 하니 고객지원 서비스는 그대로 운영을 할 예정인데, 쑤가 지금처럼 계속해서 맡아 주었으면 해요. 그리고 쑤가 예전에 마케팅 쪽도 관심이 많다고 했잖아요. 그래서 한국팀 마케팅 업무도 함께 겸해 주었으면 좋겠어요. 예전처럼 마케팅 예산이 많이 나갈 수는 없겠지만 그래도 쑤한테 좋은 기회가 될 거예요. 다른 직원들은 다른 쪽으로 근무 전환을 할 수 있도록 옵션을 준 상태예요. 사실 이렇게 결정이 난 건 두어 달 전인데, 어차피 쑤는 이번 인사이동에 큰 변화가 없기 때문에 일부러 미리 말을 하지 않았어요. 괜히 심란해지면 안 되니까요. 그런데 주변에 들리는 말을 들어 보니 오히려 그게 더 힘들게 한 것 같더라고요. 미안해요."

그러면서 지난번에 마케팅 업무를 해 보고 싶으냐고 살짝 물어본 것이 바로 이것 때문이었다고 하셨다. 한국 사업부를 접기로 결정한 후 어떻게 할까 고민을 하고 있었는데, 때마침 내가 마케팅에 관심이 많다고 해서 이 같은 결정을 내렸다고 하셨다. 만일 내가 진로에 대해 고민하지 않았더라면, 블로그를 시작하지 않았더라면, 마케팅 업무에 관심을 내비치지 않았더라면 상황이 어떻게 진행되었을까? 자격 요건을 프린트까지 해가며 가고 싶어 했던 미국 의류 브랜드는 그 이후로 더 이상 새로운 채용 공고가 나오지 않았다. 하지만 덕분에 마케팅의 세계에 입문할 수 있게 되었으니 그간 노력이 헛되지 않았던 것은 분명하다.

　나의 경우 아주 작은 변화에 불과했고 어쩌면 더 잘된 일이었지만, 다른 팀원들은 부서를 이동하거나 회사를 그만두어야 하는 중대한 결정을 해야 했다. 나중에 들은 이야기지만, 당시 나의 직속 상사는 이 소식을 듣고 나서 다른 회사 일자리를 알아보기 시작했는데, 한국만 아니면 어디든 가겠다는 생각으로 저 멀리 브라질의 채용 공고까지 찾아보고 이곳저곳 닥치는 대로 지원했다고 한다. 심지어 외국인 자녀 보모 월급이 꽤 높은 것을 발견하고 보모로 일해 볼까 진지하게 고민했다고 한다. 그렇게 물불 가리지 않고 열심히 지원한 결과, 현재는 이름만 들으면 전 세계인이 알 만한 아주 큰 글로벌 기업에 이전보다 더 많은 연봉을 받으며 다니고 있다. 다른 팀원들도 개인 커리어에 더 득이 되는 부서로 이동하거나 다른 회사로 이직했다. 그러니 인생을 살면서 때로는 원치 않은 변화가 온다 해도, 절망하지 말자. 그것이 우리의 인생을 더 나은 길로 업그레이드해 줄 수도 있으니까. 그 시련을 잘 이겨내고 나면 분명 좋은 일이 나를 기다리고 있을 것이다.

새로운 업무, 새로운 시작

바로 일주일 전까지만 해도 실직을 걱정하고 있었는데, 이제 마케팅 업무를 인수인계 받고 있다니! 런던에 있는 글로벌마케팅팀 직원들과 함께 일을 하고 있다는 것이 신기하고 행복했다. 새로 나온 명함에 새겨진 'Korean Market Marketing Specialist(한국 시장 마케팅 전문가)' 문구를 볼 때마다 괜히 기분이 좋아졌다.

내가 해야 할 업무는 이메일 마케팅, 소셜 미디어 마케팅 채널 관리, 키워드 검색 마케팅 채널 관리였다. 당시 우리 회사는 런던에 있는 글로벌마케팅팀이 마케팅에 관한 큰 방향을 잡아 놓으면 각 국가의 마케팅팀이 그 방향에 따라 세부 계획을 짠 후 마케팅을 집행했다. 마케팅 활동의 큰 틀을 런던팀에서 잡아 주었기 때문에 마케팅 초짜로서 부담이 적었다. 그리고 베테랑 런던팀과 함께 일하면서 그들이 어떤 식으로 마케팅을 하는지 보고 배울 수 있어서 좋았다.

그중 이메일 마케팅을 배울 때 가장 흥미로웠다. 사람의 행동 심리가 매우 큰 영향을 미치는 마케팅이었기 때문이다. 이메일 제목을 어떻게 하느냐에 따라 이메일 오픈율(소비자가 이메일을 확인하는 수치)이 변하고, '구매하기' 버튼을 어디에 놓을지, 어떤 색으로 할지에 따라 클릭률(소비자가 이메일을 열어 안에 있는 내용을 클릭하는 비율)이 변하는 것을 보면서 마케팅의 매력에 더욱더 빠져들었다.

사실 입사했을 때부터 회사 웹사이트와 마케팅 콘텐츠의 어색한 번역이 내심 마음에 들지 않았기에 마케팅 일을 하게 되면서 가장 먼저 이 부분을 바꾸어 보고 싶었다. 별것 아닌 짧은 문장일지라도 번역을 좀 더 자연스럽게 바꾸면 좀 더 좋은 마케팅 성과를 낼 수 있지 않을까? 'Don't miss this special offer! 이 특별한 혜택을 놓치지 마세요!'와 같은 영어식 번역을 '할인 혜택을 받고 돈을 절약하세요!'로 바꾸었다. '수강 신청하기' 버튼도 좀 더 간접적인 표현인 '수강료 확인하기'로 바꾸었다. 그러자 이메일 오픈율과 클릭률이 높아지기 시작했다. 이외에도 인터넷과 각종 마케팅 책을 섭렵해 가며 마케팅 노하우를 배워 실전에 적용했다. 그 결과, 이메일 오픈율이 3.5퍼센트에서 6.3퍼센트로 두 배 가까이 올랐다. 우리 회사의 경우 오랫동안 비즈니스를 해 온지라 이메일 구독자 수는 매우 많았지만, 대다수가 유령 회원이었다. 그렇기 때문에 평소보다 이메일 오픈율이 1퍼센트만 올라가도 좋은 성과로 여겼는데, 3퍼센트 가까이 올렸으니 꽤 훌륭한 성과였다. 또한, 당시 마의 숫자처럼 취급받던 이메일 오픈율 5퍼센트를 넘기면서 런던팀의 주목을 받기도 했다. 하루에 몇백, 몇천 만 원의 마케팅 예산을 가지고 TV 광고를 집행하는 사람들과 비교하면 내가 했던 마케팅 업무는 별것 아닐 수 있다. 하지만 오롯이 나 혼자서 한국 마케팅을 담당할 수 있다는 것이 좋았다. 만일 한국 대기업의 마케팅 부서에서 일했다면 마케팅 초짜인 나에게 주어진 일은 극히 작은 일로 한정되었을 텐데 이곳에서는 그렇지 않았다. 아이디어 기획의 단계부터 결과를 수치로 뽑아 리포트를 작성하는 업무까지 혼자서 해야 했고, 그렇기 때문에 많은 것을 배우며 성장할 수 있었다.

새로운 업무를 하면서 얻은 교훈은 '열정만 있으면 못할 것 없다'는 것이었다. 자리가 사람을 만든다는 말처럼 지금 해당 분야에 경력이 없다고 너무 걱정할 것 없다. 누구나 제로부터 시작하는 때가 있는 법이니까. 내가 좋아하는 미국 시트콤 〈프렌즈〉에도 남자 출연자 중 한 명인 챈들러가 회계 분야 일을 그만두고, 서른 살이 넘은 나이에 마케팅 업무에 도전하는 에피소드가 있다. 회계 일을 할 때는 직책도 높고 월급도 많았지만, 마케팅 분야에서는 경력이 없다는 이유로 단기 인턴으로 일할 수 있는 기회도 힘들게 얻는다. 갓 대학을 졸업한 사람들 사이에서 노인네 취급을 받으며 각종 굴욕적인 일을 겪지만, 자신이 좋아하는 것을 하기 위해 포기하지 않고 노력해 이직에 성공하는 내용이다. 시트콤답게 과장되고 우스운 내용이 많지만 그래도 나는 이 에피소드를 볼 때마다 가슴이 뭉클해진다. 처음 시작할 때는 먼저 시작한 사람보다 뒤처지고 부족한 것투성인 게 당연하다. 하지만 하고자 하는 마음과 열정이 있다면 어떤 일이든 결국 해낼 수 있다고 믿는다. 아무리 경력이 많아도 일에 대한 열정이 사라져 일하는 척 시늉만 하는 사람보다 지금 이렇다 할 경력은 없지만 하루가 다르게 쑥쑥 성장하는 사람이 회사에 더 가치 있는 인재가 아닐까? 경력이 있는 사람만 인정받는 사회라면 기업에서 경력직만 뽑지 왜 구태여 신입을 뽑겠는가? 그러니 관련 경력이 없다고 주저하지 말고 하고 싶은 일이 있다면 도전해 보자. 그리고 그 길을 가기 위해 온 마음 다해 노력해 보자. 마케팅 분야 경력이 전혀 없었던 챈들러였지만 인턴직도 마다하지 않고 도전한 덕분에 마케팅 매니저로 채용되는 놀라운 일이 벌어진 것처럼, 결과는 아무도 모르는 것이니까.

목요일 오후 5시가 무서워

"나 로렌조가 정말 너무 싫어. 흑흑…"

대학 졸업 후 이 글을 쓰고 있는 지금까지 회사에서 눈물을 흘린 적이 딱 한 번 있었는데, 바로 검색 엔진 마케팅 회의를 처음 한 날이었다. 영어로 SEMSearch Engine Marketing이라 불리는 검색 엔진 마케팅이란 구글, 네이버 등 검색 포털 사이트의 검색 도구를 마케팅에 활용하는 것이다. 예를 들어, 네이버 검색창에 '중국 여행'으로 검색하면, 그 키워드와 관련 있는 업체의 상품을 검색 결과 페이지 상위에 노출시킴으로써 사이트 방문을 유도하고 구매로 이어지게 하는 것을 말한다. 관련 업무를 전임자로부터 어느 정도 인수인계 받았지만, 마케팅 경력이 전혀 없던 나에게 검색 엔진 마케팅은 가장 생소하고 어려운 업무였다. 런던에 있는 검색 엔진 마케팅 총괄 매니저와 음성 회의를 해야 하는 매주 목요일이 되면 아침부터 얼마나 긴장되었는지 모른다.

로렌조. 여전히 그 이름을 생각하면 마음이 불안히고 불편해진다. 로렌조가 검색 엔진 마케팅 분야에 있어 아는 것도 많고 능력도 출중하니 회의하면서 많이 배울 수 있을 것이라던 지사장님의 말에 한껏 기대하고 시작한 첫 회의는 그야말로 재앙이었다. 이 방면에 신입인 나에게 많은 것을 가르쳐 줄 것으로 생각했던 나의 기대가 완전히 빗나갔기 때문이다. 처음 하는 음성 회의에서 간단한 통성명 후 곧바로 생전 처음 듣는 용어들을 써가면서 회의를 진행하는데 온몸의 기가 순식간에 빨려나가는 기분이었다.

"쑨, 이 키워드는 CPC(Cost Per Click의 약자로, 광고를 클릭한 횟수당 비용)가 너무 높은 거 같은데? CPC에 비해 Conversion Rate(전환율: 웹사이트 방문자가 회원 가입, 제품 구매, 이메일 뉴스레터 가입 등 기업이 의도하는 행동을 취하는 비율)도 낮고. 이거 조정하는 것이 좋지 않을까? 혹시 이 키워드를 꼭 이렇게 높은 가격으로 세팅해 놓은 이유가 따로 있는 거야?"

"… 아니, 꼭 그런 건 아니고 … 예전에 전임자가 세팅한 그대로 둔 건데… 그럼 네가 생각하기에 가격을 낮추는 것이 좋을 것 같아?"

"휴… (아주 큰 한숨을 쉬며) 쑨, 그런 건 네가 알고 있어야지. 나한테 물어보면 어떡해."

"으으응, 그럼 낮추는 것이 맞는 것 같아."

"휴… (또 한 번 아주 큰 한숨을 쉬며) 낮추자는 거야, 말자는 거야?"

그렇게 한숨과 정적이 회의의 반 이상을 차지한 듯한 회의를 마치고 나자 눈물이 주르륵 흘러내렸다. 같이 음성 회의에 참여했던 태국 마케팅을 담당하는 플라노이는 분위기를 눈치채고 나를 달래기 시작했다. 이미 퇴근 시간이 지난 후라 주변에 다른 동료들이 없고 우리 둘만 있어서 다행이지, 갑작스럽게 흘러나온 눈물에 나 자신도 당황스러웠다. 게다가 플라노이는 나와 가장 가깝게 지내던 동료인지라 그녀가 달래주자 왠지 모를 서러움이 더욱 복받쳐 올랐다.

"로렌조는 내가 이 업무를 지금 처음 하고 있다는 것을 알기는 하는 걸까? 마케팅 업무를 배우기 시작한 지 일주일도 안 되었는데 내가 어떻게 알아. 이미 다 세팅되어 있으니 그대로 운영하면 된다는 것이 인수인계 전부였단 말이야… 한심한 바보로 취급당한 기분이야."

"나도 처음에는 로렌조랑 회의하는 것이 적응되지 않았는데, 요즘은 성격이 불같고 직설적인 이탈리아 사람이라 그런가 보다 하고 있어. 이탈리아 사람들이 원래 말을 좀 그렇게 하는 경향이 있대. 그러니까 그냥 특유의 말투려니 하고 너무 깊게 생각하지 마. 그리고 로렌조도 아마 여기 돌아가는 상황을 잘 몰라서 답답해서 그랬을 거야."

언니 같은 플라노이의 지혜로운 위로의 말에 애써 마음을 추슬렀지만, 속상한 마음은 쉽게 가시지 않았다. 어디에서 일하든 새로운 일을 빨리 배운다고 칭찬을 받아 왔고, 답답하게 행동한 적은 없다고 나름 자부해 왔던 지라 자존심에 더 큰 상처를 입었던 것 같다.

첫 번째 회의에서 겪었던 치욕을 다시는 겪지 않겠다며, 인터넷으로 검색 엔진 마케팅에 대한 자료를 찾아가며 공부도 해 보았지만 여전히 이해가 잘 가지 않았다. 목요일이 다가오면 회의가 취소되면 좋겠다는 생각을 수도 없이 했다. 그렇게 서너 번 회의를 하고 난 후였을까, 그날도 어김없이 긴장으로 잔뜩 신경이 곤두선 채 회의를 하고 있었다. 회의를 마칠 즈음, 로렌조가 다음 주 목요일까지 몇백 개가 넘는 검색 키워드의 현재까지 실적을 검토해 본 후 새로운 검색 키워드 리스트를 만들어 오라고 하는 것 아닌가! 돌이켜 보면 그렇게 어려운 일을 시킨 것은 아니었지만, 당시 SEO(Search Engine Optimization의 약자로 '검색 엔진 최적화'를 뜻한다. 네이버 및 구글 등의 검색 엔진에서 웹사이트가 검색이 잘 되도록 최적화시키는 온라인 마케팅)와 SEM 같은 기본 용어의 차이도 제대로 모르고 있던 마케팅 초보자인 나에게 그가 내준 과제는 매우 부담스럽게 느껴졌다. 이번은 도저히 "OK"라고 할 수 없을 것 같아서 용기를 내어 로렌조에게 말했다.

"로렌조, 네가 알지 모르겠지만 내가 마케팅 일을 시작한 지 얼마 되지 않았어. 혼자 터득해 보려고 노력했는데 쉽지가 않네. 그래서 그런데 괜찮다면 나에게 시간을 좀 더 줄 수 있니?"

짧은 순간이었지만 많은 생각이 스쳐 지나갔다. 그건 네 사정이지 내가 알 바 아니라며 뭐라고 하는 건 아닐까? 그런 것도 못하냐고 타박을 주는 것은 아닐까? 하지만 로렌조의 반응은 의외였다.

"네가 새로 조인했다는 것은 들었지만, 마케팅 일을 처음 한다는 것은 몰랐어."

나는 내가 처한 상황, 즉 업무 관련 인수인계를 어느 정도 받았는지, 해당 분야에 어느 정도 지식이 있는지 등을 로렌조에게 솔직하게 말했다. 불같은 성격의 로렌조는 항상 내 말이 끝나기도 전에 끼어들곤 했는데 이번에는 내 이야기를 끝까지 조용히 듣더니 말을 했다.

"솔직히 내가 너를 트레이닝 시키고 도와줄 여력은 없어. 하지만 구글 검색 광고 마케팅(구글 애드워즈) 공식 웹사이트에 들어가면 구글 애드워즈 자격증 코스가 있어. 파트너 사이트에 가입하면 자격증 코스를 위한 학습 자료가 무료이고 온라인 자격증 시험도 볼 수 있어. 이 코스를 밟고 나면 검색 엔진 마케팅 관련 일을 하기가 훨씬 수월해질 거야. 내가 링크 줄 테니까 한번 들어가서 살펴봐."

그의 조언에 따라 살펴본 구글 검색 광고 마케팅 웹사이트는 놀랍도록 많은 자료가 무료로 제공되고 있었다. 회의하기 전까지만 해도 답답한 마음에 한국에서 검색 엔진 마케팅 관련 책을 사거나 유료 강의를 수강해 볼까 생각했는데 이런 곳이 있었다니. 그리고 생각했다. 가끔은 이렇게 못하면 못하겠다고 솔직하게 말하는 것이 필요하구나. 입장을 바꿔 생각하면 로렌조는 얼마나 답답했을까? 다른 국가의 마케팅 매니저들과 하루에도 몇 번씩 마케팅 회의를 하느라 바쁠 텐데, 내 상황을 그가 알 수도 그리고 기다려 줄 시간도 없는 것이 당연하다. 그리고 여기가 학교도 아니고 그가 내 사수도 아닌데 일일이 나를 가르쳐 줄 수도 없는 것이 당연했다. 그렇게 서로의 상황을 이해한 후부터는 로렌조도 나도 많은 변화가 있었다. 나는 직설적이고 확실하게 말하는 로렌조 화법으로 나의 의견을 전달하려 노력했고, 로렌조는 좀 더 참을성 있게 내속도를 맞추어 줬다.

로렌조의 조언으로 시작한 구글 애드워즈 자격증 공부는 생각보다 더 재미있었다. 시험, 특히 자격증 시험에 우리 한국인만큼 강한 사람이 또 어디 있을까? 학창 시절 내내 시험을 벗 삼아 성장했기에 시험 하나는 자신이 있었다. 또한, 자격증이라는 목표가 있으니 동기 부여가 되어 공부에도 속도가 붙었다. 그간 일에 적응한다고 공부는 잊고 살아왔는데, 자기 계발을 하고 있다고 생각하니 일과 생활에 활력이 찾아왔다. 구글 검색 광고 마케팅 시험 및 학습 자료는 다양한 언어로 제공되고 있었고 한국어도 있었다. 하지만 런던팀과 함께 일하려면 영어로 된 용어를 배우는 것이 좋으니, 이왕 공부하는 거 영어로 시험을 보자고 마음을 먹었다.

한국어로 봐도 생소하고 어려운 내용을 영어로 공부하려니 쉽지 않았다. 하지만 시험에 강한 한국인답게 스파르타 공부를 시작한 지 2주 반 정도 만에 쉽게 자격증을 딸 수 있었다. 로렌조의 조언대로 자격증 공부를 마치고 나자 로렌조와 회의하는 것이 훨씬 덜 부담스러워졌고, 일도 수월해졌다. 숫자에 약한 나에게 검색 엔진 마케팅은 여전히 쉽지 않은 분야다. 하지만 검색 엔진 마케팅을 통해 몇 천만 원 단위의 B2B(기업 간 전자상거래) 계약을 성사시켰고, 전체 CPA(Cost per Acquisition: 키워드 클릭당 구매로 전환되는 비용)를 낮추었으니 이 정도면 꽤 괜찮은 성과를 낸 것 아닐까?

네이버? 그게 뭐야?

다른 나라 사람들과 함께 일을 하다 보면 한국 사람들과 일할 때는 생각조차 못했던 상황이 종종 생긴다. 예를 들어, 한국에서 가장 강력한 검색 포털 사이트는 네이버이고 구글은 거의 사용하지 않는다고 보아도 과장이 아닌데, 다른 나라 사람들은 이 사실을 웬만해선 쉽게 믿지 못한다. 그도 그럴 것이, 미국이나 유럽 등 대부분의 서양 국가에서는 우리나라와 반대로 구글 외에 다른 검색 포털 사이트의 존재가 미미하기 때문이다. 그래서 런던에 있는 글로벌팀과 마케팅 회의를 할 때 네이버를 언급하면 다들 고개를 갸웃하곤 했다.

"네이버? 그게 뭐야?"

"네이버라는 것이 뭔지 잘 모르겠지만, 네이버 마케팅이 꼭 필요할까?"

"구글을 활용해 이미 마케팅을 하고 있는데 구태여 그 포털 사이트도 신경 써야 할 이유가 있을까?"

처음에는 이런 반응에 주눅 들어 알겠다며 넘어갔다. 하지만 어느 정도 시간이 흘러 일에 자신감이 붙자, 네이버 블로그 마케팅을 강력하게 추진해야겠다는 생각이 들었다. 회사에서 운영하는 네이버 블로그의 경우 효과를 제대로 보지 못해 오랫동안 방치해 놓은 상태였다. 마케팅 대행사를 통해 운영해서 상업적 블로그 느낌이 매우 강했는데, 그마저도 저품질 블로그 현상이 나타나 하루 조회 수가 두 자릿수에 불과했다. 그래서 블로그를 새로 개설하고 싶다고 글로벌마케팅팀에 제안했다. 아니나 다를까 네이버 블로그가 이미 하나 존재하고, 게다가 회사에서 운영하는 공식 블로그가 있는데 구태여 블로그를 새로 만들 필요가 있냐는 회의적인 반응이 돌아왔다. 하지만 이번에는 기죽지 않고 준비해 놓은 한국인 포털 사이트 이용 순위 자료를 내보이며 이야기를 이어나갔다.

"이 자료는 최근 1년간 한국인 포털 사이트 이용 순위를 표로 나타낸 거야. 여기에서 볼 수 있듯이 네이버 검색 포털 이용자 수가 전체의 80퍼센트 이상을 차지해. 구글은 2퍼센트밖에 되지 않아. 예전에 운영하는 네이버 블로그는 저품질 현상에 걸려서 제대로 노출이 되지 않고 있어. 그리고 우리 회사에서 운영하는 공식 블로그는 구글에만 노출되고 네이버에는 전혀 노출되지 않고 있어서 큰 효과가 없어."

정확한 수치를 보여 주자 런던팀 사람들의 반응이 완전히 달라졌다. 어떻게 구글이 전체 이용의 2퍼센트밖에 되지 않을 수 있냐면서(현재는 추세가 변해 구글 이용자 수 비율이 10퍼센트를 넘는 것으로 알고 있다), 이 정도일 줄 몰랐다며 놀라워했다. 말로 할 때 쉽게 설득되지 않았던 일이 통계 자료의 수치 하나로 해결된 것이다.

개인 블로그를 운영하면서 터득한 블로그 마케팅 노하우를 활용해 운영한 결과 금방 일 방문자 수를 2,000명으로 만들 수 있었다. 블로그 마케팅은 돈을 내고 집행하는 키워드 마케팅이나 다른 광고 마케팅보다 직접적인 매출을 내는 경우가 낮은 편이다. 하지만 잘 운영하면 긍정적인 브랜드 이미지를 쌓을 수 있고 장기적으로는 매출로 이어진다. 네이버 블로그 방문 후 바로 구매를 결정하는 사람의 수는 다른 마케팅 채널보다 상대적으로 적었지만 꾸준히 존재했고, 무엇보다 블로그에서 글을 읽은 후 우리 회사 홈페이지로 들어오는 방문자 수가 점점 증가했다. 노력과 시간만 투자하면 따로 비용을 들이지 않고 마케팅을 하고 매출도 낼 수 있는 블로그 마케팅은 당시 나에게 최고의 마케팅 수단이었다.

"When life gives you lemons, make lemonade!(운명이 레몬을 주면, 그것으로 레모네이드를 만드는 노력을 해라!)"라는 말이 있다. 지금 내 손에 쥐어진 것이 달콤한 과일이 아니라 신맛이 나는 레몬이더라도, 불평할 시간에 그것을 활용해 무엇을 할 수 있을까 생각하는 게 좋다. 나에게는 런던팀과 함께 마케팅을 기획해야 한다는 레몬이 쥐어졌다. 런던팀이 한국 시장을 잘 몰라 난항을 겪을 수도 있었다. 하지만 그들이 한국을 잘 모른다는 점을 역이용해 한국 시장을 잘 아는 한국인으로서 나의 생각을 더욱 강력하게 주장할 수 있었다. 아무리 그들이 마케팅 쪽에 경력이 많다고 한들 한국 소비자가 어떤 것에 반응하고 좋아하는지 한국인인 나만큼 잘 알 리가 없기 때문이다. 또한 마케팅 예산이 작았던 덕분에 블로그, 이메일 등 무료로 할 수 있는 마케팅 수단에 집중할 수 있었고, 그 덕에 적은 예산으로 좋은 성과를 낼 수 있었던 것 아닐까 생각한다.

프랑스인이라고 다 재수 없는 건 아냐

상하이 적응에 많은 도움을 준 또 한 명의 소중한 사람이 있는데 바로 니콜라스다. 190센티미터는 족히 될 것 같은 큰 키, 큰 키만큼 큰 덩치 그리고 조금 미안한 말이지만 개그맨 김수용 못지않은 진한 다크서클은 나이보다 늙어 보이는 그의 얼굴을 더욱 인상 깊게 만드는 트레이드 마크다. 좋게 봐 주면 미국 드라마 〈섹스 앤드 더 시티〉에 나오는 캐리의 연인 미스터 빅을 닮은 것 같기도 하다. 성숙한 외모와 왠지 모르게 풍기는 카리스마 때문에 처음 만난 사람들은 그를 최소한 팀장쯤 되는 30대 중후반이라고 생각한다. 하지만 알고 보면 나보다 한 살밖에 많지 않은(니콜라스를 처음 본 당시 내가 만으로 스물다섯이었으니 니콜라스는 스물여섯이었다!) 장난기 가득하고 놀기 좋아하는 열정 넘치는 청년이다. 니콜라스를 처음 만난 때가 아직도 생생히 기억난다.

"안녕, 나는 니콜라스야. 너 한국팀에 새로 온 쑤 맞지?"

"어… 맞아. 근데 어떻게 내 이름을 알아?"

"오우… 슬프다… 우리 지난번에 잠깐 봤을 때 통성명했는데 너 설마 나 기억 못하는 거야? 뭐야… 난 우리 처음 만난 때를 잊지 못하고 생생하게 기억하는데 완전 실망이야."

누군지 전혀 기억이 나지 않아 당황하는 내 모습을 보며 옆에 있는 오스카와 키득키득 거린다. '뭐야 이 자식! 나를 놀려먹은 거였어?' 그렇게 니콜라스는 나에게 서양식(어쩌면 서양식이라기보다 니콜라스식이라고 부르는 것이 더 맞을 수도 있겠다) 조크를 처음으로 접하게 해 준 사람이었다.

다소 인상적인 첫인사 이후, 며칠 지나지 않아 니콜라스 그리고 직장 동료 몇 명과 함께 점심을 먹게 되었다. 이야기를 나누면서 그가 프랑스 출신이라는 것을 알게 되었다. 프랑스 억양을 전혀 찾아볼 수 없는 그의 완벽한 영어 때문에 그의 출신이 매우 의외였다. 또한, 평소 프랑스 사람은 콧대 높기로 유명하다고 들어서 사귐성 좋은 니콜라스가 프랑스 사람일 거라고는 전혀 생각하지 않았기 때문이기도 하다.

"정말? 네가 프랑스 사람이라고?? 너 또 농담하는 거지??"

"아니야. 나 진짜 프랑스 사람이야. 내가 그렇게 프랑스 사람 같지 않아?"

"아니… 그런 게 아니라… 솔직히 말하면 프랑스 사람들은 콧대 높기로 유명해서 좋지 않은 이미지를 가지고 있었거든. 근데 넌 다른 것 같아서."

"뭐? 내 코가 그렇게 작아?" (이런 게 니콜라스식 농담이다….)

"아니, 내 말이 그게 아닌 거 알잖아."

"하하하하. 응. 근데 프랑스 사람이라고 다 똑같은 거 아니야. 너도 한국 사람이라고 다른 한국인들이랑 똑같은 성격 가지고 있는 것은 아니잖아."

편견 없이 사람을 대하는 모습이 마음에 들었고, 그렇게 우리는 급속

내 친구 니콜라스 언제나 밝은 모습으로 나의 해외 생활에 큰 힘을 주었던 니콜라스.

도로 베스트 프렌드가 되었다. 우리의 대화는 오늘 회사 끝나고 뭐하고 놀까 하는 고민에서부터 앞으로의 진로 계획까지 다양하게 오갔고, "한국 사람이라고 모두 개고기 먹는 것은 아니다", "프랑스 사람이라고 다 재수 없는 것은 아니다"에서부터 "한국어가 세계에서 가장 아름다운 언어다", "프랑스인 앞에서 말도 안 되는 소리 하고 있네"까지 별의별 주제로 침 튀기며 이야기를 나누었다.

해외 취업을 준비할 때 해외에서 일하는 사람들의 자서전을 읽으면서 걱정이 많이 됐다. 저자들은 모두 타고난 개성 넘치는 성격 덕분에 해외에서 외국인과 스스럼없이 친구가 되고 동료들과 잘 어울리는데 나는 그렇게 못할 것 같기 때문이었다. 책 속의 주인공들은 어찌나 하나같이 친화력도 좋고 배짱도 두둑한지 부러웠다. 이런 멋진 성격을 가지고 있는 사람만이 외국 직장에서 살아남을 수 있는 것일까? 나같이 소심하고 외국 문화를 접한 적 없는 사람은 소외당하는 것 아닐까?

하지만 해외 생활을 하고 외국 회사에서 일하면서 알게 된 것은 '외국인도 다 똑같은 사람'이라는 것이다. 금발의 파란 눈이라고 해서 나랑

뭔가 다른 특별한 생각을 하는 것이 아니라는 것. 자란 환경과 배경에 따라 서로 다른 사고방식을 가지고 있을 수는 있지만, 마음을 열고 진심으로 다가가면 그 마음은 통하기 마련이다. 잘 보이기 위해 나를 억지로 꾸밀 필요도, 변화시킬 필요도 없다. 소심하지만 그래도 세심한 성격이 장점인 사람이라면 자신의 성격 그대로 다른 사람을 대하면 되고, 엉뚱한 생각을 많이 하는 사람이라면 자신의 본래 모습 그대로 사람을 대하면 된다. 괜히 예의 차린다고, 또는 외국인이니까 나의 이런 행동을 색안경을 끼고 보면 어쩌지 하는 불안감에 평소에 하지 않는 행동을 하고 상투적인 말만 하면 상대는 단번에 알아차린다. 설령 나의 행동이나 성격을 좋지 않게 보는 사람이 있다면 나와 이렇게 다른 사람도 있구나 생각하며 넘어가면 된다. 모든 사람이 나를 좋아하게 만들 수도 없고 그럴 필요도 없다. 세상에는 다양한 사람이 존재하니까. 내가 싫다는 사람에게 괜히 마음 쓰고 상처받을 필요도 없다. 그 시간에 나의 모습을 좋게 봐주는 사람과 어울리면 된다.

만인이 좋아할 것 같은 성격 좋은 니콜라스도 그를 좋아하지 않는 사람이 있다. 내가 생각하는 그의 장점인 사교적인 성격을 과하다며 좋아하지 않는 사람이 있다. 하지만 니콜라스는 별로 개의치 않는다. 그리고 자신이 잘못된 것은 아닐까 하는 괜한 자책이나 걱정도 하지 않는다. 그렇게 프랑스인이지만 프랑스인 같지 않은 니콜라스는 편견 없이 사람을 보는 법, 꾸미지 않은 있는 그대로의 모습으로 사람을 대하는 법을 가르쳐 주었다. 매사에 열정적인 니콜라스는 살사 댄스에 심취해 상하이를 떠나 쿠바로 날아가 살사를 배웠다. 그리고 지금은 전 유럽을 여행하고 세계인들을 사귀며 즐거운 노마드 인생을 살고 있다.

취미도 스펙 쌓듯?

"쑤, 다음 주에 내가 출연하는 연극이 막을 올릴 예정이야. 보러 올 거지?"

"당연하지, 그레그!! 네가 이 연극에 얼마나 많은 시간과 노력을 투자했는지 알고 있는데, 안 간다면 말이 안 되지!"

회사 동료인 그레그는 함께 있으면 참 편안한 친구다. 몇 살인지는 아직도 정확히 모르지만, 아마 나와는 열 살 정도 차이가 나지 않을까 싶다. 문학과 예술 방면에 관심이 많아 좋은 책이나 전시를 추천해 주고, 해외 생활 및 커리어 방면으로도 진지하게 상담을 해 주기도 한다. 연극 배우가 되고 싶었던 그레그는 여러 가지 현실적인 이유로 꿈을 접어야 했지만 여가 시간을 활용해 꾸준히 연기를 배우고 있다. 그런 그레그가 꿈꿔 왔던 첫 연극 무대가 드디어 막을 올린다는데 어찌 가지 않을 수 있을까? 내 친구가 연극배우가 되다니! 직장에 다니면서도 자신이 좋아하는 것을 하면서 인생을 사는 그가 멋지다는 생각이 들었다.

비단 그레그뿐 아니었다. 미피아 못지않은 강렬한 인상의 호주인 친구는 재즈 음악을 좋아해 퇴근 후 재즈 바에서 감미로운 음악을 연주한다. 네일 아트 숍을 운영하는 중국 친구는 살사 댄스에 빠져 시간이 날 때마다 중국뿐 아니라 해외에서 열리는 각종 살사 댄스 대회에 참가한다. 여가 시간을 멋지게 활용하는 친구들을 보면서 나도 취미를 갖고 싶다는 생각이 들었다. 한국에서는 야근 때문에 직장에 다니며 취미 생활을 한다는 것이 신의 직장에 다니는 사람이나 누릴 수 있는 사치 같은 일이었는데, 여기에서는 취미 생활이 없는 사람을 찾아보기 힘들었다.

처음에는 남들이 '와, 멋진 취미다!'라고 여길 만한 취미를 갖고 싶었다. 중국 친구처럼 살사 댄스를 배워 볼까? 아니면 외국에서 상류층 사람들이 즐겨 한다는 테니스나 승마를 해 볼까? 포토샵을 취미 삼아 배우면 커리어에 도움이 되지 않을까? 어떤 취미가 재미있을까 조사를 해 봤지만 마음이 가는 것이 없었다. 학창 시절 체육 시간이 제일 싫었을 정도로 운동에는 소질이 없었고, 몸치에 박치인지라 댄스 수업에서 헛돌몸을 상상하면 생각만 해도 식은땀이 났다.

'왜 나는 취미로 만들 만한 재능 하나 없을까?' 하는 생각에 내 주변에서 가장 재능 많은 친구 모모에게 하소연했다. 에콰도르 출신 모모는 그래픽 디자이너인데, 예술 방면으로 끼가 많아 사진이며 노래, 기타, 피아노 심지어 글 쓰는 것까지 못하는 것이 없었다. 상하이에서 여가 시간에 찍은 사진을 모아 사진전을 열기도 했고, 상하이에 오기 전에는 어린 나이에 교수로 채용되어 학생들을 가르쳤다. 에콰도르판 '아메리칸 아이돌'에 출연해 꽤 주목을 받기도 했다고 한다. 그뿐 아니라, 블로그에 쓴 글이 주목을 받아 미국 온라인 미디어에 소개가 되고, TEDx에서 강연도 했다.

"모모 너는 재능이 많아서 좋겠다. 그냥 재미 삼아 하는 일도 항상 엄청난 결과를 가져오잖아. 가볍게 쓴 글이 미디어에 소개되고, TEDx 강연까지 하고 정말 부럽다. 나도 너처럼 멋진 취미 생활을 하면서 살고 싶은데 잘하는 게 없어서 할 수 있는 취미가 없어."

그러자 모모가 말했다.

"그게 무슨 말이야. 취미를 잘해서 하는 사람이 어디 있어. 그냥 좋아하니까, 하고 싶으니까 하는 거지. 그리고 나는 단 한 번도 내가 글쓰기에 재능 있다고 생각한 적 없어. 나한테 글 쓰는 일은 정말 어려운 일이야. 내 개인 SNS에 글을 쓸 때조차도 얼마나 많이 고심하고, 썼다 지웠다가를 반복하는지 몰라. 어떨 때에는 제대로 된 글 한 편 쓰는 데 며칠이 걸리기도 하는걸? 깊게 생각하지 말고 그냥 네 마음이 끌리는 것을 해 봐."

그랬다. 나는 취미 생활을 결정하는 것조차도 스펙 쌓듯이 생각했던 것이다. 어떤 취미를 해야 좋은 성과를 빠른 시일 내에 낼 수 있을까, 어떤 취미가 커리어에 유용하게 활용될까, 어떤 취미가 다른 사람한테 소개할 때 멋있어 보일까 등을 신경 쓰느라 '내 마음이 끌리는 것'을 해야 한다는 것은 고려하지 않고 있었던 것이다. 모모의 조언을 들은 후 그동안 해 보고 싶었지만 잘 할 자신이 없어서 하지 않았던 일들을 하나씩 시도해 보기로 했다. 암벽 등반도 해 보고 요리 수업도 가 보았다. 요가도 하고 댄스 학원에서 에어로빅 댄스도 추고 발레 댄스도 배웠다. 여러 가지를 시도해 보면서 나에게 맞는 운동은 나만의 페이스를 찾아가며 운동할 수 있는 달리기라는 것, 그리고 다른 어떤 활동보다 글 쓸 때 가장 즐거워한다는 것을 발견할 수 있었다.

취미는 삶의 활력소 오랫동안 해외 생활을 잘하기 위해 필요한 자기 계발이라면 무엇보다 취미와 운동이다. 자신의 관심사를 즐기다 TEDx에까지 초대받은 친구 모모. 나 역시 그에게 자극받아 마라톤을 취미 삼아 즐겼다.

누군가 "오랫동안 해외 생활을 잘하기 위해 어떤 자기 계발이 필요한가요?"라고 묻는다면, 좋아하는 취미와 운동을 찾으라고 이야기하고 싶다. 대부분 외국 기업은 야근이 많지 않아 자연히 자기 시간이 많아진다. 그렇기 때문에 많아진 여유 시간을 어떻게 잘 활용하느냐에 따라 삶의 방향과 질이 달라질 수 있다. 어떤 사람은 그 시간을 잘 활용해 꿈의 직장을 찾고 취미 생활을 발전시켜 돈을 벌기도 하고, 어떤 사람은 돈과 시간을 허투루 낭비하면서 보내기도 한다. 나 역시 처음에는 이렇다 할 취미 생활이 없어 퇴근 후 친구들과 술을 마시고, 맛있는 것을 먹는 것이 유일한 낙이었다. 하지만 이제는 스트레스가 쌓이면 술 대신 밖으로 나가 달리기를 하고, 글쓰기 취미를 발전시켜 정기적으로 신문에 기사를 쓰며 시간을 보낸다. 물론 TV를 보며 맛있는 음식과 술을 먹는 것 역시 여전히 좋아하지만, 새로운 취미로 건강한 생활을 하고 돈도 버니 이 역시 얼마나 좋은지 모른다.

여느 때와 같이 회사에 막 출근해서 하루를 시작하려는데 엄마한테 카카오톡 메시지가 왔다.

'아, 뭔가 불안한데… 오늘은 무슨 잔소리를 하려고 메시지를 보낸 걸까?'

안 그래도 걱정 많은 우리 엄마는 내가 상하이에 오고 나서 걱정이 더욱 많아졌다. 곱게 키운 딸이 타지에서 혼자 생활하는 것이 불안하고 걱정되는 마음은 알지만, 어떤 때는 잔소리만 늘어놓는 것 같아 엄마의 문자를 받고 나면 섭섭해지곤 했다. 아니나 다를까, 이번에도 밖에서 친구에게 무슨 이야기를 듣고는 걱정이 생기신 거다.

"수정아, 너 카카오톡에 있는 프로필 사진 다른 것으로 바꾸는 게 어때? 엄마 친구가 중매를 주선했는데, 중매해 주려던 남자가 상대방 여자 카카오톡에 끈나시를 입고 찍은 사진을 보고 너무 개방적인 것 같다고 만나 보기도 전에 퇴짜를 놓았대. 너 프로필 사진에 있는 그 끈나시 드레스도 좀 그런 것 같은데, 다른 거로 바꾸는 게 어때? 한국 남자들은 해외에서 사는 여자들 처신이 좋지 않을 거라고 생각한다던데, 너 해외 생활이 자꾸 길어져서 나중에 결혼 못 할까 봐 걱정이다."

아… 아무리 걱정 많은 우리 엄마지만 이번에는 너무 심하다 싶었다.

"뭐? 그 남자 정말 웃긴다. 지금이 무슨 조선 시대도 아니고 끈나시 입었다고 개방적이라 만나지 않겠다니. 직접 만나 보지도 않고 사진만 보고 그렇게 판단하는 그런 사람은 트럭으로 가져다줘도 내가 싫어, 거절할 거야! 그 여자도 참 다행이다. 그 남자가 먼저 만나지 않겠다고 해서 그런 이상한 남자 만나서 시간 낭비, 감정 낭비하지 않아도 되었으니까. 그런 사고를 갖고 있는 남자랑 같이 살 생각하면 끔찍하다 정말. 그리고 엄마, 이런 문자 보낼 거면 아침에 보내지 말고 저녁에 보내든지. 출근하자마자 아침부터 기분 나빠지게 이런 문자 보내지 마."

"애는 뭐, 그냥 가볍게 한 말을 가지고 그렇게 흥분하고 그러니? 미안해, 앞으로는 아침에는 이런 문자 보내지 않을게."

엄마가 머쓱해하며 미안하다고 하자 나 역시 이성을 되찾고는 마음이 무거워졌다. 엄마 말대로 그렇게까지 흥분할 일은 아니었는데, 왜 이렇게 화를 냈지 싶었다. 아마도 내 마음속에 비슷한 걱정이 자리하고 있었기 때문은 아닐까?

"글로벌 인재"의 뜻을 생각해 본다. "다른 문화와 환경에 대한 이해도가 높아, 변화하는 환경 속에서도 유연하게 대처하여 비즈니스를 성공적으로 이끌 수 있는 글로벌 마인드를 가진 사람."

여기저기서 글로벌화, 글로벌 기업, 글로벌 인재가 되어아 한다고 말하지만, 막상 해외에서 오랫동안 직장 생활한 사람이 있으면 '저 사람은 외국 기업 문화에 익숙해져서 한국 사회에 잘 융화되지 못할 거야'라고 편견을 갖는 경우가 종종 있다. 그리고 그 대상이 어느 정도 나이가 있는 여성일 경우 그 사람의 능력을 막론하고 '아이고, 커리어고 뭐고 여자 혼자 해외에서 그렇게 살면 몸만 버리지 뭐해요. 빨리 한국 돌아와서 결혼하고 사는 편이 더 행복하고 낫지'라며 아예 대놓고 말하는 사람도 있다. 물론 해외 생활을 오래 했다고 해서 그 사람이 글로벌 인재가 될 역량을 갖추고 있다거나, 글로벌 마인드를 갖추고 있다고 단정 지을 수는 없다. 아무리 해외에서 오래 생활해도 자신만의 편협한 사고로 사는 사람들도 많다. 그리고 해외에 한 번도 나가 본 적 없지만 그 누구보다 글로벌 인재로서의 역량을 갖추고 있는 경우도 많다.

글로벌 도시 상하이에서 7년 동안 직장 생활을 했지만 내가 글로벌 인재라고 생각하느냐고 누군가 묻는다면 글쎄 잘 모르겠다. 하지만 다양한 국적과 문화의 사람들을 만나면서 세상을 보는 눈이 넓어졌다는 것은 자신 있게 말할 수 있다.

상하이에서 직장 생활을 시작한 지 얼마 되지 않았을 때 겪은 문화 충격이 아직도 생생히 기억이 난다. 출근 첫날, 칸막이가 없는 책상이 쭉 놓여 있는 공간을 가리키며 직속 상사에게 저곳은 학생들이 공부하는 곳이냐고 물었다. 직속 상사는 당황해하며 "우리가 일하는 공간이에요"라고 답했다. 내가 그동안 봐 온 한국 사무실에는 책상마다 칸막이가 있었는데, 이곳은 칸막이는 물론이고 사장실도 따로 있지 않았다. 전 세계 각국에 지사를 두고 있는 글로벌 기업을 이끄는 사장님이 일반 직원 바로 옆에서 칸막이 하나 없이 근무하고 있다는 것은 놀라움을 넘어 충격이었다. 심지어 의자도 우리와 똑같은 의자라니! 한국의 상식이 통하지 않는 곳이 있고, 내가 당연하다고 여겼던 것들이 당연하지 않은 세계가 있다는 것을 배우는 순간이었다.

또 한 번은 회사 동료들과 함께 퇴근 후 회사 근처 바에서 술을 마실 때 있었던 일이다. 금발 머리의 영국 억양이 강한 한 남자가 내 옆으로 다가왔다.

"안녕하세요, 저는 네이슨입니다."

이렇게 한국어로 자기소개를 한 네이슨은 우리 회사 영어교재콘텐츠팀에 있는 영국인 동료다. 네이슨의 서툴지만 귀여운 한국어 실력도 인상적이었지만, 사실 그보다 더 인상적이었던 것은 그의 말투와 행동이었다. 여성스러운 손동작과 말투가 웃는 모습이 예쁘장한 그의 얼굴과 왠지 모르게 잘 어울렸다. 어느 정도 술이 들어가고 분위기가 편해지자 네이슨이 갑자기 나에게 다가와 속삭였다. "근데 나 게이야." 느닷없는 커밍아웃에 뭐라고 대꾸해야 할지 몰라 주저하고 있는 사이 다른 동료가 대신 대꾸해 준다.

"네이슨! 네가 게이라는 게 별거라고 뭘 그렇게 새삼스럽게 말하고 그러냐?"

그때까지만 해도 TV로만 '게이'라는 것을 접했지 실제로 본 적이 없었기 때문에, 만일 한국 회사에서 사내에 게이가 있다면 어땠을까 하는 궁금증이 들었다. 그 이후, 그는 나의 친한 회사 동료 중 한 명이 되었고, 회식 자리에서 나의 0순위 댄스 파트너가 되었다. 배려심 넓고 생각이 깊은 네이슨은 이야기하면 할수록 매우 성숙한 친구라는 것이 느껴졌다. 평범하지 않다는 이유로 어렸을 때부터 힘든 일들을 많이 겪어 남보다 빨리 성숙한 것은 아닐까 싶어 마음이 조금 짠하기도 했다.

　내가 만일 한국에서만 살았다면 이런 생각을 하게 될 줄 상상이나 했을까? 내가 정말 글로벌 인재가 되어가고 있는 것인지는 잘 모르겠지만 한 가지 확실한 것은 이곳에 와서 다름은 틀림이 아니라는 것을 배우게 되었다는 것이다. 글로벌 인재가 되었든 그저 개방적인 잘 노는 여자가 되었든 간에, 툭하면 편견과 색안경을 끼고 사람을 바라보던 나쁜 버릇을 고칠 수 있었으니 누가 뭐라고 하든 해외 생활이 내게 값진 가르침을 준 것만은 확실하다.

달라도 너무 다른
나라별 업무 스타일

　전 세계인이 모여 있는 글로벌 오피스에서 근무하다 보면 세상에는 정말 다양한 사람, 다양한 문화가 존재한다는 것을 실감하게 된다. 처음에는 '와, 저렇게 생각하는 사람도 있구나' 신기해하기도 하고, '저 사람은 왜 저렇게 말을 하지?' 생각하며 상처받기도 했다. 어떤 때는 말 속에 담긴 의중을 파악하지 못해 혼란스러워하기도 했다. 이제는 문화 차이로 인해 생기는 각종 상황에 유연하게 대처하는 능력이 생겼지만, 미리 알고 있었더라면 훨씬 더 수월하게 생활할 수 있지 않았을까 싶다. 그래서 지금까지 여러 국적의 사람들과 함께 일하면서 느낀 나라별 업무 스타일을 공유해 볼까 한다. 하지만 아래 내용은 지극히 개인적인 소견이므로 참고만 하기를!

1. 영국

　젠틀맨의 나라라 그런 것일까? 영국인은 의중을 파악하기 어려운 예의상 표현을 자주 한다. 그래서 인터넷에 보면 '영국인 영어 번역하기'와 같은 제목으로 영국인이 한 말의 속뜻을 재미 삼아 번역해 놓은 표가 있을 정도다. 그 예를 다음 쪽에 정리해 보았다.

　웃지고 만든 표지만 실제로 영국에 있는 런던팀 직원들과 음성 회의를 할 때면 격식을 차린 안부를 주고받다 10분이 훌쩍 흐른다. 그리고 누군가 의견을 내면 'Beautiful', 'Fabulous' 같은 단어를 습관처럼 사용하여 상대방을 기분 좋게 하는 것을 어렵지 않게 확인할 수 있다. 그래서 영국인과 대화를 하고 있으면 즐겁다가도 문득 그들의 진짜 속내는 무엇일

영국인이 말한 문장	내가 알아들은 바	그가 진짜 의미하는 바
I hear what you say. 네가 무슨 말을 하는지 알겠어.	He accepts my point of view. 그가 내 말의 요점을 받아들였다.	I disagree and do not want to discuss it further. 나는 네가 하는 말에 동의하지 않고 더 이야기하고 싶지도 않아.
This is a very brave proposal. 매우 용기 있는 제안이야.	He thinks I have courage. 그는 나를 용기 있다고 생각한다.	You are insane! 넌 미쳤어!
Quite good. 꽤 괜찮네.	Quite good. 꽤 괜찮네.	A bit disappointing. 조금 실망인걸.

까 하는 생각이 들기도 한다.

2. 프랑스

프랑스 사람과 처음으로 같이 일을 할 때, 공격적인 말투 때문에 상처받았던 적이 있다. 다른 나라의 유럽인들은 프랑스 사람을 '사사건건 불평하는 것을 좋아하는 민족'이라며 비꼬기도 하는데, 과장된 표현이긴 하지만 틀린 말도 아닌 것 같다. 프랑스 사람들은 초등학교 때부터 한 주제를 가지고 자신의 의견을 발표하고 남의 의견을 비평하는 교육을 받는다고 한다. 그래서 누군가의 의견에 비평하는 것이 자연스러운 일이라는 것이다. 또한, 반대로 누군가 자신의 의견에 반하는 의견을 내거나 비평해도 별로 부정적으로 생각하지 않는다. 그저 다른 하나의 의견이라고 생각하지 자신을 공격한다고 생각하지 않는 것이다. 오히려 자기주장이 없는 사람을 자신감이 없거나 능력 없는 사람이라고 인식하는 경우가 많다. 그러므로 프랑스 사람과 회의할 때는 괜히 상대방을 존중

한다며 가만히 듣고만 있지 말기를! 열심히 경청하고, 열심히 내 의견을 어필해 보자. 그럴 때 그들은 건설적이고 성숙한 회의를 했다고 생각할 것이다.

3. 독일

원칙주의자 독일인들은 법과 정해진 매뉴얼을 철저히 따르며 일을 한다. 한 번 짜놓은 계획이 틀어지는 것을 매우 싫어하기 때문에 갑자기 새로운 일감을 가지고 와서 재촉하는 일이 거의 없다. 직장 동료였던 독일인 헬레나는 함께 일한 3년 동안 단 하루도 빠지지 않고 항상 오전 9시 정각에 맞추어 출근했다. 갑자기 결근하는 일은 당연히 단 한 번도 없었다. 업무 시간에는 잡담도 거의 하지 않고 일에만 집중하다가 저녁 6시가 되면 칼같이 퇴근했다. 이런 헬레나의 생활 패턴을 보고 있으면 참 재미없게 사는 것 같기도 하지만, 또 한편으로는 그녀의 근면 성실함을 존경하지 않을 수 없었다. 그러니 독일인 상사가 있다면 시간 관리는 철저히 할 것! 그리고 일반적인 상식에서 너무 벗어나는 튀는 행동은 조금 자제할 것!

4. 인도

두뇌 강국이라는 별칭이 무색하지 않게 지금까지 만난 인도 사람들은 하나같이 명석했다. 특히 그들은 나의 취약점인 수를 세는 일에 강했다. 상하이에서 근무한 마지막 회사에서 함께 일했던 인도인 동료도 셈에 정말 강했다. 마케팅이 가져다주는 효과를 수치로 뽑아내는 그를 보며 뼛속까지 인문계인 나는 무형의 마케팅 효과를 어떻게 수치로 측정할 수 있냐며 입을 삐죽거리곤 했지만, 사실 그의 야무진 셈 능력이 부러울 때가 많았다. 하지만 모든 방면에 명석한 그가 이상하리만큼 부족한 부분이 있으니 바로 실행력이다. 언젠가 인도로 여행 가면 '빨리빨리'는 포기하는 게 정신 건강에 좋을 거라는 말을 들은 적 있다. 한국인과 비교해 현저히 느린 인도인의 업무 처리 속도는 나의 애간장을 태우곤 했다. 그래서 그에게 일을 부탁할 때면 은근슬쩍 마감 시간을 던져 주었다. 물론 마감 시간에 딱 맞추어 일을 처리할 거라고 생각하는 것은 금물! 마감 시간을 꼭 맞추어야 하는 일일 경우, '도움이 필요하면 편하게 이야기해 달라'는 말을 건네며 간접적으로 일의 진행 정도를 중간중간 확인하는 것이 좋다.

5. 일본

우리가 익히 알고 있는 대로 일본 사람들은 참 꼼꼼하다. 그래서 일본인 동료와 함께 일하다 보면 존경스럽다가도 '아… 이쯤에서 대충 다음 단계로 넘어가면 안 되나?' 하는 생각이 들고는 한다. 일본인들의 꼼꼼함 덕분에 일의 진행 속도가 조금 더디게 느껴지긴 하지만 그 결과물은 언제나 만족스럽다. 또 다른 특징은 자기 의사 표현을 강하게 하지 않아 의중을 파악하기 어렵다는 것이다. 하지만 이를 제외하고는 우리와 비슷한 문화와 사고방식을 가진 나라여서 그런지, 함께 일하기는 가장 수월한 것 같다.

6. 중국

중국인과 함께 일하다 보면 바로 옆에 위치한 나라인데 어쩌면 이렇게 다를 수 있나 싶을 때가 많다. 그 차이는 마오쩌둥이 중화인민공화국을 설립할 때부터 시작된 것이 아닐까 조심스레 짐작해 본다. 웬만한 선진 국가보다 높은 '평등 의식'은 직장 내에서 그 빛을 더욱 발한다. 하고 싶은 말이 있다면 그 상대가 누구든지 당당하게 말한다. 한참 높은 사장님에게 신입 직원이 야근하기 싫다며 야근 수당을 올려 달라고 당당히 말하는 모습을 보면 정말 대단하다 싶다. 중국인들에게 부족한 점을 꼽자면 주인 의식과 책임 의식이다. 집단이 주인이 되는 사회주의 국가에서 자라서 그런 것일까? 업무 분담을 정확하게 나누어 주기 전까지는 먼저 나서서 일을 하는 것을 좋아하지 않는다. 해야 할 일이 남았음에도 퇴근 시간이 되면 바람과 함께 사라져 버려 당황스러웠던 경우도 많았다. 물론 요즘 젊은 중국인들은 예전 세대와 많이 달라졌다. 일을 향한 열정과 야망으로 활활 타오르는 중국인들과 함께 일할 때면 감탄하지 않을 수가 없다.

사실 다른 나라 사람들과 함께 일을 하면 할수록 'person by person, case by case(사람마다, 상황마다)' 라는 것 역시 깨닫게 된다. 우리 역시 같은 한국인이지만 나와 정반대 성격의 사람이 있는가 하면, 세대별로 생각하는 것이 다르고, 성별에 따라서도 생각이 다른 것처럼 말이다. 나라마다 어느 정도 공통된 특징이 있다는 것은 분명한 사실이지만, 그렇다고 '이 나라 사람은 무조건 이럴 거야'라고 생각하기보다는 오픈 마인드를 가지고 상대방을 대하는 것이 글로벌 사회, 글로벌 오피스에서 잘 지내는 노하우인 것 같다는 말을 덧붙인다.

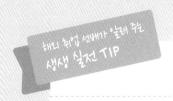

해외 취업 면접 성공을 위한
5가지 비법 아닌 비법

한국어로 해도 달달달 떨리는 면접을 모국어가 아닌 외국어로 본다는 것은 생각만 해도 긴장되는 일이다. 하지만 면접에서 중요한 것은 알맹이, 즉 질문에 대한 답변의 내용이다. 면접은 외국어 말하기 시험이 아니라는 것을 기억하자. 판에 박은 듯 뻔한 답변보다 '나'라는 사람의 특징을 잘 어필하는 것이 성공의 비결임을 잊지 말자.

1. 겸손 대신 자신감 장착하기

특히 사회 초년생들의 경우 면접을 볼 때 '자만하다' 또는 '나댄다'는 인상을 줄까 봐 자신을 낮추어 말하는 경우가 많다. 물론 적당한 예의와 대화 매너를 지켜야 하지만, 자신을 마케팅하는 것을 주저하지 말아야 한다. 내가 왜 이 일, 이 회사에 적합한 사람인지 적극적으로 말하자. 이때 중요한 것은 "제가 이 회사에 꼭 필요한 사람이라고 확신합니다"라고 막연히 말하면 안 된다는 점이다. 자신의 경력이나 경험 등 구체적인 예시와 이유를 들어가며 고급스럽게 내 능력을 어필하면 면접관에게 좋은 인상을 줄 수 있다.

면접에 임하는 자세도 중요하다. 어깨를 움츠리고 있거나, 긴장한 표가 나거나, 눈을 제대로 맞추지 못하면 자신감이 없는 사람이라고 여길 수 있다. 마지막 남은 동아줄을 붙잡는다는 심정으로 면접에 들어가면 더욱더 긴장되고 떨리기 마련이다. 실제로 그렇지 않더라도 '나는 여기 아니어도 갈 곳이 많아', '꼭 여기 아니어도 괜찮아'라고 마음속으로 되뇌다 보면, 말이 주는 힘 때문인지 자신감이 생겨 면접에 좀 더 편한 마음으로 임할 수 있게 될 것이다.

2. 지원한 회사에 대한 공부는 선택이 아니라 필수

"왜 이 일에 지원했나요?"나 "왜 우리 회사에 지원했나요?"는 면접 단골 질문이다. 뻔한 질문이지만 면접 당락을 좌우하는 매우 중요한 질문이기도 하다. 일을 향한 지원자의 열정과 태도를 가장 잘 파악할 수 있는 질문이기 때문이다. 면접을 보다 보면, 의외로 이 뻔하디뻔한 질문조차 제대로 준비하지 못한 지원자들을 보곤 한다. 지원자가 해당 직책에 완벽히 부합하는 훌륭한 경력을 갖고 있지 않는 한, 이 질문에 제대로 대답하지 못하면 100퍼센트 아웃이다.

면접 전에 인터넷 검색을 하여 지원한 업무와 회사에 대해 최대한 많은 정보를 수집하고 공부하자. 그러면 면접 때 할 수 있는 이야기가 다채로워지고, 답변의 깊이가 달라질 것이다. 회사 웹사이트에서 자주 사용되는 단어나 표현 등을 기억해 두었다가, 면접 답변에 잘 버무려 이야기하는 것도 하나의 팁이다. 지원 동기를 말할 때는 일을 통해 개인적으로 성취하고자 하는 목표를 말하는 것이 아니라, 회사에 무엇을 이바지할 수 있는 사람인지를 강조하는 것이 중요하다.

3. 면접 준비는 실전처럼

'연습은 실전처럼, 실전은 연습처럼' 해야 한다. 개인적으로 해외 취업 준비를 하면서 가장 큰 도움이 되었던 것 하나를 뽑으라고 한다면, 면접 스터디 모임이었다. 혼자서 면접 질문을 보고 답변을 암기하는 것보다, 다른 사람과 함께 실전처럼 면접 준비를 하는 편이 훨씬 도움이 된다. 다른 사람과 면접 연습을 할 때, 각자 뽑아온 면접 질문을 미리 보거나 생각할 시간을 갖지 않고 바로 대답하는 훈련을 하는 것이 좋다. 최대한 많은 면접 질문을 뽑아 놓고 연습에 연습을 반복하자. 어떤 질문을 툭 던지더라도 막힘없이 대답이 나올 수 있을 정도로 훈련하다 보면 실제 면접은 한결 편안하게 임할 수 있다. 마치 답을 모두 알고 시험을 치는 기분이라고나 할까? 면접 현장이 오히려 모의 연습 면접처럼 느껴지는 것을 경험할 것이다.

4. 선을 넘은 질문은 마이너스

"마지막으로 하고 싶은 질문 있나요?", "우리 회사에 대해 궁금한 것 있나요?" 면접 말미에 면접관들이 꼭 하는 질문이다. 절차상 또는 예의상 하는 질문이라고도 볼 수 있는데, 이때 "휴가나 복지가 어떻게 되나요?", "연봉이 어떻게 되나요?" 또는 "이 회사의 하루 세일즈가 어떻게 되나요?"와 같이 다소 민감한 질문을 하면 마이너스가 될 수 있다. 이러한 질문은 최종 입사가 확정되기 전에 하는 것이 좋다. 질문하는 시간에 꼭 '질문'만 해야 한다고 생각하지 말고, 자신을 어필할 수 있는 마지막 기회라 여기고 그 시간을 적극 활용해 보자. 예를 들어, 꼭 어필하고 싶은 나의 강점이나 회사를 향한 나의 열정을 이때 다시 한 번 강조할 수 있다. "XX 회사를 향한 저의 열정과 애정은 누구보다 크다고 자신합니다. 이 회사에 들어가기 위해, 또는 이 업무에 적합한 사람이 되기 위해 어떠한 기술과 경험이 필요한지 조언해 주실 수 있다면 너무나도 감사할 것 같습니다." 이렇게 질문하는 지원자를 나쁘게 볼 면접관은 없을 것이다.

5. 팔로우업 이메일 보내기

외국에서는 면접 후 지원자가 팔로우업Follow-up 이메일을 보내는 경우가 많다. 팔로우업 이메일을 보내기 가장 적절한 때는 면접을 진행한 다음 날이다. 팔로우업 이메일은 면접을 볼 수 있게 해주어 감사하다는 내용으로 간단하게 작성할 수도 있지만, 형식적인 내용보다는 진심을 담아 이메일을 작성한다면 좋은 인상을 남길 수 있다. 해외에서 일하면서 팔로우업 이메일의 중요성을 직접 체감한 경우가 두 번 있었는데, 한 번은 면접관의 입장에서 그리고 다른 한 번은 지원자의 입장에서였다.

캐나다 식품 유통 회사에서 근무할 때, 마음에 드는 지원자가 많아 고민하고 있었다. 그때 지원자로부터 한 통의 팔로우업 이메일을 받고 바로 채용을 결정한 적 있다. 그 지원자는 감사하다는 말과 함께 면접 때 부족하게 대답한 답변을 다시 정리하고 보충하여 이메일을 보냈다. 답변의 내용이 놀라울 정도로 대단한 것은 아니었지만, 그 지원자의 열정에 감동해 채용을 결정했다.

나 역시 면접은 아니었지만 한 기업의 담당자와 만남을 가진 후, 해당 사업이 성공하기 위한 마케팅 전략을 정리하여 이메일을 보낸 적이 있다. 그리고 그 이메일을 받아 본 기업 담당자는 내게 함께 일해 보고 싶다는 제안을 했다.

이렇듯 진심을 담은 팔로우업 이메일이 채용에 좋은 영향을 끼칠 수 있다는 것은 확실하다. 면접 때, 아쉽게 대답한 부분이 있거나 논의되지 않았던 부분, 또는 꼭 어필하고 싶은 나의 강점이 있다면 팔토우입 이메일을 적극 활용해 보자.

Part 3

가슴을 뛰게 하는 일,
정말 있나요?

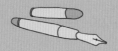

누군가에게 좋아하는 일만 하면서
살 수는 없다는 조언을 들었다고 쉽게
포기해 버리지 말자. 좋아하는 일만 하며
살 수 없다고, 해야 하는 일만 하면서
살아야 할 이유도 없다.

운명처럼 다가온, 아주 기묘한 면접

좋아하는 것을 쫓다 보면 기회는 자연스럽게 따라온다는 말은 진리였다. 글 쓰는 것이 좋아 블로그를 시작했다. 그리고 그 블로그 덕분에 한국 교민 신문인 상하이 저널에 프리랜서 기자로 정기적으로 글을 쓰게 되었다. 상하이 레스토랑 관련 글을 주로 작성했는데 그러다 보니 자연스럽게 건강하고 좋은 음식에 대한 관심이 높아졌다. 그리고 우연한 기회에 미국인 동료의 적극적인 추천으로 한 친환경 제품 판매 사이트를 이용하게 되었다. 캐나다인이 운영하는 회사로 품질 좋고 믿을 수 있는 채소와 각종 친환경 식품을 팔고 있었는데, 입소문을 타고 빠른 속도로 성장하고 있던 회사였다. 반신반의하며 온라인으로 주문한 채소는 매우 신선하고 맛있었다. 이렇게 좋은 사이트를 한국 교민들에게도 알리고 싶다는 왠지 모를 사명감에 '상하이에서 건강하게 먹기'라는 주제로 기사를 쓰기 시작했다.

글에 들어갈 정확한 정보를 얻기 위해 사이드를 살펴보던 중 나의 시선을 사로잡은 문장이 있었다. "We are looking for a Korean speaker." 한국어를 할 줄 아는 사람을 찾는다는 아주 짤막한 문구였다. 이 한 문장 외에 그 어떠한 다른 정보도 언급되어 있지 않았다. 한국어를 할 줄 아는 사람이 왜 필요한 거지? 번역할 사람이 필요한가? 한국 음식을 판매하려고 하나? 의중을 전혀 알 수 없는 채용 공고 문구였지만 어찌 되었든 간에 내가 무언가 도움을 줄 수 있을 것 같다는 가벼운 생각으로 짧은 이메일을 보냈다.

"나는 건강하고 맛있는 음식을 사랑하는 사람이자 평소 너희 사이트를 애용하는 팬이야. 최근에는 상하이 한국 교민 신문에 너희 회사 소개 글을 작성하기도 했어. 어떤 이유로 한국 사람을 찾고 있는지 모르겠지만, 내가 도움이 될 수 있을 것 같아 이메일을 보내. 이력서와 내가 작성한 신문 기사 파일을 함께 보내니 확인하고 연락 줘."

그러자 하루도 채 되지 않아 내가 보낸 이메일보다 더 격식 없는 이메일이 왔다.

"헬로, 나는 이 회사 사장, 리처드야. 지금까지 몇 명의 한국인에게 이메일을 받았는데, 너만큼 음식과 우리 회사에 관심 있는 사람은 없었어. 지금 한국 시장에 대한 가능성을 살펴보고 있는데 우리 일단 만나서 이야기하자! 징안쓰 근처 XX 커피숍 어때?"

아무리 스타트업 회사라지만, 면접을 동네 커피숍에서 한다는 것이 당혹스러웠다. 하지만 또 다른 한편으로는 사무실 밖에서 회사 사장님과 편하게 면접을 진행한다는 것이 꽤 멋지다는 생각이 들었다. 나중에 알고 보니 커피숍에서의 면접은 사장님의 아주 영리하고 철저한 계획이었지만 말이다.

두둥! 드디어 면접 날이 다가왔다.

어떻게 입을까 고민을 하다 커피숍에서 하는 면접이니 너무 차려입지 않는 편이 낫겠다는 생각이 들었다. 옷장 속에서 검은색 스키니 진에, 짙은 남색 티셔츠를 꺼내 입었다. 5년 전 한국에서 면접을 보러 다닐 때는 생각조차 해 볼 수 없었던 면접 복장이다. 그때 같았으면 머리도 단정히 묶었을 테지만, 이번에는 자연스럽게 머리를 풀었다. 나답지 않은 옷과 화장으로 어색해하며 면접을 보는 것보다 진짜 내 모습을 보여 주는 것이 더 중요하니까. 스타트업 회사니가 너무 딱딱한 모습보다는 젊고 개성 있는 모습을 보여 주는 것이 좋을 것 같다는 생각도 들었다.

내 예상은 들어맞았다. 커피숍에서 나를 맞이한 사장님은 나보다 훨씬 편안한 복장을 하고 있었다. 그의 젊은 사업 마인드가 옷에서 드러났다. 자리에 앉은 나를 예리한 눈빛으로 훑어보는 그의 카리스마에 긴장이 되기 시작했다.

"자, 앞으로 30분이 나에게 쓸모없이 낭비한 30분이 될지, 아니면 내 사업에 전환점을 가져다줄 가치 있는 30분이 될지 너에게 달려 있어. 지금부터 네가 어떤 사람인지 보여 줘 봐."

"나는 현재 XX 회사에서 한국 시장 마케팅 업무를 하고 있고, 일을 시작한 이후로 고객 재방문 수치가 XX퍼센트 늘었고, 그리고…."

"Boring, Boring!(재미없어, 재미없어!)"

당황스러웠다. 마치 내 앞에 영화 〈악마는 프라다를 입는다〉의 악덕 상사 미란다가 앉아 있는 것 같았다.

"그런 것 말고, 네가 왜 특별한지, 너의 열정이 무엇인지를 보여 줘."

에라 모르겠다. 뭘 원하는지 감이 안 잡히니 그냥 내가 하고 싶은 말을 해서 진짜 나를 보여 주자.

"네가 어떤 사람을 찾고 있는지 잘 모르겠지만, 나만 한 사람을 찾기 힘들 거라는 건 확신해. 왜냐하면, 나만큼 이 회사에 애정을 가진 한국 사람은 없을 테고, 이 회사 제품을 잘 아는 한국 사람도 없을 거니까. 소비자이자 팬으로서 고객이 뭘 원하는지 나는 잘 알고 있고, 한국 고객으로서 한국인에게 어떻게 어필하면 좋을지도 잘 알고 있어. 그리고 무엇보다 확실한 것은 너희 회사 팬이자 고객으로서 상하이에 거주하는 한국인들에게 이 좋은 제품들을 꼭 알려 주고 싶다는 마음과 열정이 나만큼 넘치는 사람은 없을 거란 점이지."

자신감이 너무 과했나 하고 생각하고 있는데, 가만히 듣고 있던 그의 표정이 조금씩 온화하게 풀어졌다. 그러더니 자신이 사업을 시작하게 된 계기에서부터 현재 상황, 앞으로 계획까지 아주 긴 이야기를 약 30분에 걸쳐 나에게 들려주기 시작했다. 30분 동안 나를 보여 달라고 하더니, 정작 내가 말한 시간은 5분이나 될까? 그렇게 기묘한 면접은 끝이 났고, 그는 즐거운 미팅이었다며 작별의 악수를 건넸다. 방금 무슨 일이 일어난 거지? 면접을 하긴 한 건가?

"I like you, I will show you our office!"

기묘했던 면접의 결과는 성공적이었다. 채용이 확정된 후 사장님은 새로운 시무실을 보여 주겠다고 했다. 그러더니 사무실과 그 옆 건물에 자리한 물류 창고, 주방 이곳저곳을 숨 고를 새도 없이 정신없이 보여 주었다.

"여기는 우리 인기 제품 해독 스무디를 만드는 곳이야. 한번 먹어볼래? (나에게 한 병을 건네고 자신도 한 모금 들이켠 후) 아~! 너무 아름다운 맛이야!"

"여기는 우리가 마이크로 그린(새싹 식물)을 테스트하는 곳이지. 저것 봐. 정말 매력적이지 않니?"

순간 여성스러운 그의 말투와 손동작을 보며 혹시 게이가 아닐까 하는 생각이 들었다. 나의 추측과 달리 그는 아름다운 중국인 부인과 훈남 아들을 둔 아버지였지만 말이다.

정말 독특한 사람이다. 열정이 넘쳐도 너무 넘친다. 그리고 자신이 하는 일과 판매하는 제품에 대한 사랑과 자부심이 가득하다. 이런 사람이 운영하는 회사라면 분명 꽤 괜찮은 회사일 거라는 생각이 들었다.

비즈니스 매니저가 되다

상하이 두 번째 직장인 온라인 식품 유통 회사에서 나의 직책은 '한국 비즈니스 매니저'였다. 고객지원팀 주니어로 상하이에 입성한 후 마케팅으로 직무를 바꾸고 이제 한국 시장을 총괄하는 매니저가 되다니 감회가 새로웠다. 하지만 사실 말이 한국 비즈니스 매니저지, 고객지원 업무에서부터 마케팅, 세일즈까지 모든 것을 혼자서 해야 했다. 한국 비즈니스를 처음으로 시작하는 것이기 때문에 업무 인수인계를 해 줄 사람은 커녕 도움을 요청할 만한 사람도 없었다.

한국 시장을 상대로 비즈니스를 하기 위해 가장 먼저 해야 할 일은 영어 사이트를 한국어로 번역하는 것이었다. 이전 회사에서 일하면서 좋은 번역이 세일즈에 미치는 영향을 눈으로 봐 왔던 지라, 어떻게 하면 어색하지 않게 번역하면서 회사 브랜드 이미지를 제대로 전달할 수 있을지 고민했다. 브랜드 이미지를 만드는 데 중요한 역할을 하는 태그 라인(Tag line: 기업 또는 브랜드, 제품 등의 특징을 한 줄로 설명하는 것을 말한다. 보통 소비자 마음속에 자사 브랜드 또는 제품이 '이렇게 자리 잡았으면 좋겠다' 하는 내용을 담는다)을 어떻게 할지가 첫 과제였다.

당시 우리 회사의 영어 태그 라인은 'Community-based online

grocer that deals in safe and healthy food'였는데 'Community-based online grocer(커뮤니티를 바탕으로 한 온라인 식료품점)'라는 문장을 한국어로 직역하니 매우 어색했다. 사이트를 처음 접하는 한국 소비자에게 신뢰를 줌과 동시에, 회사의 특징이 무엇인지 정확히 전달되어야 할 필요가 있었다. 그렇게 고민 끝에 만든 태그 라인은 '상하이 거주 외국인들이 가장 많이 이용하는 친환경 온라인 마켓'이었다. 당시 외국인들이 자주 이용하는 온라인 식품 판매 사이트가 서너 곳 있었는데, 그중 우리 회사의 세일즈가 가장 높았다. 그 점을 태그 라인에 강조해 우리 사이트가 상하이 거주 외국인들 사이에서 이미 인정을 받았으니 믿고 주문해도 된다는 메시지를 전달하고자 했다.

그리고 유기농 마트, 프리미엄 마트 등과 같이 '가격이 비쌀 것이다'라는 편견을 가져올 수 있는 표현을 쓰지 않고, '친환경'이라는 단어를 사용해 좋은 제품을 합리적인 가격에 판매하는 착한 사이트라는 브랜드 이미지를 부각했다. 우리 사이트는 친구 같은 친근한 이미지를 강점으로 하고 있었고, 소비자들 역시 그에 열광하고 있음을 알고 있었기에 한국 소비자도 그 부분을 그대로 느낄 수 있도록 하고 싶었다.

당시만 해도 한국에서는 회사 웹사이트에 극존칭어와 격식어를 사용하는 것이 일반적이었다. 그래서 편안한 어투로 작성한 영어 원문을 한국어로 이떻게 풀어내야 할지 고민이 많았다. 딱딱한 글씨체가 아닌 손 글씨체를 활용하고, 구어체를 섞이가며 친구'에게 대화하듯 번역을 했더니 좋은 반응이 나왔다. 또한, 영어 사이트와 별개로 한국어 사이트 탄생 스토리를 넣어 한국 사람들이 느끼기에 이질감이 들지 않도록 했다. 마치 내가 사장이 된 양 애정과 열정을 담아 사소한 것 하나하나 신경 써서 한국어 사이트를 만들었다. 한국 인턴 직원과 둘이서 회사 소개 번역을 포함해 3,000여 개가 넘는 상품 번역 등을 해냈다. 끝이 보이지 않던 수많은 번역 작업을 마치고 나자 드디어 그럴듯한 한국어 사이트가 완성되었다. 소비자에게 전달될 회사 소개 전단지에 넣은 '한국 비즈니스 매니저 Sue Choi' 문구를 보니 이루 말할 수 없는 뿌듯한 감정이 밀려왔다.

'이제 드디어 시작이다. 최선을 다해 꼭 대박 사이트를 만들자. 파이팅!'

내 업무는 전단지 돌리기?

일본어 사이트의 경우 번역 작업에만도 3개월이 넘게 걸렸다는데, 이 일을 1개월 만에 완성하고 설레는 마음으로 한국어 사이트를 열었다. 개시 첫날, 두 개의 주문이 들어왔다. 첫 주문은 다름 아닌 상하이 근교 도시 쑤저우에 살고 있던 나의 중학교 단짝 친구, 그리고 두 번째 주문은 내 단짝 친구로부터 소개를 받고 주문한 내 친구의 친구였다. 친구는 제품이 좋아 보여서 주문한 거니까 고마워할 것 없다고 했지만, 사이트를 개시하자마자 나를 위해 주문을 해 준 친구의 착한 마음이 느껴져 고마웠다. 사장님은 한국어 사이트 첫 주문이 상하이가 아니라 쑤저우 고객인 것에 매우 신기해했지만, 시치미를 뚝 떼고는 쑤저우에 한국인 고객 수요가 꽤 있는 것 같다며 한국 비즈니스의 긍정적인 가능성을 은근히 어필했다.

하지만 그게 다였다. 첫날 두 건의 주문 이후로, 주문 페이지를 아무리 새로 고침해도 새로운 주문이 들어오지 않았다. 하루, 이틀 그리고 3일이 지나도록 주문이 없자 불안해지기 시작했다. 나의 경우 주변 외국인 친구들로부터 이 회사 칭찬을 줄곧 들었기 때문에 믿고 애용했던 사이트였지만, 다른 한국인들은 그렇지 않았다. 좋은 제품을 파는 멋진 사이트니까 한국어 사이트를 열자마자 '짠!' 하고 사람들이 알아서 몰려올 것이라는 아주 순진한 착각을 했다. 사람들에게 사이트를 선전한 적이 없었으니 당연히 사이트를 아는 사람이 없는 것이고, 사이트를 정식으로 연 지 일주일도 되지 않았으니 당연히 주문이 없을 수밖에 없는 것인데, 그때는 그 상황에 낙담하고 좌절했다. 지금 같으면 좌절하는 대신 앞으로의 장단기 마케팅 계획을 잡고, 어떤 식의 브랜드 이미지를 가지고 갈 것인지, 누구를 주 타깃 고객으로 삼을지 등을 차분히 생각해 보았겠지만, 당시 내 마음은 한없이 조급해졌다.

막막한 마음에 무엇이든 해야겠다는 생각이 들어 전단지를 한 뭉치 들고 무작정 한국인들이 많이 거주하는 상하이 한인 타운으로 향했다. 사장님도, 회사 내 그 누구도 왜 주문이 들어오지 않느냐고 재촉하지 않았지만, 혼자서 괜히 세일즈를 내야 한다는 압박감에 한인 타운 길거리 한복판에서 전단지를 사람들에게 나눠 주기 시작했다. 한국인들이 많이 가는 커피숍과 음식점에 들어가 가게 매니저 또는 사장님에게 간절한 눈빛으로 전단지를 비치해 달라고 부탁했다.

그렇게 무작정 전단지를 돌리다가 문득 과연 이것이 얼마나 효용성이 있을까 하는 의문이 들었다. 불특정 다수에게 전단지를 뿌리는 것보다 적은 수라도 우리 사이트에서 제품을 주문할 이유가 있을 만한 사람에게 전단지를 주어야겠다는 생각이 들었다. 채소와 과일 등 믿을 수 있는 식재료에 신경을 가장 쓸 사람은 아무래도 어린아이를 키우고 있는 어머니일 것이다. 그래서 유모차를 끌고 가거나 어린아이의 손을 잡고 걸어가는 여성분들께 집중적으로 전단지를 드렸다. 심지어 앞으로 나의 경

고객이 있는 곳이라면 한국 비즈니스 매니저라는 타이틀이 거창해 보이지만 실제로는 최일선에서 고객들을 만나가며 브랜드를 알리는 일에 발 벗고 나설 수밖에 없었다. 사진은 오프라인 이벤트 모습.

경사가 될 수 있는 한인 마트 입구 근처에 서서 장을 보고 나오는 젊은 여성들에게 전단지를 전달했다. 결과는 대성공이었다. 불특정 다수에게 전단지를 건넬 때보다 전단지를 꼼꼼히 살펴보는 사람 수가 확연히 더 많아졌다. 회사 소개를 간단히 하고 나면 관심을 내비치며 궁금한 것을 물어보기도 했다. 말끔하게 옷을 차려입은 한국인이 열정적으로 회사를 설명하며 전단지를 나누어 주는 모습이 신기해서 좀 더 관심 있게 봐준 것인지도 모르겠다.

전단지를 나누어 주고 돌아오는 길, 가방 안에 묵직하게 자리를 차지하고 있는 전단지 한 무더기를 바라보며 '나는 누구? 여기서 뭘 하고 있는 거지?' 하는 생각에 헛웃음이 나왔다. 명색이 비즈니스 매니저로 취업했는데 상하이 한인 타운에서 한국인들에게 전단지를 돌리고 있다니. 참 별별 짓을 다 하고 있다는 생각이 들었다. 하지만 또 한편으로는 이렇게 열정적으로 열심히 살았던 적이 언제였나 하는 생각도 들었다. 오늘 이 하루가 언젠가 나를 미소 짓게 할 열정 스토리 중 하나가 되길 바라며… 이렇게 열심히 하다 보면 분명 좋은 결과가 올 거라며 스스로를 다독였다.

결과는 생각보다 빨리 왔다. 하루가 채 지나지 않아 새로운 주문이 들어왔다. 내가 전단지를 돌렸던 그 동네에서 온 주문이었다. 예전에 우리 회사 사이트를 이용한 적 없는 신규 회원의 첫 주문! 미리 준비한 카드에 감사한 마음을 담아 한 글자 한 글자 정성스럽게 편지를 써 내려갔다.

"안녕하세요, xxx 고객님. 먼저 고객님의 첫 주문을 진심으로 감사드립니다. 불안한 먹거리로 가득한 상하이에서 깨끗한 먹거리를 추구하며 사는 것이 결코 쉬운 일은 아니지만, 저희 사이트가 고객님의 먹거리 불안을 조금이라도 덜어드리고 행복한 식사 시간을 준비하시는 데 도움이 되기를 바랍니다. 첫 주문 감사의 의미로 소소하지만 디톡스 스무디 한 병을 선물로 보내드립니다. 건강한 상하이 생활, 행복한 식사 시간 되시기 바랍니다! -한국팀 비즈니스 매니저 Sue Choi-"

내가 일을 열심히 할 수밖에 없는 이유

이곳에서 일을 시작하면서 사람들한테 어쩜 그렇게 열심히 일하냐는 칭찬을 받고는 했다. 처음에 그런 칭찬을 받을 때는 우쭐하기도 했지만, 사실 그 계기는 모두 사장님 덕분이었다고 해도 과언이 아니다.

일을 시작한 지 일주일 정도 지났을 즈음이었다. 혼자서 사이트 번역을 모두 하기에는 벅찬 양이라고 생각해서 사장님께 파트타임 직원이 필요하다는 이메일을 보낸 적이 있었다. 괜한 걱정에 어떻게 이메일을 쓸까 한참을 고민했다. 왜 파트타임 번역이 필요한지, 파트타임 번역비로 얼마 정도를 써야 하는지 그리고 사람을 씀으로써 얼마나 더 빨리 일을 끝낼 수 있는지, 앞으로 어떤 계획을 세우고 있는지 등의 내용을 조심스럽게 적어 내려갔다. 그 이메일에 대한 사장님의 회신은 간결하지만 강렬했다.

"쑤, 우리 회사의 한국어 사이트는 너의 비즈니스야. 너의 베이비인 거지. 그러니까 네가 보기에 맞는다고 생각하면 그렇게 해. 나는 너를 믿어. 앞으로도 네가 옳나고 생각되면 나한테 물어볼 것도 없어. 니는 그냥 너를 지지할 거야."

신선한 문화 충격이었다. 그동안 외국 회사에서 일하면서 다양한 사람들의 각기 다른 가치관을 접해 왔다고 생각했는데, 이것은 또 다른 세계였다. 나를 이렇게 신뢰해 주는 사장님이 있는데 허투루 일을 할 수가 없었다. 내가 할 수 있는 한 최선을 다해 일하고 싶었고, 좋은 성과를 내고 싶었다.

한번은 스트레스로 인해 하루가 다르게 안색이 어두워지는 내 얼굴을 본 사장님이 사무실 밖 물류 창고 휴식 공간으로 나를 불렀다. 소파에 앉자 사장님이 먼저 말을 꺼냈다.

"쑤, 요새 어때?"

"생각보다 세일즈가 나지 않아 고민이야. 이것저것 열심히 하는 것 같은데 세일즈가 그대로야. 왜 그런지 모르겠어. 뭘 잘못하고 있는 것은 아닌지 걱정이 되기도 하고…."

나의 이 진지한 고민을 이해했는지 못했는지, 사장님은 얼굴에 미소를 지으며 말했다.

"쑤, 내가 언제 너한테 세일즈 가지고 뭐라고 한 적 있니? 누가 너보고 오늘내일 세일즈 걱정하며 일하래? 우리 짧게 갈 것 아니지 않니? 너 여기서 몇 개월만 일하다가 관둘 것 아니지? 비즈니스를 하는 사람은 참을성을 가지고 길게 보고 일해야 해. 그러지 않으면 금방 지쳐버리거든. 괜히 당장의 세일즈를 높인다고 할인 이벤트를 한다거나 가격에만 혈안이 되어 저렴한 제품을 판매하려고 하다 보면 맨날 할인만 하는 회사라는 인식만 생길 수 있어. 아직 한국어 비즈니스를 시작한 지 반년도 채되지 않았잖아. 자꾸 그렇게 세일즈 때문에 스트레스 받으면 주문 내역 볼 수 없게 로그인 차단해 버릴 거야! 그러니까 세일즈에 연연하지 말고 앞으로 장기적으로 어떻게 한국 비즈니스를 이끌어 나갈지 생각해 봐.

그게 내가 너를 채용한 이유고, 네가 해야 할 일이야."

통찰력 깊은 조언으로 나를 감동하게 하더니 장난기 가득한 웃음을 띤 채 말을 이어갔다.

"한국 비즈니스 이야기는 이제 그만하고 네가 어떻게 지내는지나 이야기해 봐. 요새 상하이 생활은 어때? 힘든 일은 없고? 남자친구는?"

"으응?"

"네가 행복해야 일도 잘 풀리는 거야. 네 개인적인 삶이 행복하지 않으면 직장에 와서도 일에 집중할 수 없고 당연히 좋은 성과를 낼 수 없어. 그러니까 세일즈 때문에 스트레스 받지 말고 인생을 즐기면서 살아야 해! 너 지금 그렇게 일 때문에 스트레스 받아 봤자 나중에 도움 될 것 하나도 없어."

사장이 직원한테 일보다 네 인생이 더 중요하니, 일에만 집중하지 말라는 조언을 하다니 신선한 충격이었다.

그렇다면 우리 사장님이 세일즈에 완전 쿨했던 사람일까? 아니면 돈을 워낙 많이 벌고 있어서 그렇게 말할 수 있었던 것일까? 이에 대한 의문을 완전히 없애버린 반전의 날이 있었다. 하루는 사장님이 요식업 분야의 좋은 사람들을 많이 만날 수 있을 것이라며 고급 레스토랑의 오프닝 파티에 나를 데리고 간 적이 있었다. 그곳에서 사장님이 어느 레스토랑 사장과 하는 이야기를 엿들었는데 깜짝 놀라지 않을 수 없었다. 사업이 잘 되어가냐는 질문에 사장님 왈,

"나는 이 사업을 시작하고 나서 단 하루도 제대로 잠을 자 본 적이 없는 것 같아. 매일 세일즈 때문에 기분이 좋아졌다가 한없이 우울해졌

다가 아주 제정신이 아닌 사람 같아. 그래서 지난달부터 세일즈 확인하는 페이지에 일부러 접속하지 않았어."

이럴 수가! 사장님도 나와 똑같은 생각을 하고 있었던 것이다. 어찌 보면 당연했다. 나야 아무리 그래도 내 사업이 아니고, 내 돈 들어가는 일이 아니다. 월급을 받으며 일하는 나도 이렇게 스트레스를 받는데, 조금만 잘못하면 모든 것을 떠안고 빚을 져야 할 상황이 올 수 있는 사장님이 세일즈가 신경 쓰이지 않는다는 것은 말이 안 되는 것이었다. 그럼에도 불구하고 아무렇지 않은 척 나를 다독여 주고, 흔들리지 않게 무게 중심을 잡아 주었던 것이다.

동기 부여가 되지 않는 직원에게 아무리 입이 아프도록 일 좀 열심히 하라고 해 봐야 소용없다. 월급을 더 준다고 해도, 또는 이렇게 성의 없이 일하면 잘릴지도 모른다고 엄포를 줘도 효과가 나는 것은 그때 잠시뿐이다. 직원을 신뢰하고, 직원을 일하는 기계가 아닌 가족처럼 생각하며, 자신이 먼저 모범이 되어 열심히 일한다면, 어느 직원이 대충 일할 수 있을까?

글쓰기 취미가 바꿔 놓은 인생

글을 쓴다는 것은 어렸을 때부터 나의 마음을 흔드는 일 중 하나였다. 글쓰기에 특별한 재능이 있는 것은 아니지만 책을 읽거나 글을 쓰고 있으면 마음이 편안해지고 행복했다. 단순 흥미에서 시작한 블로그는 나중에 마케팅 업무를 하는 데 큰 도움이 되었다. 이뿐 아니라, 상하이 한인 신문에서 프리랜서 기자로 글을 쓰게 되는 데 일조했으며, 상하이 저널에서 쓴 글은 두 번째 회사로 이직할 수 있는 직간접적인 기회를 마련해 주었다. 그러므로 글쓰기가 내 인생을 변화시켰다고 해도 과언이 아닐 것이다. 그리고 이러한 나의 글쓰기 취미는 이직한 회사에서 저조한 세일즈 때문에 고전하고 있던 때에도 숨통을 트이게 해 주었다.

이직한 지 몇 개월 되지 않았을 때였다. 처음보다 주문량이 늘긴 했지만, 여전히 만족할 만한 숫자는 아니었다. 품질 좋은 제품을 합리적인 가격에 판매한다는 것이 우리 사이트의 강점이었지만 중국 마트와 비교하면 가격이 높은 편이었다. 이런 상황에서 이렇게 하면 더 많은 한국 고객들의 관심을 끌 수 있을까 하는 것이 나의 가장 큰 숙제였다. 하지만 솔직히 그때까지만 해도 오르지 않는 세일즈를 보며 우울해 하기만 하고, 그 어느 것도 제대로 시도하지 않고 있었다. '괜히 잘못했다가 브랜드 이미지에 맞지 않으면 어떡하지?' 하는 걱정 때문이었다. 그런 내 모습을 보더니 친구가 조언을 해 주었다.

"고민할 시간에 일단 그냥 한번 해 보는 게 어때? 설령 그 시도가 브랜드 이미지에 맞지 않는다고 하더라도, 또는 실패했다 하더라도 솔직히 말해 네가 돈을 잃는 것이 아니잖아. 내가 보기에 지금 이 기회는 너한테 정말 좋은 기회야. 남들은 자기 돈을 써가면서 사업을 하고 무수한 시도와 실패, 시행착오를 겪으면서 성장하는데 너는 공짜로, 심지어 월급을 받아가면서 그런 것들을 해 볼 수 있는 거잖아. 지금 시도했던 경험들이 나중에 다른 곳에서 일하거나 너만의 사업을 할 때 분명 큰 도움이 될 거야. 그러니까 스트레스 받지 말고 값비싼 교육을 무료로 받고 있다고 생각하고 하고 싶은 대로 일단 저질러 봐. 해 보지 않고서는 그 결과가 어떨지 알 수 없는 거잖아."

맞는 말이었다. 마음을 새로이 다잡고 책상에 앉아 컴퓨터를 켰다. 당시 우리 회사에서는 미국인 영양·헬스 코치가 만드는 디톡스 스무디가 독보적인 인기를 끌고 있었는데, 내가 우리 회사를 처음 알게 된 것도 바로 디톡스 스무디를 먹으면서부터였다. 내가 믿고 좋아하는 제품을 진심을 다해 소개하는 글을 쓰면 한국 소비자도 그 진가를 알아주지 않을까? 상하이 한인 커뮤니티 사이트에 '솔직하게 쓰려고 노력한 후기'란 제목으로 상업적인 느낌을 최대한 없애고 솔직하고 담백하게 제품 후기를 작성했다. 예전 같았으면 '회사의 이름을 걸고 이런 글을 커뮤니티 사이트에 써도 괜찮은 걸까?', '너무 솔직한 글이라 브랜드 이미지에 해가 가는 것은 아닐까?' 또는 '개인적인 주관이 강한 글이라 누가 뭐라고 하면 어떡하지?', '혹시 누가 직접 시도해 봤는데 내 글이 과장되었다고 욕하면 어쩌지?' 등의 이유로 주저했겠지만, 지금은 아니었다.

'누가 상업적인 글을 왜 여기에 쓰냐고 하면 그냥 죄송하다고 하지 뭐, 무슨 큰 잘못을 한 것도 아니고.'

결과는 예상보다 훨씬 더 성공적이었다. 진심은 통한다고 하더니 틀린 말이 아니었다. 나에게 도움이 되었던 제품을 다른 한국 사람들에게도 소개하고 싶다는 마음을 담아 글을 작성했기 때문일 거다. 내가 하고 싶은 말은 줄이고 내가 상대방이라면 어떤 글을 읽고 싶을까를 생각하며 글을 작성해서 그런지 그 누구도 내가 쓴 글을 상업적이라 생각하지 않았다. 오히려 어떤 사람들은 유용한 글을 올려 주었다고 좋아했다. 생각을 비우고 쓴 글 한 편이 신규 고객을 불러왔고, 신규 고객의 방문은 주문으로 이어졌다. 돈 하나 들이지 않고 마케팅을 해서 세일즈를 낸 것이다.

이 일을 계기로 나는 여러 가지 값진 인생 레슨을 얻었다.

첫째, 고민하고 생각할 시간에 일단 해 보자.

둘째, 현재 하는 일을 '해야 하는 일'이라 생각하지 않고 '훗날 나에게 도움이 되는 시간', '내 미래를 위해 투자하는 것'이라고 생각하면 일이 훨씬 즐거워진다.

셋째, 좋아하는 일을 하다 보면 인생은 다양한 기회를 나에게 준다.

'자신이 좋아하는 일을 하라'는 말이 있다. 하지만 한창 구직 활동을 할 때 이 조언은 사치처럼 들렸다. 우리 사회 역시 꿈보다는 현실에 맞추어 일을 찾는 게 현명한 길이라고 가르쳐 왔던 것 같다. 좋아하는 일이 잘하는 일이고, 잘하는 일이 돈을 벌어다 준다면 좋겠지만 안타깝게도 현실은 그와 다를 수 있다. 하지만 어떤 일을 하게 되든지 좋아하는 일을 하는 것을 두려워하지 말고, 멈추지 말라고 이야기하고 싶다. 지금 당장은 현실적으로 여건이 되지 않는다 하더라도, 다른 일을 하면서 좋아하는 일을 할 수 있는 기회는 얼마든지 있다고 생각한다.

글쓰기와 관련 없는 고객지원 일을 할 때도 마케팅 글쓰기가 재미있다는 이유로 돈 한 푼 생기지 않는 블로그를 시작했다. 상하이 한인 신문에 맛집 관련 글을 재미 삼아 기고한 것을 계기로 프리랜서 기자가 되었다. 그리고 그 경험을 활용해 이직을 했고, 지금은 이렇게 책을 쓰겠다며 컴퓨터 앞에 앉아 자판을 두드리고 있지 않은가?

좋아하는 일을 하는 것이 지금 당장 내가 원하는 결과를 가져다주

글쓰기 취미가 인생을 바꾸다 꾸준한 글쓰기 연습은 결국 비즈니스에도 도움이 되었다. 글쓰기를 좋아한다면 지치지 말고 꾸준히 글을 써 나가길!! 상하이 교민 신문에 소개된 내 모습과 내가 연재했던 맛집 탐방기.

지 않더라도 포기하지 말고 꿈을 향해 나아가 보길 바란다. 설령 그렇게 하는 것이 내 인생에 돈을 안겨 주지는 못한다 하더라도 행복을 가져다 주는 것만은 분명하다. 그러니 누군가에게 좋아하는 일만 하면서 살 수는 없다는 조언을 들었다고 쉽게 포기해 버리지 말자. 좋아하는 일만 하며 살 수 없다고, 해야 하는 일만 하면서 살아야 할 이유도 없다. 일상 속에서 좋아하는 일을 할 수 있는 기회를 찾다 보면 분명 기회는 오기 마련이다. 그리고 그 기회는 당신에게 또 다른 기회를 가져다줄 것이다.

고객이 마케팅의 전부다

상하이 첫 직장인 스웨덴 교육 회사에 있을 때였다. 마케팅 부서의 어느 영국인 동료와 회의를 하고 있는데 이야기를 나누면 나눌수록 이 사람은 우리 제품을 이용하는 고객에 대해 전혀 아는 게 없다는 느낌이 들었다. 회사에 입사한 지 2년이 넘었는데, 그 사람은 회사의 주 고객이 누구인지 관심이 없었다. 그저 자기는 마케팅 일만 하면 된다고 생각하는 것 같았다. 일을 하다 보면 이런 사람들을 꽤 자주 본다. '나는 나한테 주어진 일만 한다'고 생각하는 사람.

나만의 마케팅 철학이 하나 있다면, 바로 '고객을 알아야 마케팅을 할 수 있다'는 것이다. 나의 커리어가 고객지원팀에서 시작해서 그런 것일 수도 있지만, 나는 고객지원팀이야말로 회사에서 가장 중요한 부서라고 생각한다. 고객과의 접점에 있는 직원들이 고객이 무엇을 필요로 하는지 누구보다 가장 잘 알고 있는 사람들이기 때문이다. 그들이 고객을 응대할 때 사용하는 단어 하나, 말 한마디가 회사의 이미지에 큰 영향을 끼칠 수도 있다. 간혹 어떤 회사에서는 회사 사정이 안 좋아지면 고객지원 부서부터 축소해 비용을 절감하고 반대로 마케팅에 현안을 올린다. 하지만 아무리 돈을 써서 마케팅을 하고 프로모션을 해 봤자 고객지원팀이 적절한 타이밍에 올바른 고객 응대를 하지 못한다면 이 모든 마케팅이 무슨 소용이 있을까? 그렇기 때문에 마케팅을 잘하고 싶다면 고객을 잘 아는 것이 중요하다.

스웨덴 교육 회사에서 마케팅 업무를 할 때도, 두 번째 캐나다 식품 유통 회사에서 비즈니스 매니저로 일을 할 때도 고객지원팀 업무를 놓지 않았다. 물론 각종 불평불만에 응대하는 것은 꽤 스트레스 받는 감정 노동이다. 하지만 생각을 바꾸어 보면, 고객이야말로 우리 회사를 먹여 살리는 사람이고 내 월급을 주는 사람이다. 나는 그들의 불평을 듣는 것이 아니라 그들로부터 마케팅에 필요한 좋은 아이디어를 얻는 것이다.

이직한 캐나다 온라인 식품 유통 회사는 주 고객층이 30~40대 주부들이었다. 미혼인 내가 주부를 상대로 마케팅을 한다는 것은 쉽지 않은 일이었다. 일을 막 시작했을 때만 해도 가족들의 식사를 책임지는 어머니들이 무엇을 필요로 하는지, 그들의 하루 일과가 어떻게 흘러가는지 전혀 알지 못했고 관심도 없었다. 그래서 가장 먼저 내가 할 수 있는 것은 문의하는 고객 한 명 한 명 성심껏 응대하며 그들의 이야기를 듣는 것이었다.

제품을 직접 보고 주문할 수 없다 보니 고객들의 문의가 많은 것이 당연한 법. 신선도를 확인하고 싶어 하는 고객, 제품 크기가 어떠한지 제품 라벨에 적힌 내용은 무엇인지 알고 싶어 하는 고객 등 제품에 대해 궁금해하는 고객이 있으면 최대한 자세히 설명했다. 그리고 이로도 부족하다고 느껴질 경우 직접 물류 창고로 가서 실제 사진을 찍어 보내기도 했다. 채소 신선도가 떨어진다는 고객의 불평이 많이 접수 되는 여름에는 신선 창고가 나의 또 다른 사무실이 되었다. 매일 신선 창고에 가서 배송이 나가기 바로 직전에 제품이 담긴 상자를 열어 하나하나 살펴보고 조금이라도 신선하지 않을 경우 다른 제품으로 변경해 물건을 보냈다.

고객 서비스에 차별화를 두니 한국 주부들 사이에서 입소문이 나기 시작했다. 고객 서비스에 감동을 하고는 요청하지도 않았는데 블로그에 후기를 써서 홍보해 주시는 분, 고객 서비스가 좋아서 가격이 비싸도 우리 사이트에서 주문한다는 분 등 단골손님이 생기기 시작했다. 가끔 '매니저님~' 하면서 친구한테 문의하듯 편안하게 말을 거는 고객, '매니저님이 추천해 주셔서 매니저님 믿고 사는 거예요'라고 이야기하는 고객을 만날 때마다 일할 맛이 났다.

고객의 불평을 응대하는 일은 쉽지 않은 감정 노동이지만, 훌륭한 고객 관리가 비즈니스에 가지고 오는 놀라운 성과를 알고 있었기에 허투루 응대할 수 없었다. 고객의 입장에 서서 생각하면 고객들의 불만이 납득이 되고 이해가 갔다. 그래서 고객들이 불평하면 최대한 고객의 입장에 서서 생각하고, 진심을 담아 사과했다. 사과에서 끝나는 것이 아니라 왜 그러한 일이 발생했는지 내부적으로 철저히 조사했고, 앞으로 같은 일이 발생하지 않도록 관련 부서에 개선을 요청했다. 이러한 고객 응대로 불만 고객이 충성 고객이 될 때 그 뿌듯함은 이루 말할 수 없었다.

또한 고객을 알아야 좋은 마케팅을 할 수 있다는 생각에 고객 서베이를 종종 실시했다. 이메일, 전화, 문자 등을 활용한 고객 서베이는 비즈니스를 성장시키는 데 직간접적으로 많은 도움을 주었다. 한국 비즈니스를 시작한 지 얼마 안 되었을 즈음, 제품을 주문한 고객에게 한 명 한 명 전화를 걸어 제품 만족도를 확인하면서 개선되었으면 하는 점이 있는지 물어보았다. 많은 고객들이 모바일, 태블릿 PC와 같은 이동 기기에서 편리하게 작동이 되었으면 한다고 말했다. 당시 우리 회사는 모바일로 사이트에 접속할 수는 있으나 웹사이트 호환성이 좋지 않았다. 피드백을 주신 분들과 더욱 깊게 이야기를 나누어 보니, 그 이유는 바로 주부들의 생활 패턴 때문이었다. 아이들과 하루 종일 부대끼며 이것저것 챙겨야 하므로 여유롭게 책상 앞에 앉아 컴퓨터를 켜고 사이트를 구경하며 주문을 할 시간이 없었던 것이다. 하루의 대부분 시간을 컴퓨터 앞에서 보내는 나로서는 생각조차 못 해 본 일이었다. 너무 바빠서 장바구니에 물건을 담다가도 아이가 울기 시작하면 달래느라 주문하는 것을 잊어버린다는 고객들의 고충을 들으면서 모바일 사이트 개선이 꼭 필요하다는 것을 알게 되었다. 사장님에게 모바일 사이트 개선이 필요하다고 제안했지만, 테크놀로지 방면으로는 느렸던 사장님은 그 필요성에 의문을 두었다. 그래서 그간 고객들에게 받은 피드백과 인터넷으로 수집한 모바일 사이트 쇼핑몰 결제 이용 증가 수치를 내보였다.

"OK! 그렇다면 네가 한번 이 프로젝트를 담당해서 진행해 봐!"

OK 사인이 떨어졌고, 나는 순식간에 한국 비즈니스 업무뿐 아니라 우리 회사의 모바일 사이트 개선 프로젝트 리더가 되어 새로운 업무를 하게 되었다. 개선된 모바일 사이트는 주부들의 쇼핑을 좀 더 편리하게 만드는 것에서 그치지 않고, 세일즈에도 긍정적인 결과로 이어졌다. 한 번 고객이 된 사람을 잘 관리하는 것만큼 효과적인 마케팅 성과가 또 있을까. 신규 고객을 잡기 위해 마케팅에 돈을 아무리 쓴다 한들, 고객이 재구매를 하지 않는다면 그 마케팅은 '밑 빠진 독에 물 붓기'나 마찬가지다.

좋은 마케터가 되기 위해서는 고객지원 일도 마다하지 않고 고객을 알기 위해 노력하는 자세가 필요하다.

마음이 맞지 않는 사람과 일하는 법

지금까지의 이야기만 읽으면 내가 멋진 사장님 밑에서 능력을 인정받으며 신나게만 일한 것처럼 보일 수 있다. 하지만 새로 이직한 직장에서 일하는 것이 그렇게 순탄하고 즐겁기만 한 것은 아니었다. 첫 출근 전날, 사장님은 내게 이 회사를 시작할 때부터 함께해 온 부하 직원이자 가장 총애하는 직원인 '디마'가 나를 맞아줄 것이라고 했다. 디마의 위챗 메신저 연락처를 전달받아 친구로 추가한 후 설레는 마음으로 메시지를 보냈다.

"안녕, 나는 한국 비즈니스를 담당하게 된 쑤야. 내일 첫 출근 예정인데 사장님이 너와 연락해서 만나라고 해서 문자를 보내. 내일 언제 어디서 보면 될까?"

웃는 이모티콘까지 넣어 최대한 상냥하게 문자를 보냈건만 디마는 아주 짧은 답장을 보냈다.

"오전 10시에 사무실 건물 1층에서 보자."

"고마워. 내일 10시에 보자."

사장님이 가장 총애하는 사람이자 앞으로 함께 일하게 될 동료한테 좋은 첫인상을 주고 싶어 끝까지 예의를 차려 메시지를 보냈지만, 디마의 짧고 차가운 메시지가 조금 신경이 쓰였다. 보통 새로 회사에 조인하는 사람이라고 소개를 하면 형식적으로나마 "Welcome!" 하고 환영의 말을 해 주는데 내가 뭘 잘못했나 싶었다.

첫 출근 날. 10시 20분이 되도록 나타나지 않는 디마. 문자 한 통도 없다. 기다리다 못해 혹시 무슨 착오가 있나 싶어 문자를 보냈더니, 아무렇지도 않게 오늘 좀 늦을 것 같다며 위로 올라가서 사무실 안에서 기다리라고 하는 것 아닌가? 아무리 그래도 첫 출근 날인데, 아는 사람 하나 없는 사무실에 들어가면 사람들이 누구지 하고 의아해할 텐데, 이 상황이 참 당황스러웠다. 사무실로 올라가 빈자리에 혼자 뻘쭘하게 앉아 있으니 얼마 후 디마가 들어왔다. 앳돼 보이는 얼굴에서 그가 꽤 어린 나이임을 단번에 짐작할 수 있었다. 큰 키와 금발, 파란 눈을 가진 디마는 어디 가면 잘생겼다는 소리를 들을 만한 준수한 외모의 친구였다.

"만나서 반가워! 문자로 이야기 나눈 쑤야."

"응, 반가워."

"사장님한테 오늘 네가 업무 트레이닝을 해 준다고 들었는데 잘 부탁해."

"응? 그래? 글쎄… 내가 딱히 트레이닝해 줄 수 있는 게 없는 것 같은데."

"어… 엉?"

시큰둥한 표정과 말투로 디마는 마지못해 트레이닝해 주었다. 30분도 채 되지 않는 짧은 시간 동안 속사포처럼 대충 트레이닝을 해 주고는 다른 궁금한 것이 있으면 영어고객지원팀 매니저에게 물어보라고 하며 회의실을 유유히 떠나버렸다. 그때부터 나는 이 친구와 함께하는 회사 생활이 절대 쉽지 않을 것임을 직감했다. 사실 디마와 일하는 것이 익숙해지기까지는 거의 반년이 넘는 시간이 걸렸다. 하루는 그날따라 유독 더 차갑고 비협조적인 태도에 화가 나 나와 친하게 지내던 중국 비즈니스 매니저에게 조심스럽게 이야기를 꺼냈다.

"오늘 이런 일이 있었는데, 아무리 생각해도 디마가 나를 개인적으로 싫어하는 것 같아 속상해. 그렇지 않고서야 이렇게까지 나한테 비협조적일 이유가 없잖아…."

물증은 없고 심증만 있는 개인적인 생각이기 때문에 반년 동안 속앓이만 하던 고민을 조심스럽게 꺼냈는데, 예상외의 반응이 돌아왔다.

"어머! 너도 그렇게 생각하고 있었니? 나도 처음 이 회사에 왔을 때 걔 때문에 얼마나 마음고생을 했는지 몰라. '왜 나를 싫어하는 걸까?'라고 몇백 번도 넘게 생각했어."

"정말? 나는 나만 이렇게 생각하는 줄 알았어. 어디 가서 말도 못 하겠더라고. 내가 괜히 너무 예민하게 받아들이는 게 아닐까 싶어서."

"아니야! 너뿐 아니라 그렇게 생각하는 동료들 정말 많아! 걔 진짜 이상하지? 우즈베키스탄 그쪽 애들이 좀 잘 웃지도 않고 차갑다고 하더라. 나도 걔 때문에 상처 많이 받았어."

나만 그렇게 느꼈던 것이 아니라는 생각에 마음이 놓였다. 중국 비즈니스 매니저는 말을 이어갔다.

"처음에는 걔가 하는 말을 감정적으로 받아들이고 힘들어 했는데, 요새는 걔 성격을 파악해서 거기에 맞춰 행동하니까 훨씬 일하기가 쉽더라고."

"예를 들어 어떻게?"

"디마가 지위에 비해 나이가 어리니까 다른 동료들한테 무시당할까 봐 일부러 그렇게 딱딱하고 거만하게 행동하는 것 같더라고. 그래서 디마한테 부탁할 때 '너밖에 이런 일 할 수 있는 사람이 없어서 부탁하는 거야' 하는 식으로 인정해 주는 표현을 사용하면 평소보다 더 잘 들어주는 것 같아. 그리고 먹을 거 가지고 가서 잡담을 나누다가 자연스럽게 요청하면 잘해 줘. 걔가 초콜릿같이 달콤한 것 좋아하거든. 그런 거 가지고 가서 주면 엄청 좋아해. 생각보다 엄청 단순하지? 하하하."

아무렇지 않게 자신의 경험담을 이야기해 주었지만, 속으로 적잖이 놀랐다. 나는 그동안 '왜 이 사람이 나를 싫어하는 것일까?' 생각하며 디마를 불편하게만 여겼는데, 내 동료는 상대방의 성격을 파악해 그에 맞춰 노련하게 행동하고 있었던 것이다. 회사 생활을 하다 보면 정말 가지각색의 사람을 만나게 된다. 중국 비즈니스 매니저의 행동을 보며 그렇게까지 하며 비위를 맞춰야 하냐고 생각할 수 있다. 하지만 좋든 싫든 함께 일해야 하는 사람과 괜히 얼굴 붉히며 지내서 나한테 득이 될 게 뭐가 있을까 생각하면 이는 참 현명하고 성숙한 직장 생활 노하우라고 생각한다. 나와 잘 맞지 않는 사람이라고 '저 사람이랑 상종하지 않을래' 이렇게 생각하고 멀리하면 결국 나만 괴로워지기 마련이다. '내 사람으로 만들기' 게임을 한다고 생각하고 상대방의 성격, 좋아하는 것 등을 파악해 요령껏 행동하면 함께 일하기 훨씬 더 수월해질 것이다. 또한, 상대방의 행동을 감정적으로 받아들이지 말고 '그게 저 사람 성격이니까', '뭐 오늘 기분 안 좋은 일이 있었나 보지'라고 생각하고 넘어가면 상처를 덜 받을 수 있다.

　물론 그중에는 아무리 노력해도 맞지 않고 싫은 사람이 있을 수 있 겠지만, 꼭 기억하자, 싫어하는 마음이 커질수록 나 혼자만 회사 생활이 힘들어진다는 것을.

스물다섯의 비즈니스 마스터

직장 생활을 하다 보면 마음이 맞지 않는 사람 때문에 힘든 시간을 보내기도 하지만, 또 한편으로는 멋진 사람들과 함께 일하면서 많은 것을 배우기도 한다.

캐나다 식품 유통 회사에서 일한 지 1년 반 정도 지났을 때였다. B2C(Business to Consumer: 기업과 일반 소비자 간의 거래) 세일즈는 어느 정도 감을 익힌 것 같고, 기업 고객을 대상으로 한 B2B 세일즈를 배우고 싶다는 생각이 들었다. 당시 우리 회사는 아르헨티나 소고기 유통 회사와 협력하여 B2B 세일즈를 하고 있었는데, 이 회사 사장의 아들 에릭이 우수한 세일즈 성과를 내고 있었다. 큰 키와 준수한 외모를 갖고 있는 그가 한때 카레이서였다는 말을 듣고는 잘난 부모를 만나 자기 하고 싶은 것 하며 사는 금수저라고 생각했다.

하지만 에릭의 유창한 중국어 실력을 보고 깜짝 놀라지 않을 수 없었다. 상하이에 있으면서 에릭만큼 중국어를 잘하는 서양인을 본 적 없었기 때문이다. 그의 중국어 실력은 그저 부모님이 시켜서 공부한 사람이 이룰 수 있는 정도가 아니었다. 중국 시장 진출을 위해 얼마나 열심히 자신의 인생을 투자했는지를 그의 수준 높은 중국어 실력에서 짐작할 수 있었다. 소고기 분야에 대한 지식 역시 그 누구보다 풍부했고, 자신감 역시 넘쳤다.

"쑨, 너 혹시 에릭이 몇 살인 줄 알아?"

회의 중 회사 동료가 나에게 슬쩍 물었다.

"몰라. 한 20대 후반이나 30대 초반 정도 되지 않았을까?"

"아니야. 나도 최근에 알았는데 스물다섯 살이래. 그리고 걔 동생은 스물세 살이고."

"뭐?!!! 스물다섯이면 아무리 일찍 대학을 졸업해도 졸업한 지 1~2년밖에 안 된 거잖아? 그리고 스물셋이면 아직 대학생 아니야?"

"응, 동생은 여기에서 대학교 다니고 있대. 어렸을 때부터 최대한 많은 세일즈 경험을 하는 게 중요하다고 생각해서 에릭이 데리고 다니면서 가르치는 거래. 실습 같은 거지."

나이가 많지 않을 거라고 짐작은 했지만 그렇게 어릴 줄은 몰랐다. 일할 때나 업무상 회의를 할 때면 그의 얼굴에서 쉽게 다가갈 수 없는 카리스마가 풍겼기 때문이다. 하루는 에릭이 오랫동안 공들여 온 호텔과 계약서에 서명하는 날 동행하게 되었다. 나 외에도 에릭의 동생과 세일즈팀 이탈리아인, 미국인 동료가 그 자리에 있었다. 출발하기 전에 에릭은 나에게 말했다.

"쑨, 세일즈를 할 때 계약서에 서명하는 날은 가장 중요하고 어려운 날이야. 이미 다 결정된 일이라고 생각할 수도 있지만 때로 상황이 완전 다른 양상으로 가기도 하거든. 갑자기 계약을 하지 않겠다고 한다든지, 새로운 내용을 계약서에 추가해 달라고 요청한다든지, 별별 일이 다 일어나. 사인하기 바로 직전에 상대방의 진짜 얼굴, 속내를 알 수 있다고 할 수 있지. 그래서 오늘 정말 많은 것을 보고 배울 수 있을 거야."

계약서 서명만 앞두고 있는 시점이라고 해서 가볍게 보고 함께 가겠다고 했는데, 갑자기 부담스러워졌다. 혹시나 내가 가서 괜히 일을 그르치면 어떡하지 하는 생각도 들었다. 차로 한참을 달려 약속 장소에 도착하자 호텔 매니저가 우리를 반갑게 맞이하며 저녁 식사를 대접했다. 호텔 코스 요리를 먹으면서 이런저런 대화를 나누었는데, 1분이 1년처럼 느껴질 정도로 불편했다. 그렇게 어렵고 불편한 저녁 식사가 드디어 끝이 났고, 호텔 매니저는 우리가 마음에 들었는지 2차를 제안했다. 계약서에 서명은 안 하고, 2차에서 3차로 이어진 술자리 때문에 우리는 호텔에서 예정에 없던 외박을 하게 되었다. 새벽 5시까지 그의 기분을 맞춰주며 부어라 마셔라 술을 마셨는데, 아침 9시가 되기도 전에 그는 조식을 먹자며 우리를 깨웠다. 샤워도 못 하고 나간 조식 자리에서 호텔 매니저는 드디어 계약서를 꺼내 서명을 했다. '세일즈가 쉽지 않은 것이구나'라는 생각에 에릭이 더욱 대단하게 느껴졌다. 지친 몸을 이끌고 사무실로 바로 출근했는데, 에릭이 다가와 말을 한다.

"오늘 미팅에 관한 내용을 정리해서 리포트를 작성해 줄래?"

"리포트?"

"응, 미팅이 끝나고 나서 그 미팅이 어땠는지, 어떠한 점을 개선해야 하는지 등을 적은 리포트를 작성하면 나중에 세일즈할 때 너한테도 아주 좋은 자료가 될 거야."

"어… 그래… 언제까지 작성하면 될까?"

"최대한 빠르면 좋겠지? 리포트 작성해서 일단 나한테 보여 주고 내가 검토한 후 사장님한테 보내면 사장님도 좋아할 거야."

얘가 정말, 너무한 거 아니야? 보아하니 나한테만 리포트 작성하라고 시킨 것 같은데 왜!!?? 나한테 왜 그러는 거야!! 짜증이 몰려왔지만, 정신을 붙잡고 리포트를 쓰기 시작했다. 다행히도 에릭은 자신이 어떻게 리포트를 쓰는지 간략히 이야기해 주었다.

"그날 미팅의 분위기, 그 사람이 원하는 것은 무엇이었는지, 우리가 그 사람이 원하는 것을 어떻게 들어주었는지, 계약을 성사시키기 위해 무엇을 했는지, 오늘 미팅에서 네가 한 역할이 무엇이었는지, 왜 그렇게 했는지, 그 사람은 어떤 스타일의 사람인지, 앞으로 그런 사람을 상대로 계약을 성사시키기 위해 어떠한 접근이 좋다고 생각하는지, 그리고 다른 동료들은 어떻게 행동했는지, 그의 주변 사람들은 어땠는지 등을 작성해 봐."

그의 제안대로 리포트를 써 내려가자 그날의 회의 내용이 일목요연하게 정리가 되면서 앞으로 어떤 점을 개선시켜야 할지, 무엇을 배웠는지가 머릿속에 들어왔다.

"잘 작성했어. 다른 점은 다 좋은데… 동료들이 잘한 점만 적지 말고 부족했거나 개선할 점도 적어 봐. 예를 들어, 내 동생은 사교성이 매우 뛰어난 것이 강점이지. 서양 사람을 대상으로 할 때는 이런 성격을 좋아하는 사람이 많지만, 이번 미팅의 호텔 매니저처럼 예의를 중시하는 아시아 사람한테는 조심해야 해. 그런데 조심하지 않고 너무 격식 없이 말을 해서 호텔 매니저가 불편하게 느낄 만한 상황을 몇 번 만들었지. 그 점을 개는 개선해야 해. 그리고 세일즈를 잘하려면 나와 그 사람 둘 사이의 관계뿐 아니라 그 사람의 주변 사람들까지 파악해 놓으면 좋아. 예를 들어 그날 하루 종일 그 사람을 시중들던 남자, 수행비서 있지, 그 비서가 호텔 매니저한테 어떤 식으로 행동하는지를 보면 호텔 매니저의 성격이나 비즈니스 스타일이 보이기도 해.”

아르헨티나에서 온 이 젊고 잘생긴 청년이 나보다 아시아인들의 비즈니스 노하우에 대해 더 꿰뚫고 있는 것 같아 놀라웠다.

“와, 거기까지는 생각을 못 했어. 정말 대단하다. 너는 어디서 이런 거를 배웠니?”

“하하하, 칭찬해 줘서 고마워. 대단한 거라고 생각하지 않지만, 어렸을 때부터 부모님께서 끊임없이 비즈니스 하는 법을 가르쳐 주신 영향이 있는 것 같아. 내가 유대인이거든. 왜 사람들이 우스갯소리로 유대인들은 아기 때부터 경제관념을 가르친다고 하잖아. 우리 부모님이 그랬던 것 같아. 사람과 사람 사이의 관계를 어떻게 발전시켜야 돈을 벌고 모을 수 있는지 질릴 만큼 가르쳐 주셨거든. 정말 질리도록 말이야! 하하하.”

유대인의 자녀 교육법에는 ‘자녀에게 장사를 가르치지 않으면 도둑으로 키우는 것과 같다’라는 말이 있을 정도라고 한다. 유대인들이 비즈니스를 잘한다는 사실은 널리 알려져 있지만, 중국이라는 타지에서 나보다 한참 어린 아르헨티나 출신 유대인에게 세일즈 노하우를 배우게 될지 한국에 있었을 때 상상이나 했었을까? 이렇게 타지에서 일하면서 만나게 되는 멋진 인연들은 해외 생활의 힘든 점들을 보상받게 해 주는 값진 선물이다.

비즈니스보다 사람이 먼저

식품 유통 회사 한국 비즈니스 매니저로 일하다 보니 종종 식품 사업을 하는 한국 분들이 우리 사이트에 상품을 판매하고 싶다거나, 우리 회사에만 있는 상품을 납품 받아 판매하고 싶다며 연락을 하고는 했다. 하루는 아래와 같은 이메일을 받았다.

"안녕하세요, 궁금한 점이 있어 이렇게 메일을 보냅니다. 다름이 아니라 저희가 XXX 제품을 구매하고 싶은데 상품 리스트를 받아 볼 수 있을까요?"

자신이 누구인지, 어느 회사에서 일하는지 등 기본적인 정보도 주지 않은 채, 다짜고짜 상품 리스트를 달라는 이메일 내용이 그다지 마음에 들지는 않았지만, 이메일 회신을 했다. 알고 보니 한국에서 이름만 대면 모두 알 만한 대기업에서 보낸 이메일이었다. 어디에 어떤 유통 경로로 어떤 상품을 납품하고 싶은지 자세한 설명도 하지 않고 상품 정보를 달라며 재촉했다. 아마 한국에서는 언제나 갑의 위치에 있었을 테니 다른 기업과 함께 비즈니스를 하는 데 필요한 서로 간의 신뢰를 쌓는 작업 따위는 생략해도 상관없었을지 모르겠다. 회사 이름만 말하면 "먼저 연락해 주셔서 감사합니다!" 하며 대접했을 테니까. 물론 외국도 갑을 관계가 존재한다. 하지만 이곳에서 일을 하면서 배운 것은 비즈니스를 잘하기 위해서는 사람과 사람 사이의 관계를 중요하게 여겨야 한다는 것이다.

중국어로 사람과 사람 사이의 관계를 의미하는 '꽌씨关系 비즈니스'를 단순히 혈연, 학연 등의 연줄을 이용한 비즈니스로만 보면 안 된다. 잘봐 달라며 비싼 밥 한 번 대접하고, 좋은 선물을 준다고 해서 꽌씨 비즈니스가 성사되는 것이 아니다. 중국 사람들은 오랜 시간 두고두고 보며 이 사람이 믿을 만한 사람인지, 함께 비즈니스를 해도 될 만한지 파악한다. '중국에서 꽌씨는 가족이다'라고 말하기도 한다. 가족처럼 믿을 수 있는 사람과 비즈니스를 한다는 의미다. 이러한 신뢰는 하루아침에 쌓을 수 없다. 몇 번 같이 일하고, 몇 번 같이 밥 먹었다고 생기는 것이 아니다. 이익 추구만을 목적으로 한 비즈니스 관계를 구축하려고 하기보다, 진심으로 상대를 대하며 오랜 시간에 걸쳐 신뢰를 쌓아나가려고 할 때 꽌씨 비즈니스가 성공할 수 있다.

이렇다 보니 '빨리빨리' 문화에 익숙한 한국인들은 중국인과 비즈니스를 할 때 답답하게 느낄 수 있다. '왜 이렇게 일을 느리게 진행할까?' 싶기도 하고, '혹시 우리 회사가 마음에 들지 않나?' 하며 조바심을 낼수도 있다. 그렇다고 일을 빨리 성사시켜야 한다는 생각에 불만을 표하거나, 뇌물을 주며 빠른 일 처리를 부탁하면 역효과를 가지고 올 수 있다. 큰 그림을 보고 길게 가려는 중국인들에게 우리의 빨리빨리 행동이 작은 그림만 보고 가는 인내심 없는 조급한 것으로 비추어질 수 있다.

또, 우리 회사가 갑의 위치에 있다고 생각하여 고압적인 자세를 취하면 일은 더욱 틀어질 수 있다. 비즈니스를 가족처럼 믿을 수 있는 사람과 해야 한다고 생각하는데, 가뜩이나 체면을 중시하는 중국인들이 자신을 무시하는 사람과 왜 함께 일하고 싶겠는가?

중국의 '꽌씨 비즈니스'가 비단 중국에만 적용되는 것은 아닌 것 같다. 첫 번째 회사인 스웨덴 회사, 두 번째 회사인 캐나다 회사에서 일하면서 서양 사람들도 중국인들만큼이나 비즈니스를 할 때 '사람'을 '비즈니스'보다 먼저 두고 일을 진행하는 것을 보아 왔다. B2B 세일즈를 배우고 싶어 캐나다인 사장님에게 노하우를 물어보았을 때, 가장 먼저 돌아온 답이 '상대를 가족처럼 대하라'는 것이었다.

"만일 네가 상대방에게 무언가를 통해 이득을 얻으려고만 한다면, 상대방도 똑같이 너를 대할 거야. 그런 식으로 비즈니스를 하면 함께 일하기가 쉽지 않지. 뒤에서 얼마나 덜 줄지 계산하고 있을 테니까. 그런데 만일 비즈니스는 잠시 뒤로하고 상대방을 사람 대 사람, 더 나아가 가족처럼 대하려고 노력하면 부탁하지 않았는데도 그쪽에서 먼저 나한테 하나라도 더 주려고 할 거야. 자기 이득만 취하려는 사람이 아니라, 함께 성장하고 싶은 사람임을 강조해야 해."

페이스북 창시자 마크 저커버그 역시 "사람과 사람을 연결하면 비즈니스로 이어진다"는 말을 했다. 학연, 지연 등 연줄 하나 없는 해외에서 일하다 보면, 사람과 사람 사이의 관계가 일하는 데 얼마나 큰 도움이 되는지 너무 절실히 깨닫게 된다. 신심으로 상대를 대하면 사람이 저절로 따라오고, 일이 저절로 들어온다는 것은 성공적인 해외 직장 생활을 위해 꼭 기억해야 할 교훈 중 하나다.

성장은 누가 시켜 주지 않는다

대학을 막 졸업하고 일자리를 찾고 있는 친구들에게 어떤 회사에 가고 싶은지 물어보면, '나의 가치를 알아주는 회사', '내가 성장할 수 있는 회사'를 꼽곤 한다. 나 역시 그랬다. 내 능력을 발휘할 수 있는 회사에 가고 싶었고, 그런 회사라면 내가 멋진 사람으로 성장할 수 있을 것 같았다.

　사회에 나와 총 네 곳의 각기 다른 회사에서 일하면서 배운 것은 회사가 나를 키워 주기만을 바라면 안 된다는 것이다. 자기 스스로 발전해야 한다. 내 손에 돈까지 쥐여 주는 회사에 내가 더 큰사람으로 성장할 수 있도록 도와주기까지 바란다면 그것은 욕심 아닐까? 회사 입장에서는 내가 엄청난 인재가 아닌 이상 그렇게까지 할 이유가 없다. 회사가 알아서 내 잠재력을 발견해 키워 주겠지, 알아서 내가 이룬 성과를 인정해 주겠지, 알아서 정직원으로 채용해 주겠지, 알아서 월급을 올려 주겠지, 알아서 승진시켜 주겠지 등등 기대하기 쉽다. 하지만 회사는 봉사 기관도 자기 계발 교육 기관도 아니다. 회사가 알아주지 않는다고 섭섭해할 것도 없고, 섭섭해서도 안 된다. 능력을 인정받고 싶다면 능력을 발휘할 방법을 스스로 찾고, 권리를 제대로 보장받지 못하고 있다면 먼저 나서서 이야기하는 편이 훨씬 낫다.

회사에 막 입사한 친구들이 많이 하는 불평 중 하나가 바로 "이런 회사인 줄 몰랐어요"다. 회사가 생각보다 체계적이지 않은 것 같아요, 상사들이 하나같이 무능력해 보여요, 나한테 허드렛일만 시켜요, 이런 일 하려고 들어온 것 아닌데 다른 회사에 가면 좀 더 나을까요 등등. 하지만 다른 회사도 똑같다. 광고 천재 상사 밑에서 일하거나, 능력이 뛰어나고 후배들도 잘 챙기는 직속 상사 밑에서 일을 배울 가능성은 매우 적다. 입사하자마자 능력을 인정받아 나에게 엄청난 프로젝트를 맡기는 드라마 같은 일은 현실에서 쉽게 일어나지 않는다.

캐나다 온라인 식품 유통 회사에서 한국 비즈니스 매니저로 일을 하면서 일에 자신감이 붙자 좀 더 다양한 고객층을 상대로 일을 해 보고 싶다는 욕심이 들었다. 그리고 그쪽으로 경력을 쌓는다면 나중에 이직할 때도 좋을 것 같았다. 마침 당시 중국 비즈니스 매니저가 새로 온 지 얼마 되지 않을 때였는데, 이런저런 업무를 도와주며 좋은 관계를 유지해 나갔다. 중국 비즈니스를 키우는 데 내가 도움을 줄 수 있는 부분이 있다면 언제든 편하게 말하라고 기회가 날 때마다 말을 했다. 그 덕분에 중국 비즈니스 관련 프로젝트를 종종 함께 진행할 수 있었다. 영어권 국가의 비즈니스 마케팅 역시 마찬가지였다. 나보다 훨씬 먼저 입사한 영어 팀 매니저가 주도권을 잡고 있었기 때문에 함부로 업무 영역을 침범할 수는 없었다. 괜히 의사를 잘못 내비치었다가는 그녀의 영역을 빼앗으려 한다고 오해를 살 수도 있기 때문이었다. 그래서 방향을 돌려 그 친구가 그다지 관심 없어 하던 상하이 주변 도시인 쑤저우를 노렸다. 안 그래도 쑤저우 시장이 자신의 업무를 가중시킨다고 여기고 있던 영어팀 매니저는 쑤저우 지역 마케팅을 해 보고 싶다는 나의 제안에 흔쾌히 OK 했다. 사장님 역시 더 많은 일을 해 보고 싶다는 사람에게 안 된다고 할 이유가 어디 있냐며 나의 제안을 반가워했다. 그렇게 나의 명함에 한국 비즈니스 매니저에 쑤저우 비즈니스 매니저 직책이 하나 더 추가되었다.

쑤저우 마케팅을 담당하게 되면서 영어권 국가, 서양인들을 상대로 하는 마케팅 노하우를 실전 경험을 통해 배울 수 있었다. 또한, 프로젝트 책임자가 되어 문화도 다르고 나보다 영어를 훨씬 잘하는 서양인 친구들에게 일을 시켜야 하는 상황을 겪어 보면서, 한국 비즈니스에만 국한되어 일했다면 못 해 볼 경험들을 여럿 쌓을 수 있었다. 그 외에도 한국 고객들에게 매력적일 만한 제품을 찾아 한국 홈메이드 제품 라인을

성장은 나 스스로 하는 것 '내가 성장할 수 있는 회사'라는 측면에서 바라보면 중요한 건 외국 회사나 한국 회사냐가 아닐지도 모른다. 나 스스로 적극적으로 임하지 않는다면 외국 회사에서야말로 내가 성장할 수 있는 기회는 더 작을 수도 있다. 많은 희로애락이 녹아 있는 전단지와 내가 주도했던 '건강하고 맛있는 요리 만들기' 레시피 프로젝트.

런칭할 수 있었고, 모바일 사이트를 구축하고 싶다고 제안해서 모바일 사이트 프로젝트 책임자가 될 수 있었다. 세일즈 업무를 해 보고 싶다는 의사를 사장님에게 강하게 어필해 B2B 세일즈 업무를 할 수 있었다. 그 때 세일즈를 하면서 만난 다양한 인연들은 나중에 돈을 주고도 바꾸지 못할 값진 인맥이 되었다.

회사에서 내가 원하지 않는 일을 시킨다고 불평만 하지 말고, 적극적으로 내가 할 수 있는 일을 어필해 보자. 허드렛일이라도 괜찮으니 도움이 필요하면 불러 달라고 열정을 보이면 이를 좋지 않게 볼 사람은 거의 없을 것이다.

나의 경험담을 읽으며 외국 회사니까 가능하지 한국 회사에서는 그렇게 하기 힘들다고 생각할 수도 있다. 그리고 그 말이 맞을 수도 있다. 하지만 한 가지 확실한 사실은 외국 회사에서도 이런 상황을 만드는 것이 쉬운 일은 아니라는 것이다. 보이지 않는 벽과 모호하지만 넘지 말아야 할 선이 존재하기 때문에 어떻게 행동해야 괜찮은 것인지 파악하기가 오히려 더 어렵게 느껴지기도 한다. 보이지 않는 선을 넘어 버려 동료에게 오해받거나 상사의 눈 밖에 나는 상황이 생길 수 있다.

매사에 부정적인 생각을 갖고 있는 사람은 어떤 상황에서든 못할 이유를 찾기 마련이고, 일을 이루어 내고자 하는 마음이 강한 사람은 어떤 상황에서든 이루어 낸다고 생각한다. 허드렛일 하나도 제대로 못하면서 불평만 하는 사람이 아닌 허드렛일도 열심히 하는, 일 욕심 많고 열정 넘치는 사람이 되어 하루가 다르게 나날이 성장할 수 있기를 응원한다.

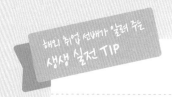

겪고 나서야 알게 된
중국 직장인들의 8가지 특징

중국은 한국 바로 옆에 자리한 이웃 국가이지만, 직장 문화는 한국과 다른 점이 많다. 그래서 처음 중국에서 일하는 사람들은 한국과 너무나도 다른 직장 문화에 당황해하곤 한다. 오죽했으면, 중국 비즈니스 관련 베스트셀러 책들에서 하나같이 '중국인들에게 한국인의 모습을 기대하지 말라!'고 강조하고 있을까? 중국 직장인들의 특징을 몇 가지 뽑아 보자면 아래와 같다.

1. 야근, 주말 근무 수당은 당연히 받아야 할 권리

대부분의 중국 회사는 오전 9시 출근, 저녁 6시 정시 퇴근을 한다. 저녁 5시에 퇴근을 하는 회사도 많은 편이라, 저녁 5시부터 상하이 시내 지하철은 퇴근하는 사람들로 북적인다. 야근과 주말 근무가 있으면 중국인들은 칼같이 추가 수당을 받는다. 알리바바나 바이두, 텐센트 같은 중국 대기업의 경우 연봉이 높은 대신 야근이 잦고 야근 수당이 없다고도 한다. 하지만 대부분 중국인의 머릿속에 야근 수당과 주말 근무 수당은 추가 업무에 대한 보상이자 당연히 받아야 할 권리라고 자리 잡혀 있는 것 같다.

2. 하고 싶은 말은 해야 한다

중국인들은 하고 싶은 말이 있다면 동료건 상사건 상관없이 자신의 의견을 정확히 전달한다. 직장 동료 간에 서로의 의견을 굽히지 않고 강하게 주장하는 경우도 자주 볼 수 있다. 우리 시선으로 보기에는 저러다가 싸우는 게 아닐까 걱정이 되기도 하지만, 격양된 목소리로 대화를 하다가도 결론이 나오면 아무 일도 없었다는 듯 대화가 끝난다.

3. 명절을 제대로 챙기지 않는 회사는 최악의 회사

중국의 대명절인 국경절, 추석, 설(구정) 등을 제대로 챙겨 주지 않거나
명절에 출근하게 한다면 그 회사는 큰 실수를 하고 있는 것이다. 일반적
으로 설에는 직원들에게 적은 돈이라도 붉은색 봉투에 넣어 세뱃돈처럼
주며 앞으로도 잘 부탁한다는 의사를 표하고, 추석에는 중국 전통 음식
인 월병을 고급 선물 세트로 구매해 선물한다.

4. 무슨 옷을 입든 내 마음

상하이에서 중국인들과 함께 일을 하며 가장 인상적이었던 부분 중 하
나는 바로 일할 때 복장이 매우 자유롭다는 것이었다. 마음대로, 편한 대
로 옷 입는 문화는 여름이 되면 극에 달한다. 상하이 여름 날씨가 워낙 습
하고 더워서 그런지, 회사에 반바지를 입고 쪼리 샌들을 신고 출근하는
남직원, 튜브탑 원피스를 입고 패션쇼를 하는 여직원, 추리닝을 입고 출
근하는 직원 등 다양하다. 비즈니스 미팅에서도 웬만큼 격식 있는 자리
가 아닌 한 정장을 완전히 갖춰 입는 경우가 거의 없다. 처음에는 중국 직
장인들의 편안한 옷차림에 적응이 되지 않았는데, 이제는 정장을 입고
출근하면 불편해서 일에 영 집중이 되지 않는다. 괜히 불편한 옷 입고 업
무에 집중하지 못하느니, 편하게 입고 업무에 집중하는 중국인들의 옷
에 관한 실리주의 문화가 꽤 괜찮은 것 같다.

5. 중국인들의 두리뭉실 대화법

중국 사람들이 자주 사용하는 단어가 몇 개 있다. 바로 차부뚜어(差不多:

별 차이 없다, 거기서 거기다), 마샹(马上: 곧, 금방), 하이커이(还可以: 그런대로 괜찮다, 나쁘지도 그리 좋지도 않다)다. 정확한 답변을 하고 싶지 않을 때 중국인들이 자주 사용하는 말이다. 이런 중국인들의 두리뭉실한 대화법은 가끔 나를 미쳐 버리게 한다.

"언제까지 마감해 줄 수 있는데?"라고 물었을 때 "마샹(금방)"이라 한다고 5~10분 이내에 일이 처리될 것으로 생각하면 안 된다. 여기서 금방은 5분이 될 수도 있고 하루가 걸릴 수도 있다. 정확히 언제까지 마감할 수 있는지를 물어보거나, 확실히 수정해 줄 수 있는 일인지 등 확답을 달라고 하면 절대 결론을 똑 부러지게 내주지 않는다. 혹시라도 있을지 모를 일에 대해 책임지지 않기 위해서다. 그러니 정확한 답변을 해 주지 않는다고 닦달하기보다, 인내심을 갖고 기다리는 편이 정신 건강에 나을지도 모른다.

6. 퇴근 후 회식은 노 땡큐

베이징이나 칭다오와 같은 중국 북방 사람들과 달리 상하이 사람들은 술을 별로 좋아하지 않는다. 그렇기 때문에 상하이에서는 한국처럼 퇴근 후 저녁과 함께 거하게 술을 하는 회식 문화를 기대하면 안 된다. 회식을 하더라도 점심시간을 활용하거나 저녁만 먹고 일찍 파해야지, 오랫동안 중국 직원을 붙잡고 있으면 뒤에서 욕을 한 바가지로 들을 것이다.

7. 업무 외 시간에는 연락하지 마세요

업무 외 시간에 일하는 것을 좋아하는 사람이 전 세계에 어디 있겠냐만은, 중국인들은 돈을 받지 않는 업무 외 시간은 철저히 내 시간이라는 인식이 매우 강하다. 따라서 급한 일이라며 전화를 한다거나 실시간 확인이 가능한 메신저로 메시지를 보낸다고 하더라도 업무 외 시간이라면 철저히 무시당하고 다음 날 출근 시간 이후 답변을 받을 가능성이 크니 괜한 기대하지 말자.

8. 능력만 있다면 나이가 무슨 상관

나이 또는 연차가 승진의 고려 대상이 되지 않는다. 능력만 있다면 누구나 초고속 승진이 가능하다. 철저히 능력 위주로 평가를 받기 때문에 능력만 있다면 큰 프로젝트도 담당할 수 있다. 그래서 상하이 직장인들을 만나 통성명을 한 후, 무슨 일을 하는지 물어보면 직위와 나이가 매칭되지 않는 경우를 종종 본다. 30대 초반의 젊은 직장인이 대기업 부장이 될 수도 있고, 능력만 있다면 말단 직원이 팀장으로 수직 상승할 수도 있는 곳이 중국이다.

인맥은 나의 힘!
네트워킹 이벤트에서 일자리 찾기

환경 보호 단체에서 주최하는 세미나에 참석한 적 있다. 주제는 '지속 가능한 식품'이었는데, 내가 다니고 있는 식품 회사와 연관 있는 주제라 정보도 얻고 관련 업계 사람도 만날 수 있을 것 같아 세미나에 갔다. 일정 중간에는 세미나에 참석한 사람들과 자유롭게 이야기를 나누면서 새로운 사람을 사귈 수 있는 네트워킹 시간이 있었다. 사람들과 대화를 나누고 있는데, 앳되어 보이는 친구 한 명이 다가와 말을 걸었다.

"안녕, 나는 XXX야. 여기 세미나에 오늘 처음 참석했니?"

"반가워, 나는 쑤야. 오늘 세미나에 처음 왔어. 너는?"

"나는 환경 보호 분야에 관심이 많아서 예전에도 몇 번 왔었어."

"아, 그렇구나. 혹시 그쪽 분야에서 일하는 거야?"

"아니, 사실 나는 뉴욕에서 대학교를 다니고 있고 여기에 교환 학생으로 와서 공부하고 있어. 그런데 막상 와 보니 상하이가 너무 좋아서 이곳에서 일자리를 알아보는 중이야. 식품 분야 쪽에서 일을 해 보고 싶은데 이번 세미나가 마침 식품 관련 주제라서 네트워킹 이벤트에서 혹시 좋은 기회를 얻지 않을까 싶어서 와 봤어."

"정말? 내가 일하는 회사가 식품 관련 유통 회사야! 캐나다인이 운영하는 친환경 식품 온라인 판매 회사인데, 들어 봤니?"

"어머!! 당연히 들어 봤지! 나 그 회사 정말 좋아해. 어제도 거기에서 주문했어. 상하이에 믿을 만한 음식 찾기가 힘들 줄 알았는데, 그런 사이트가 존재해서 놀랍고 신기했어. 그런 곳에서 일하다니 정말 멋지다!"

그 친구의 밝고 당찬 모습이 마음에 들었다.

"안 그래도 우리 회사 영어팀에서 직원을 뽑고 있는데 혹시 관심 있으면 말해. 내가 영어팀 매니저 연결해 줄게."

"정말?? 그래 주면 나야 정말 고맙지!!"

5분도 채 되지 않은 짧은 대화를 나누면서 우리는 서로의 연락처를 주고받았고, 나는 영어팀 매니저에게 연락처를 전해 주었다. 그 친구를 보며 참 당돌하면서도 야무지다는 생각이 들었다. 내가 대학생 때에는 일자리를 찾기 위해 책상 앞에 앉아 스펙 쌓기와 이력서 쓰기에만 바빴는데, 이 친구는 자신이 관심 있는 분야에 종사하는 사람들을 직접 만나 자신을 어필함으로써 일자리 기회를 얻고 있는 것이었다.

실제로 이 친구뿐 아니라 주변 서양 친구들을 보면 인맥을 활용해 일자리를 얻는 친구들이 많다. 직장 경력 13년 차인 한 지인은 첫 직장 빼고는 단 한 번도 회사 사이트에 직접 이력서를 내 본 적이 없다고 했다. 항상 주변에 아는 사람을 통해 일자리 제안을 받아 이직했기 때문이다. 또 다른 친구는 헤드헌터들과 꾸준히 좋은 관계를 유지하면서, 이직하고 싶을 때마다 헤드헌터에게 연락해 좋은 기회를 얻고는 한다. 나 역시 마찬가지였다. 상하이에서 다닌 마지막 직장이었던 한 한국 대기업의 식품 관련 신규 사업에 조인할 수 있었던 것도 주변 사람의 추천을 통해서였다. 다른 회사와 함께 파트너십을 맺고 진행했던 프로젝트들 역시 모두 그간 쌓아둔 인맥 덕분에 성사시킬 수 있었다. 그렇다면 어디서 어떻게 인맥을 쌓을 수 있을까? 몇 가지 팁을 전한다.

첫째, 각종 세미나 등 자기 계발 강좌에 참석한다.

앞에서 말한 일례처럼 각종 세미나, 콘퍼런스 등에 참석해 사람을 만나는 방법이 있다. 강의 주제나 성격에 따라 참석하는 사람들의 부류가 명확히 나뉘는 편이기 때문에 효율적으로 원하는 분야의 인맥을 쌓을 수 있다. 특히 세미나 중간의 네트워킹 시간은 새로운 사람을 사귈 좋은 기회다. 이때 누군가 말을 걸어 주기만을 기다리지 말고 적극적으로 행동해 보자. 먼저 말을 거는 것이 영 어색하다면 옆자리에 앉은 사람과 통성명을 하는 것부터 시작해 본다. 이 한 명이 나중에 어떠한 인맥이 되어 줄지는 아무도 모르는 일이다.

둘째, 취미 활동 동호회에 가입한다.

전 세계 어디를 가든지 취미 활동 동호회는 꼭 존재하기 마련이다. 내가 좋아하는 것을 하면서, 자연스럽게 사람도 사귈 수 있어 일석이조다. 달리기 클럽이나 봉사 단체에 가입한다든지, 외국인 교회에 가는 등 새로운 사람을 만날 수 있는 기회는 다양하다. 글로벌 친목 동호회 사이트인 밋업(www. meetup.com) 또는 현재 세계 최대 규모의 영어 스피치 클럽으로 자리 잡은 토스트마스터즈 등을 통해 전 세계 각국에서 열리고 있는 모임에 참여할 수 있다.

셋째, 소셜 네트워킹 서비스를 활용한다.

블로그, 페이스북, 링크드인, 트위터 심지어 인스타그램까지 각종 소셜 네트워킹 서비스를 적극적으로 활용해 인맥을 만드는 방법이 있다. 소셜 네트워킹 서비스를 통해 관심 있는 분야에 종사하는 사람들에게 메시지나 이메일을 보내 조언을 얻고 인맥도 쌓을 수 있다. 온라인상 알게 된 인연이다 보니 내 사람이 되기까지 시간이 걸리고 용기가 필요한 일이지만 꾸준히 교류하다 보면 인생의 멘토를 만나 큰 도움을 받을 가능성도 있다. 나도 블로그를 통해 좋은 인연을 만났고, 여러 도움을 얻었기에 이 방법 역시 추천한다.

넷째, 모든 인연을 소중히 여긴다.

해외에 나와 살다 보면 '세상 참 좁다'는 말을 더욱 자주 체감하게 된다. 세상은 정말이지 참 좁다. 오늘 한국에서 만났던 인연이 1년 후 한국 밖의 타지에서 나에게 꼭 필요한 존재가 되어 나타날 수도 있고, 여행지에서 만났던 외국인 친구가 1년 후 해외 생활에 적응하는 데 큰 도움을 주는 은인이 될 수도 있다. 지금 별 볼 일 없어 보이는 사람이 나중에 나의 직장 상사가 되어 있을 수도 있고, 지금 너무나 얄미운 직장 사수가 나중에 나의 해외 취업을 이끌어 주는 사람이 될 수도 있다. 사회 초년생 때 낯간지럽고 귀찮다는 이유로 인맥의 중요성을 간과했는데, 그래서 후회가 컸기에 인연의 소중함을 재차 강조하고 싶다.

프로페셔널하게
영어 이메일 쓰는 법

사회 초년생 시절, 상하이에 사무실을 둔 한국 회사에 다니는 친구와 업무 이메일 에티켓에 대한 흥미로운 이야기를 나눈 적 있다. 그 친구는 외국인 클라이언트보다 한국인 클라이언트한테 이메일 쓸 때 더 어렵다고 하소연했다. 나는 영어로 이메일 쓰는 것이 너무나 어려운데 영어보다 한국어로 쓰는 이메일이 더 어렵다는 말이 신기해 이유를 물어보자 친구가 말했다.

"말도 마, 한국 고객한테 이메일 쓸 때는 바로 본론으로 들어가면 차가워 보일 수 있으니까 안부도 묻고 날씨 이야기도 조금 해야 하고, 쿠션 용어도 넣어야 해. 또 문장이 너무 딱딱해진다 싶으면 물결이나 웃는 이모티콘도 적당히 넣어 줘야 하고… 신경 써야 하는 게 한두 가지가 아니야."

문장 서두에 넣어 어투를 좀 더 부드럽게 만드는 표현을 '쿠션 용어'라 한다는 것을 그날 처음 알게 되었다. 물론 상황에 따라 이메일 에티켓에 차이가 있겠지만, 한국식 업무 이메일과 외국, 특히 서양식 업무 이메일 작성법이 조금 다른 것은 확실하다. 그간 해외에서 일하면서 배운 영어 이메일 쓰는 법을 살짝 공유하자면 다음과 같다.

1. 호칭은 간단히 한다.

누구한테 메일을 보내는지에 따라 다르겠지만, 요즘은 지나치게 격식을 차린 이메일은 쓰지 않는 추세다. 특히 직장 내 동료에게 이메일을 보낼 때는 더욱더 격식 없이 이메일을 작성한다. 같이 일하는 사람한테 이메일을 보낼 때 "Dear Mr. John", "Hello Sir"처럼 매우 정중한 호칭으로 서두를 시작하는 이메일은 지금까지 한 번도 본 적이 없는 것 같다. 보통 "Hello John", "Hi Sue"라고 간단히 부른다.

2. 날씨, 안부 등을 묻는 첫인사는 빼도 좋다.

한국에서는 첫 문단에 "날씨가 상당히 추워졌는데, 몸은 건강하신지요?" 같은 날씨나 안부를 묻는 첫인사를 넣어 주는 것이 일반적이다. 하지만 영어로 이메일을 작성할 때 이런 내용은 과감히 빼도 좋다. 첫인사가 장황하면 '왜 요점을 말하지 않고 이런 쓸데없는 말을 하지?' 하고 생각할 수 있다. 심지어 프로페셔널하지 못하다고 여길 수도 있다. 바로 본론을 말하는 것이 어색하게 느껴진다면 간단히 "How are you?", "Hope you are doing well."이라고 하면 된다.

3. 쿠션 용어는 줄이고, 요점만 말한다.

"번거로우시겠지만", "죄송합니다만"과 같은 쿠션 용어는 생략해도 괜찮다. "Could you please"와 같이 적당히 매너 있는 어투로 말하면 충분하다. "네가 많이 바쁜 것을 알고 있어서 이런 요청하기 미안한데, 번거롭겠지만 OOO하는 것을 좀 도와줄 수 있니?"같이 과하게 예의를 차리는 것은 피하는 것이 좋다. 그쪽에서 당연히 해야 할 일임에도 마치 선의를 베푸는 것처럼 행동할 수 있기 때문이다.

그리고 무엇보다 가상 강조하고 싶은 것! 이메일 분위기를 부드럽게 만든다는 목적으로 웃는 이모티콘(^^)이나 물결 기호(~)를 사용하곤 하는데, 업무 이메일을 작성할 때는 절대 사용하지 말 것. 프로페셔널하지 않게 보일 수 있다.

4. 서술형 이메일은 피한다.

긴 이메일은 누구에게도 환영받지 못한다. 서술형으로 친구한테 편지 쓰듯 장황하게 이메일을 쓰는 것을 피하는 것이 좋다. 요점만 간단히 전달한다. 부득이하게 내용이 길어질 경우 Bullet Point(중요 항목 앞에 네모꼴이나 원 등의 글머리 기호를 붙이는 것) 또는 굵은 글씨를 활용하면 좋다. 때로는 중요 내용을 강조하고자 대문자(예: LET'S HAVE A MEETING AT 11AM)로 쓰거나 빨간색으로 글씨를 표기하는 경우가 있는데, 너무 남발하면 명령조 같아 반감을 살 수 있으니 조심해서 사용해야 한다.

5. 이메일 회신을 재촉하지 않는다.

사회 초년생 때 자주 했던 실수가 이메일 회신이 늦게 오는 것을 참지 못하고 회신을 재촉했던 것이다. '빨리빨리'의 나라답게 빠른 일 처리 속도로 치면 우리나라만 한 곳이 없다. 한국식 업무 스피드에 익숙해져 하루가 채 가기도 전에 왜 '답장이 오지 않지?' 하고 애꿎은 이메일 수신함을 몇 번씩 새로고침하고는 했다. 하지만 사람마다 일을 처리하는 방식이나 속도가 다르다. 우리나라의 빠른 업무 스피드를 모든 사람에게 기대하지 않는 것이 좋다. 그리고 그 사람은 내 이메일 하나만 처리하고 있는 것이 아니라는 점 역시 인지해야 한다. 하루도 채 지나지 않아서 "이메일 확인했니?", "답장은 언제까지 받을 수 있을까?"라고 재촉하기보다는, 좀 더 참을성 있게 기다리자. 만일 급하게 회신을 받아야 한다면, 이메일을 보낼 때 '급한 일인데, xx일까지 회신을 해 줄 수 있을까? 혹시 그때까지 어렵다면 알려 줘'라고 명확하게 말해 두면 된다.

동방예의지국 한국에서 태어나고 자란 한국인인지라, 이메일을 작성할 때

뿐 아니라 회의 등의 다른 업무를 할 때도 나도 모르게 '이렇게 말하면 예의가 없다고 생각하려나?' 하는 염려가 튀어나오곤 한다. 하지만 다양한 국적의 사람들과 일을 하면 할수록 느끼는 점은 지나친 존중과 겸손은 커리어에 오히려 해가 될 수도 있다는 것이다. 특히 자신의 강점을 스스로 잘 어필하는 것을 능력이라 여기는 서양 사람들 사이에서 지나치게 자신을 낮추면 도리어 무능력해서 그런다고 오해받을 수 있다. 자신에게 더 좋은 의견이 있음에도 불구하고 상대방을 무안하게 하지 않으려고 입을 다문다거나, 그 사람의 의견을 최대한 따라가려고 노력할 필요는 없다. 좋은 의견이 있다면 자신 있게 어필하고, 상대방이 틀렸다고 생각하면 깔끔하게 나의 생각을 표현하자. 잘난 척한다고 뭐라고 할 사람도, 자신의 의견을 무시했다고 화내는 사람도 없을 것이다. 일은 일이니까. 그리고 설령 언짢아하는 사람이 있다고 한들 뭐 어떤가? 회의 시간이 되면 한 마디도 하지 않고 합죽이가 되어 동료들 사이에서 무능력한 사람 취급받는 것보다는 낫지 않을까?

Part 4

아시아의 뉴욕을
거닐다

나는 시간이 날 때마다 마음이 이끄는
대로 무작정 상하이 골목 골목을 걷고는 한다.
그렇게 길을 걷다 보면 골목 하나를 두고
전혀 다른 풍경이 나오는 두 개의
얼굴을 가진 도시, 상하이의 진짜 매력을
고스란히 느낄 수 있다.

우리는 공산주의 국가가 아니야

중국 택시 기사 아저씨들은 승객과 수다 떠는 것을 참 좋아한다. 특히 외국인 승객이 타면 기다렸다는 듯 이런저런 질문을 늘어놓는다. 그러다 보니 상하이에 살면서 택시 아저씨와 별의별 잡담을 나누게 된다. 주로 중국 생활이 어떠냐, 한국 택시비는 얼마냐는 등 뻔한 대화를 나누지만 어떨 때는 사회 이슈 및 정치 이야기까지 꽤 심오한 이야기를 나누기도 한다. 물론 대화가 길어질수록 중국어 실력의 한계가 드러나 이야기를 멈추고 싶을 때도 있지만, 그래도 택시 기사 아저씨들과의 대화는 꽤 재미있고 유익하다.

상하이 근교 도시인 난징을 여행할 때였다. 택시를 타고 가는데 길이 막히기 시작하자 슬슬 지루했는지 기사 아저씨가 말문을 열었다.

"너 혹시 한국 사람이니?"

"응, 맞아."

"요새 박근혜 대통령과 관련해 한국 정치가 떠들썩하던데, 너는 이 사건에 대해 어떻게 생각해?"

부끄럽게 워낙 정치에 관심이 없기도 하지만, 길게 대답하기 다소 어려운 주제이기도 해서 잘 모르겠다고 대충 대답을 했다. 그러자 택시 기사 아저씨는 박정희 전 대통령 때의 정치에서부터 현재 한국의 정치 및 경제 상황 등에 대해 자신의 의견을 말하기 시작했다. 대화 내용에서 택시 기사 아저씨의 견해가 한국에 대한 꽤 정확한 지식을 바탕으로 나오는 것임을 눈치챌 수 있었다. 한국 정치에 대한 해박한 지식에 놀라워하고 있는 사이, 대화의 주제는 북한으로 자연스레 넘어갔다.

"남한은 전쟁 후 놀라운 경제 성장과 발전을 이루었는데, 북한은 한참 뒤처졌으니 참 안됐어. 그리고 북한이 그렇게 된 이유는 다 공산주의 때문이지."

기사 아저씨의 발언이 좀 당황스러웠다. 중국도 공산주의 국가가 아닌가? 이 아저씨가 뭘 잘못 먹었나? 공산주의 국가에 사는 사람이 북한이 가난하고 발전을 이루지 못한 이유가 공산주의 때문이라니… 이 말을 어떻게 받아들여야 할지 난감했다.

"근데 말이야… 중국도 공산주의 국가이지 않아? 중국은 공산주의 국가지만 엄청나게 빠른 경제 성장을 이루고 있는 것 같은데?"

조심스럽게 던진 내 질문에 대한 아저씨의 대답은 더욱 놀라웠다.

"우리는 공산주의 국가가 아니야."

엥? 이게 무슨 말인가? 현재 존재하는 공산주의 체제 국가 중 가장 막강한 나라가 중국이 아니었던가?

"중국은 공산주의 국가가 아니야. 우리는 우리만의 특별한 체제를 가진 국가지."

중국 정치 체제에 대한 기사 아저씨의 의견을 좀 더 정확히 이해하고자 상하이로 돌아와 중국 친구에게 물었다.

"난징에 놀러 가서 택시를 탔는데, 기사 아저씨가 중국은 공산주의 국가가 아니라고 하더라. 너도 그렇게 생각하니?"

"응, 나도 그 말에 동의해. 엄밀히 말하면 우리는 사회주의고, 좀 더 자세히 말하자면 우리는 국가자본주의 체제라고 할 수 있지 않을까?"

실제로 중국 체제에 대해 말할 때 정치적으로는 공산당이 주도하는 사회주의고, 경제적으로는 자본주의를 표방하는 '사회주의 시장경제 국가'라고 한다. 그리고 중국의 이러한 특별한 체제는 상하이에 살다 보면 저절로 동감하게 된다. 구글이나 페이스북, 유튜브가 되지 않는 것을 보며 공산주의 국가에 살고 있음을 체감하다가도, 거리에 넘쳐나는 외제 자동차와 서양 명품으로 온몸을 치장한 상하이 여자들을 보고 있으면 한국보다 자본주의가 더 깊게 뿌리 내린 곳 같다는 생각이 든다.

이렇듯 중국에서 우리가 교과서로 배워 온 공산주의 국가의 전형적인 모습을 기대한다면 실망할 수 있다. 상하이의 경우 더더욱 그러하다. 이 때문에 상하이에 방문한 어떤 사람들은 자신이 기대한 중국의 모습이 아니라며 실망해서 돌아가곤 한다. 어떤 이들은 이제는 상하이에서 쉽게 볼 수 없는 희귀한 광경을 애써 찾아내 '역시 이래야 중국이지' 하며 카메라에 사진을 몇 장 담고 진짜 중국을 봤다며 흡족해하기도 한다. 예를 들어, 후미진 골목에서 사는 찢어지게 가난한 중국인들의 일상, 기괴한 물건이나 음식을 파는 곳 등. 하지만 중국이 공산주의 체제가 아니라고 말하는 택시 기사 아저씨의 모순적인 말처럼, 7년 동안 살면서 보고 느낀 상하이는 중국이 아닌 것 같으면서 또 한편으로는 지극히 중국

<u>글로벌 도시 상하이</u> 곳곳마다 넘쳐 나는 외국인들로 유럽인지 중국인지 구분이 가지 않는다. 글로벌 인맥과 커리어를 쌓고 싶다면 상하이를 적극 추천한다.

스러운 두 개의 얼굴을 가지고 있는 도시다. 그리고 이러한 양면성이 상하이를 더욱 매력적으로 만든다.

상하이에서는 수도 베이징에서처럼 자금성, 만리장성과 같은 중국의 상징적인 건축물을 구경하기는 어렵다. 하지만 아편전쟁 패배 후 개항을 하게 되면서 서양인들이 상하이에 들어와 지어 놓은 오래된 유럽풍 건축물과 중국의 눈부신 경제 성장을 뽐내는 듯한 고층 건물이 함께 자리하고 있는 모습을 볼 수 있다. 서양인 셰프가 요리하는 한 끼에 100만 원 남짓한 미슐랭 요리가 있는가 하면, 그 레스토랑 맞은편 길거리에서 맛있는 고기만두를 하나에 300원 정도 내고 먹을 수 있다. 거리를 걷고 있으면, '라오와이(老外: 외국인을 칭하는 중국어 단어)'라고 말을 하며 얼굴 바로 앞에다 대고 손가락질을 하는 중국인이 있기도 하지만, 유창한 영어로 외국인과 대화를 하는 중국인 역시 많다. 지하철을 타고 조금만 시중심에서 벗어나면 전형적인 중국의 시골 마을에 온 것 같지만, 외국인들이 많이 거주하는 장안쓰나 구 프랑스 조계지 부근을 걷고 있으면 하나에 하나 걸러 보이는 외국인들의 모습에 여기가 유럽인지 상하이인지 구분이 되지 않을 정도다.

거리마다 영어로 된 표지판이 있고, 길이 잘 정비된 상하이는 걷기에 참 좋은 도시다. 그래서 나는 시간이 날 때마다 마음이 이끄는 대로 무작정 상하이 골목 골목을 긷고는 한다. 그렇게 길을 걷다 보면 골목 하나를 두고 전혀 다른 풍경이 나오는 두 개의 얼굴을 가진 도시, 상하이의 진짜 매력을 고스란히 느낄 수 있다. 그래서 누군가 상하이에 온다고하면 꼭 추천하고 싶다. 여행 책이나 인터넷에 알려진 곳만 가지 말고, 샛 길로 빠져 길을 걸어 보라고. 중국의 과거와 현재 그리고 미래가 공존하고, 공산주의와 자본주의가 함께 숨 쉬는 아이러니하면서 묘한 매력을 찾아보라고.

영 파워가 몰려온다!

명품 백화점 마케팅 매니저가 주최하는 디너파티에 초대받아 간 적이 있다. 나처럼 맛있는 음식 먹는 것을 좋아하는 푸디Foodie들이 올 거라는 정보만 듣고 별생각 없이 간 디너파티는 생각보다 훨씬 격식 있는 자리였다. 하긴 참가비가 한 사람당 한국 돈으로 10만 원꼴이었으니, 상하이 외식 물가를 생각하면 결코 캐주얼한 파티가 될 수 없는 게 당연했다. 상하이에서 비싸기로 유명한 5성급 호텔 내에 자리한 고급 레스토랑에 도착하니 잘 차려입은 중국인들이 자리에 앉아 있어 다소 긴장되었다. 외국인이 나 혼자인 데다 처음 보는 사람들과 함께 밥을 먹으며 유창하지 않은 중국어로 몇 시간을 이야기를 나누어야 한다고 생각하니 식사를 시작하기도 전부터 가시방석에 앉아 있는 것 같았다. 파티에 온 사람들은 명품 백화점 VIP로, 전형적인 상하이 상류층 사람들이었다. 모두 유창하게 영어를 구사했고, 명문 대학을 졸업하거나 외국 유학을 다녀온 사람들이 절반 이상이었다. 또한 자기 회사를 성영하고 있거나 이름만 들으면 알 만한 대기업에서 꽤 높은 직책으로 일하고 있는 사람들이 대부분이었다. 옆자리에 앉은 한 여성이 내가 한국 사람인 것을 알아채고는 한국어로 말을 건넸다.

"만나서 반가워. 나는 에밀리야."

간단한 자기소개였지만 한국어 발음이나 어투에서 보통 실력이 아님을 눈치챌 수 있었다.

"우와! 어떻게 그렇게 한국어를 잘하니?"

"하하. 예전에 한국 음식에 푹 빠졌던 적이 있었어. 한국 음식점 메뉴판에 한국어로 적힌 요리 이름들을 읽고 싶다는 생각이 들었고, 그렇게 한국어를 배우기 시작했지."

"한국 드라마에 빠져서 한국어를 배우기 시작했다는 사람은 봤어도, 한국 음식 때문에 한국어를 배웠다는 사람은 처음 봐. 하하하."

"응. 한국 음식에서 시작해서 한국 드라마, 한국 화장품까지 파고들어서 지금은 그 관심 분야를 살려 티몰(Tmall: 마윈이 운영하는 회사로 유명한 알리바바의 온라인 쇼핑몰)에서 화장품 분야 마케팅 매니저로 일하고 있어."

"오, 그래? 그럼 한국 화장품 담당하고 있는 거야?"

"처음에는 한국 화장품만 담당했는데 지금은 진급해서 서양 명품 화장품까지 총괄해서 담당하고 있어."

"멋지다! 알리바바 본사가 항저우에 있다고 들었는데 너도 혹시 거기서 근무하는 거야? 아니면 상하이에 사무실이 따로 있어?"

"어휴, 말도 마. 항저우 본사 사무실에서 일하는데, 항저우 너~무 재미없어서 주말마다 상하이로 올라와. 어렸을 때부터 상하이에서 살아온 나에게 항저우는 아무것도 없는 시골 도시 같아서 도저히 견딜 수가 없어."

"주말마다 상하이로 오는 것도 일일 텐데 대단하다. 상하이에 오면 부모님 집에 머무르는 거야?"

"당연히 아니지! 뭐 가끔 그럴 때도 있지만 보통 호텔에서 머무르면서 나만의 시간을 즐긴다고나 할까? 하하."

알리바바 본사 건물에서 일한다고 하니 주변에서 우리 대화를 엿듣고 있던 사람들이 하나둘씩 관심을 가지고 질문을 하기 시작했다.

"알리바바에서 일하면 야근이 잦다던데 진짜 그러니?"

"응, 중국 일반 회사에 비하면 그런 편이지. 근데 누가 시켜서 야근하는 게 아니라 우리가 하고 싶어서 한다는 게 더 맞는 말인 거 같아. 자신이 하는 일을 즐기고, 열정적으로 일하는 사람. 그게 바로 알리바바가 원하는 인재상이기도 하고."

"티몰은 정말 타오바오와 달리 가짜 제품이 없니? 어떻게 다른 회사 사이트보다 저렴하게 팔 수 있는 거야?"

"절대! 절대 절대 없어! 신규 브랜드나 상품을 입점할 때 직접 그 회사 본사에 가서 미팅을 하고 제품을 검수해. 그리고 가격이 저렴할 수 있는 이유는 우리 사이트가 엄청나게 많은 수익을 가져다주는 파급력 강한 온라인 쇼핑몰이라서 제조사에서 먼저 가격을 낮게 제공하기 때문이지."

"마윈을 직접 본 적이 있니?"

"직접 본 적은 있지만, 대화를 나눈 적은 아쉽게도 아직 없어. 하지만 마윈은 나한테 우상 같은 존재야. 그가 하는 말을 듣고 있으면 하나같이 다 명언 같아! 마윈은 정말 정말 대단한 사람이라고 생각해. 그가 이룬 업적을 봐. 돈도 연줄도 아무것도 없던 젊은 청년이 지금 세계 시장을 쥐락펴락하고 있잖아. 나는 그가 스티브 잡스나 마크 저커버그보다 더 대단한 사람이라고 생각해. 알리바바는 머지않아 세계 제일의 기업이 될 거야."

당차고 거리낌 없는 그녀의 애사심 가득한 답변에 어느새 파티에 참여한 모든 사람이 그녀의 이야기에 귀를 기울이고 있었다. 급기야 파티에 참석한 사람 중 한 명이 알리바바 애사심 최고 직원을 위해 건배하자며 잔을 올렸고, 모두가 하하하 웃으며 잔을 부딪쳤다.

"알리바바 애사심 최고 직원, 마윈걸을 위하여!"

"마윈걸을 위하여!"

에밀리가 뒤를 이어 건배사를 외쳤다.

"세계 최고 기업이 될 알리바바를 위하여!"

"알리바바를 위하여!"

상하이에 살다 보면 에밀리처럼 자신감 넘치고, 애사심 넘치며 상하이나 중국에 대한 자부심이 넘치는 젊은 중국 친구들을 자주 만나게 된다. 그리고 실제로 이들이 뿜어내는 '영 파워'는 중국을 젊은 에너지가 넘치는 나라로 만드는 데 한몫하고 있다. 불경기를 겪고 있는 한국과 달리 계속되는 경제 성장이 중국 젊은이들에게 꿈과 희망, 패기를 준 것 같아 질투가 나기도 했다. 하지만 그렇다고 우리 한국인이 어디 가서 뒤처지는 사람들이 아니지 않은가? 해외에 나와 보면 한국인만큼 똑똑하고 일 잘하는 사람도 드물다. 그러니 한국 젊은이들도 자신감을 갖고 세계인들에게 한국의 영 파워를 보여줄 수 있기를 바란다. 격하게 응원한다.

젊은 여성 CEO, 새미 이야기

새미는 내가 좋아하는 중국인 친구다. 상하이 여성답게 자기주장이 강하고 한 성격 하지만, 뒤끝 없고 대범한 그녀의 성격이 나는 참 좋다. 처음 새미를 만났을 때 자신감 넘치는 모습에 카리스마가 있다고 느끼긴 했지만, 그녀가 한 회사의 사장일 것이라고는 생각조차 못했다. 나이보다 어려 보이는 외모도 그렇지만, 가끔은 철없는 소녀 같을 때도 있기 때문이다. 매일 눈코 뜰 새 없이 바빠 자주 보진 못하지만, 가끔 만나면 우리는 마음을 터놓고 다양한 주제의 이야기를 나누곤 했다. 한번은 주말에 브런치를 하며 이런저런 잡담을 하고 있었는데, 새미가 뜬금없는 질문을 했다.

"쑤는 똑똑하고 일에 대한 열정이 넘치는 것 같은데, 왜 자기 사업을 안 해?"

"응? 사업이 아무나 하는 것도 아니고, 사람들이 그러는데 내 성격은 사업이랑 거리가 멀내. 사업하는 사람들 보면 태생이 사업하려고 태어난 사람 같아. 하나같이 대범하고 간도 엄청나게 큰 것 같은데 난 그렇지 않거든."

"그런 게 어디 있어! 사업에 성공한 사람들도 모두 다양한 성격을 가지고 있어! 소심한 사람은 세심하게 일을 계획하고 처리해서 사업할 때 오히려 얼마나 좋은데!"

"그런가…? 사실 나도 중국에서 몇몇 하고 싶은 사업 아이디어가 있긴 했는데, 사업이라는 것을 해 본 경험도 없고…."

"나는 뭐 예전에 사업해 본 경험이 있어서 사업을 했겠니? 누구나 다 처음은 있는 거야."

"그리고… 또 사업한다고 일을 그만두면 취업 비자가 없으니까 중국에 오래 있을 수도 없고…."

"흠… 그래? 그런 문제가 있는지 몰랐네. 그럼 그냥 지금 하는 일을 하면서 여가 시간에 사업을 조금씩 시작해 볼 수 있지 않을까?"

새미의 응수에 더 이상 할 말이 없어졌다. 내가 하고 있는 말이 모두 변명에 불과하다는 것을 스스로 발견했기 때문이다. 주제를 돌려, 그녀에게 어떻게 회사 CEO가 되었는지 물어봤다. 아버지가 하는 회사를 물려받았다는 것을 예전에 들은 적이 있지만, 젊은 나이에 여성으로서 어떻게 회사 CEO 자리를 물려받을 수 있었는지 궁금해졌기 때문이다.

"이 일을 하기 전에 한 회사에서 마케팅 일을 했는데 내 생활은 없고 하루의 모든 시간을 일에만 투자하며 살았어. 출장도 잦아서 집에 있을 시간도, 부모님 볼 시간도 없었고. 그렇게 지내던 중 아빠가 오랫동안 해 오시던 사업 사정이 악화되기 시작했고 동시에 아빠 건강 역시 급속도로 나빠졌어. 그때 문득 이런 생각이 들었지. 지금 이렇게 열심히 일해 봐야 다른 사람 회사에 돈을 벌어 주는 건데, 그 시간에 차라리 우리 아빠 회사에 들어가서 아빠를 돕는 것이 낫겠구나. 그래서 아빠 회사로 들어가 일을 시작했어. 2년 정도 지났을 때였나? 아빠는 회사 상황이 좋아질 기미가 보이지 않자 회사를 팔려고 했어. 아빠 건강 역시 최악의 상태여서 더는 회사를 운영할 수 없을 지경이 되었거든. 그런데 때마침 지인 결혼식 자리에서 예전에 아빠 회사에서 일했던 유능한 직원을 우연히 만났는데, 회사를 나오고 나서 비슷한 분야 사업체를 운영하고 있더라고. 이런저런 이야기를 나누다 보니 이 분야에 경험도 많고, 인품도 좋고 나랑 마음도 잘 맞아서 회사를 합병하는 것이 어떨까 생각을 했지. 결혼식이 끝나고 아빠에게 회사를 팔 바에는 합병을 하자고 이야기했고, 아빠는 처음에 당연히 엄청 걱정하셨어. 그래서 내가 말했지. 어차피 지금 회사를 팔아 넘겨도 남는 것 하나 없는데, 내 말을 믿으라고. 나한테 CEO 자리를 주면 내가 알아서 책임지고 회사를 이끌겠다고.”

그때 새미의 나이는 서른이었다.

“대단하다. 서른 살밖에 되지 않은 여자가 갑자기 회사를 대표하는 사람이 되어 합병을 하겠다고 했을 때, 일하던 직원들 반대가 심하지 않았어? 한국 같았으면 반대와 불신이 엄청났을 것 같은데.”

“아니, 2년 동안 일하면서 동료 직원들과 신뢰를 쌓았기 때문에 서른 살 여자라는 이유로 나를 반대하는 사람은 없었어. 하지만 합병을 반대한 사람들은 엄청났지. 합병할 거면 일을 그만두겠다며 반발하는 사람도 많았고 정말 그만둔 사람들도 있었어. 합병하는 회사가 믿을 수 있는 곳인지, 그 회사 사장이 믿을 수 있는 사람인지 의심된다고 했어. 그때 나도 얼마나 마음이 흔들렸는지 몰라. 그래서 책상에 앉아 펜을 들고 종이에 적어 내려갔어. 지금 합병을 해서 잘되면 무엇을 얻고 일이 틀어지면 무엇을 손해 보는지. 그리고 합병을 하려는 그 회사는 무엇을 얻고, 무엇을 손해 보는지. 근데 아무리 객관적으로 봐도 잘 안됐을 경우 내가 잃는 것보다 합병을 하려는 그 회사 사장이 잃는 것이 많은 거야. 그때 확신이 왔어. 그래서 그 이후로 다른 사람들이 조언이라며 참견할 때 귀를 확 닫아 버렸어. 처음 2~3년 정도는 정말 힘들었어. 사람이 이렇게 살아도 살아지는구나 싶을 정도로 모든 체력을 다 소진해 가며 일을 했어. 합병할 때 상대 회사 사장을 아무래도 100퍼센트 믿지는 못했는데, 지금은 우리 둘 다 회사를 살리기 위해 얼마나 열심히 일했는지 알기 때문에 서로 엄청난 신뢰가 쌓였어."

"그런 스토리가 있었는지 전혀 몰랐어! 그 상대 회사 사장도 대단하다. 너와 생각하는 방향이 잘 맞는 것 보니 그 사람도 너처럼 젊은 사람인가 봐?"

"아니! 전혀 그렇지 않아! 50대 중반 아저씨인걸!"

업무 경험이 훨씬 많은 50대 중반의 남성이 이제 막 서른이 된 젊은 여성의 합병 제안을 흔쾌히 받아들이고, 공동 사장으로 서로의 의견을 존중하며 함께 회사를 운영하고 있다는 것이 놀라웠다.

하지만 새미는 그것이 뭐 대수냐는 반응이었다. 그도 그럴 것이 중국에는 여성 CEO가 많다. 이렇게 여성 CEO 롤 모델이 많다 보니 중국 여성들에게 한 기업의 CEO가 되는 것은 대단한 꿈이 아니며, 젊은 여성이 자기 사업을 한다는 것 역시 특별한 일로 받아들여지지 않는 분위기다. 시장분석기관 스태티스타Statista가 발표한 2017년도 통계 자료에 따르면 성 불평등을 느끼냐는 질문에 대한 각 나라별 여성들의 "그렇다"는 응답률이 한국은 64퍼센트로 세 번째로 높은 것에 비해(스페인 73퍼센트, 일본 67퍼센트) 중국은 고작 17퍼센트에 불과했다.

중국도 정도의 차가 있을 뿐 성 불평등 및 각종 차별이 분명 존재할 것이다. 그리고 이런 차별에도 불구하고 성공하는 사람 역시 항상 존재하기 마련이다. 한국인 여성 CEO는 신라호텔 사장 이부진밖에 없는 것 같아 보이지만, 자세히 보면 한국에도 멋진 여성 CEO들이 존재한다. 평범한 대한민국 여자가 유럽에서 사업을 시작해 성공한 이야기를 담은 《파리에서 도시락을 파는 여자》 저자 켈리 최는 연 매출 5,000억 원의 초밥 도시락 기업 '켈리델리'의 CEO다. 또한, 온라인 쇼핑몰 '스타일 난다' 김소희 전 대표는 로레알이 4,000억 원에 '스타일 난다'를 인수한다는 소식에 검색 포털 사이트 실시간 검색어를 뜨겁게 달구기도 했다. 나와 별반 다를 것 없는, 사업의 '사' 자도 몰랐던 새미가 이렇게 카리스마 넘치는 사업가로 성장했는데 나라고 못 할 이유가 어디 있을까? 언제가 될지는 모르겠지만 '멋진 여성 CEO 되기'를 이루고 싶은 꿈 리스트에 살며시 추가해 본다.

가정적인 상하이 남자, 기 센 상하이 여자

상하이에서 싱글녀로 살다 보면 공주병에 걸리기 딱 좋다. 상하이 사람, 중국 사람은 물론이고 전 세계 사람들이 한국 여성을 예찬하는 통에 우쭐해지곤 하기 때문이다.

"나는 한국 여자들이 너무 좋아! 얼굴도 예쁘고, 피부도 좋고, 패션 감각도 좋고. 거기다 말할 때 얼마나 나긋나긋한지 마치 시 낭송을 하는 것 같아. 상하이 여자들이랑 완전 다르다니까!"

"하하하. 고마워. 근데 내가 보기에는 상하이 여자들도 정말 예쁜 것 같은데, 왜. 다리도 길고 눈도 크고 얼굴도 작고, 늘씬늘씬하니 다들 모델 같잖아."

"예쁘긴 뭐가 예뻐. 중국에서 상하이 여자는 기 세고 성깔 있기로 유명해. 마음이 예뻐야 얼굴도 예뻐 보이지. 흥!"

오가며 만나는 중국 남자 중 열의 아홉이 툴툴거리며 말하는 게 바로 '상하이 여자들은 기가 너무 세다'는 것이다. 이런 대화를 나눌 때마다 겸손을 떨며 내가 생각하는 상하이 여자의 장점을 나열해 보기도 하지만, 입가에 번지는 미소는 숨길 수가 없다. 중국에서 흔히들 상하이 남녀를 단적으로 표현할 때, 상하이 남자는 가정적이고 상하이 여자는 기가 세다고 말한다.

그렇다면 진짜 상하이 여자들은 기가 셀까? 그간 상하이에서 살면서 만나 온 상하이 여자들을 보면 이 질문에 '그렇지 않다'라고는 결코 대답할 수 없을 것 같다. 다만, '기가 세다'고 표현하는 것보다 '당차다', '자기주장이 확실하다'라고 표현하는 게 좀 더 적합한 것 같다. 부당한 일이 생기면 큰 소리로 싸움을 하든 경찰을 부르든 그냥 넘어가는 법이 없고, 자기가 하기 싫은 것을 억지로 하지 않고, 좋고 싫은 것에 대한 의사 표현이 너무 확실해서 괜히 주변 사람이 민망해지기까지 한다.

특히, 상하이 여자들이 사랑을 쟁취하는 법은 매우 당차다. 그녀들의 적극적인 구애를 보고 있으면 꽤 재미있다. 한번은 친구 파티에 초대받아 놀러 갔는데, 두 명의 상하이 여성이 서로 등지고 의자에 뚱하게 앉아 있었다. 처음 보는 얼굴이라 파티를 주최한 친구에게 물었다.

"저기 의자에 앉아 있는 저 여자 둘, 누구야?"

"아, 말도 마. 게탄 때문에 온 여자들인데, 상황이 복잡해."

게탄은 프랑스 출신 남자로 귀엽게 생긴 외모와 서글서글한 성격으로 평소 여자들에게 인기가 많은 친구였다. 하지만 그동안 한 번도 여자친구는커녕 여자 사람 친구도 식사나 파티 자리에 데리고 온 적이 없던지라 친구의 대답이 더욱 호기심을 자극했다.

"왜, 왜!! 무슨 일인데?"

"저 여자 둘이 서로 모르는 사이야."

"뭐???!! 그럼… 설마…?"

"웅. 게탄 말로는 그냥 아는 여자들이라고 하는데, 여자들 분위기 보아하니 남자친구라고 생각하고 있는 것 같더라고. 게탄이 별생각 없이 저녁에 파티가 있으니 놀러 오고 싶으면 오라고 했는데, 둘 다 동시에 와 버린 거지⋯. 두 번째 여자가 등장했을 때 얼마나 분위기가 어색했는지 몰라. 게탄이 파티 분위기 다 망친 것 같아 짜증나 죽겠어."

"내가 저 여자 중 하나였으면 화나고 자존심 상해서 그냥 바로 돌아갔겠다."

"그니까 말이야. 둘이 지금 저기 앉아서 기 싸움 하는 거야. 그래서 게탄도 상황을 포기하고 그냥 다른 사람들이랑 놀고 있는 거고."

"대⋯단⋯하⋯다⋯"

그들은 파티가 거의 끝날 때까지 게탄의 관심을 끌기 위해 파티 장소를 떠나지 않고 남아 있었다. 결국 그중 한 명이 먼저 자리를 일어났고, 기다렸다는 듯 다른 한 명 역시 얼마 지나지 않아 파티 장소를 떠났다. 그간 상하이 여자들의 물불 가리지 않는 사랑 쟁취를 종종 보긴 했지만, 이번만큼 강력했던 적은 없었기에 다른 상하이 친구에게 이날 겪은 이야기를 해 주었다.

"체면을 중시하고 기 세기로 유명한 상하이 여자가 이런 상황에서 바로 문을 박차고 나가지 않았다는 것이 정말 신기했어. 나라면 자존심 상해서 바로 나갈 텐데."

그러자 친구가 예상치도 못한 답변을 했다.

"오히려 그 자리에서 바로 나가는 게 자존심 상하는 거지. 기 싸움에서 진 거잖아. 그리고 내가 진짜 원하는 것이라면, 그것이 사랑이든 무엇이든 간에 최선을 다해 쟁취하는 게 맞는 거지. 괜히 자존심 챙긴다고 마음을 숨기고 의사 표현도 제대로 못하다가 결국 사랑을 쟁취하지 못한다면 자존심이고 뭐고 다 무슨 소용이야. 끝없이 거절당한다 해도 최선을 다해 구애해서 결국 내 남자로 만들면 결론적으로 그게 진짜 자존심 챙기고 체면 살리는 것 아닐까?"

들고 보니 꽤 일리가 있는 말이었다. 어떤 때는 성격이 너무 강하고 주장이 세서 속으로 혀를 끌끌 차게 만들기도 하지만, 당찬 상하이 여자들을 보고 있으면 기가 세다는 말을 좀 듣더라도 내 실속을 차리는 편이 영리한 선택 아닐까 하는 생각이 들기도 한다.

상하이 여자가 중국에서 기가 세기로 제일가서 그런 것일까? 상하이 남자들은 정반대의 성격으로 유명하다. 중국에서 가장 기 센 여자와 가장 기가 약한(?) 남자가 한 도시에서 살고 있다는 것이 아이러니한 것 같기도 하지만, 이런 모습이 묘하게 참 상하이답다는 생각이 들기도 한다. 상하이 가정집 저녁 식사에 초대받아 방문하면, 엄마와 딸은 거실 소파에 앉아 손님과 담소를 나누고 아빠가 주방에서 요리하는 모습을 심심찮게 볼 수 있다. 한국과 달라도 너무 다른 광경이 신기하다 못해 낯설게 느껴지기도 한다. 그래서인지 중국 어르신과 대화할 때 미혼이라고 하면 시집은 무조건 상하이 남자한테 가라며 상하이 남자가 최고라고 엄지를 치켜드시고는 한다.

내가 당연하게 생각했던 남녀 간의 역할 분담이 이웃 나라에서는 완전히 반대일 수도 있다는 것에 놀랍지 않을 수가 없다. 물론 모든 상하이 여자들이 기가 세고, 상하이 남자가 모두 가정적인 것은 절대 아니다. 나와 내 친구의 성격이 다르고, 우리 집 아빠와 친구네 아빠가 다르듯이 세상에는 다양한 사람이 살고 있고, 사람마다 제각각의 개성이 존재하니까.

3개월 주기로 찾아온다는 그분 - Homesick

해외 생활을 한 지 6개월 정도 접어든 때였다. 처음 상하이에 왔을 때의 마냥 즐겁던 기분은 온데간데없이 사라지고 몸이 자꾸만 축 처지고, 한국에 있는 가족들 생각에 외로워졌다.

'이게 바로 말로만 듣던 향수병이라는 건가?'

친한 회사 동료에게 최근 겪은 심경 변화를 이야기했더니, 흥미로운 그래프를 보여 줬다. (그래프는 다음 쪽에)

"쑤, 이게 뭔지 알아? 바로 타지 생활을 할 때 찾아오는 향수병 정도를 나타내는 그래프래. 웃자고 만든 그래프지만, 이 그래프에 의하면 해외 생활을 할 때 3개월에 한 번 꼴로 향수병이 온다는데, 내가 완전 그래. 솔직히 말하면 나는 3개월보다 더 자주 향수병이 찾아오는 것 같아."

그때 그 친구의 말대로, 해외 생활이 길어질수록 향수병은 잦아졌고, 감정의 기폭은 롤러코스터를 타는 것같이 오르락내리락했다. 해외에서 생활하다 보면 즐겁고 신나는 일도 많지만, 그와 비례로 철저히 혼자서 외로움을 견뎌 내야 하는 시간도 많아진다. 자칭 그리고 타칭 타고난 해외 체질이던 나 역시도 향수병은 피할 수 없는 존재였다. 해외 취업을 계획하며 이 책을 읽고 있을 당신에게도 분명히 찾아오게 될 향수병

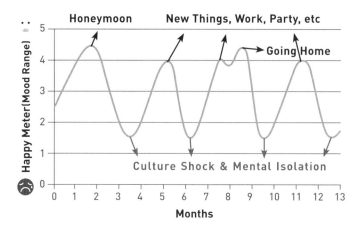

* x축 Months: 해외 생활을 한 기간
* y축 Happy Meter(Mood Range): 행복 지수(수치가 높아질수록 행복한 정도가 커짐)
* 행복 지수를 높게 만드는(+) 요인들 'Honeymoon / New things, Work, Party, etc': 해외 생활의 허니문 단계(허니문처럼 모든 것이 즐겁고 행복한 시기), 새로운 것을 접하거나 직장 생활을 하면서 얻는 활력, 파티 및 각종 여가 생활을 통해 얻는 즐거움 등
* 행복 지수를 낮게 만드는(-) 요인들 'Culture Shock, Mental Isolation': 문화 차이로 오는 혼돈과 좌절, 외로움, 정신적으로 느끼는 고독함

증상을 공유한다.

해외 생활 3개월

새로운 사람을 만나고 새로운 곳에 가고, 새로운 것을 배우는 등 일상이 새로운 일들로 넘쳐나 흥미롭다. 새로운 환경에 적응하느라 정신없이 지내다 보면 하루, 일주일, 한 달이 순식간에 흘러 외로울 틈이 없다.

혼자 감당하기 어려운 일들이 생겼을 때 마음을 털어놓고 고민을 이야기하던 가족과 친구들, 나를 도와주던 사람들이 바로 옆에 없다는 사실이 조금 슬퍼지기도 한다. 이때 향수병이 약간 찾아오는 듯하지만, 새로운 사람들과 인연을 맺으며 이러한 기분을 극복하려고 노력한다.

해외 생활 6개월

새로운 환경에 적응되면서 슬슬 일상이 반복되는 것 같고 지루해진다. 예전과 같은 활기를 되찾고자 여행을 가거나 예전에 해 보지 않았던 일을 시도하며 색다른 경험을 하려고 노력한다. 그리고 곧 즐거움을 되찾는다.

다양한 사람들을 사귀고 고민을 이야기할 수 있는 친구도 생겼지만, 어쩐지 한국에 있는 친구들만큼 마음을 털어놓기가 어려워 외로움이 잘 가시지 않는다.

해외 생활 1년

이제 웬만한 일은 혼자 알아서 척척 처리한다. 해외 생활이 처음인 사람들이 어려움을 겪을 때 조언하고 도와줄 수 있는 레벨이 된다. 웬만한 문화 차이도 '그런가 보다' 하고 대수롭지 않게 넘어간다.

함께 해외 생활을 시작하고 희로애락을 나눴던 친구들이 하나둘씩 떠나기 시작한다. 작별 파티가 가장 많아지는 시기이기도 하다. 떠나는 친구가 많아질수록 공허함이 커지고 외로워진다.

외로움을 극복하기 위해 자기 계발에 관심을 두기 시작한다. 취미를 찾기 시작하고 새로운 진로를 탐색해 보기도 한다. 이렇게 슬슬 혼자 지내는 시간에 익숙해지기 시작한다.

해외 생활 2년

'한국인 같지 않다'는 소리를 점점 더 자주 듣게 된다. 한국에 가면 남들 다 아는 것을 나 혼자 모를 때가 많아 외계인이 된 기분이다. 한국보다 현재 사는 곳의 생활이 더 편하게 느껴진다.

이별에 익숙해져서 주변에 아는 사람이 자국으로 돌아간다고 해도 더 이상 크게 슬프지 않다. 새로운 만남이 즐겁기는 하지만 또 언젠가는 떠날 사람이라는 생각에 마음의 문이 쉽게 열리지 않는다.

외로움을 어떻게 다스려야 하는지 알게 된 것 같다. 가끔 외로움이 찾아오는 것 같지만 그래도 취미 활동을 하고 운동을 하는 등 혼자서도 시간을 잘 보낸다.

해외 생활 5년 이상

한국어 실력이 점점 퇴화하고 있는 기분이 든다. 특정 단어나 표현이 한국어로 잘 생각이 나지 않아 당황스럽다.

이제 한국보다 현재 사는 곳에 마음을 터놓는 친구가 더 많다. 점점 생활이 안정되어 이곳에서 겪는 일상의 소소한 즐거움을 만끽하며 살아간다.

타지 생활에 익숙해져 편하고 좋다가도 한국이 사무치게 그리워지기도 한다. 또는 지금 사는 곳 말고 다른 나라에 가서 살아 볼까 하는 생각이 들기도 한다.

결국 인생은 나 혼자라는 생각에 독립심이 매우 강해진다. 작은 일뿐 아니라 큰일도 다른 사람에게 물어보기보다 혼자 결정하고 감내한다.

해외 생활을 하면서 사무치게 외롭고 공허한 날도 참 많았지만, 그만큼 행복한 일들도 많았기에 7년이 넘는 시간 동안 해외 생활을 할 수 있었던 것이 아닌가 싶다. 힘든 시간에 비해 즐거운 경험들이 주는 보상이 훨씬 컸다. 해외 생활이 반짝반짝 빛나는 일로만 가득할 것이라 기대하면 안 된다. 현재 느끼는 지루한 일상의 탈출구가 되리라 생각해서도 안 된다. 한밤중 혼자 서럽게 운 날도 허다하고, 비자가 골머리를 썩일 때에는 '왜 나를 반겨 주지도 않는 곳에서 살고 싶다고 발버둥치고 있는 거지?' 하는 생각이 들기도 했다. 하지만 나는 나의 결정에 후회하지 않는다. 해외 생활을 하는 동안 각종 우여곡절을 겪으며 성숙할 수 있었고, 강해질 수 있었다. 게다가 먼 훗날 나이가 들어 손자 손녀를 무릎에 앉히고 들려줄 인생 스토리가 많은 할머니가 될 수 있을 것 아닌가!

한국 회사에서 일하고 싶어요

7년 동안 상하이 소재 외국 회사에서 일하면서 나름의 아킬레스건이 있었다. 바로 한국 회사에서 제대로 일해 본 경력이 없다는 것. 사람은 자신한테 없는 것을 부러워하기 마련이라고, 외국 회사에서의 업무 경력이 길어질수록 도리어 한국 회사에서 일을 해 보고 싶다는 생각이 들었다. 해 보지 못한 것에 대한 미련이라고나 할까? 상하이에 오기 전 한국 회사에서 인턴도 하고 비서로 근무하기도 했지만, 당시 내가 했던 업무의 비중이 크지 않기에 한국 회사에 대한 막연한 궁금증이 있었다. 해외에 살면서 객관적인 시선으로 바라본 한국 회사는 '많은 업무'를 하는 곳이기도 하지만 '훌륭한 업무 성과'를 내는 곳이기도 했다. 한국 회사에서는 어떤 식으로 업무를 처리하기에 빠르고 우수한 업무 성과를 내는지도 궁금했다.

물론, 한국 회사에서 일해 보고 싶다는 알 수 없는 열망이 꿈틀거릴 때 주변 한국 사람들이 얼마나 말렸는지 모른다.

"네가 한국 회사 생활을 제대로 경험해 보지 못해서 철없는 소리 하는 거야. 아마 한 달도 안 돼서 그만두고 싶을걸?"

"남들은 가고 싶어도 못 가는 외국 회사를 관두고 한국 회사를 들어

한국 회사 신규 사업 오프닝 이벤트 때 상하이 소재 미디어 관계자들에게 새로 런칭한 회사 서비스를 설명하고 있는 모습.

간다는 것은 미친 짓이야. 네가 지금 몸이 편하고 일이 편하니까 별 잡생각을 다하는구나!"

평소 나를 동생처럼 챙겨 주는 사람들에서부터 그다지 친분이 없는 사람들까지 내가 매우 잘못된 생각을 하고 있는 것마냥 온 마음을 다해 한국 회사의 단점을 나열하며 극구 말렸다. 주변 사람들의 조언을 받아들여 한국 회사에 대한 미련을 버리고 회사에 다니던 중, 호기심을 자극하는 이메일을 한 통 받았다. 메일에 적힌 내용은 대략 이러했다.

"안녕하세요. 한국 XX 주식회사 XXX 이사라고 합니다. 저는 지난 2월부터 상하이에서 거주하며 푸드 신규 사업을 추진 중에 있습니다. 메일을 드리게 된 연유는, 우연한 기회에 현재 근무하고 계신 회사의 오프라인 행사를 통해 수정 님을 알게 되었습니다. 또한, 개인적으로 운영하고 계시는 블로그를 통해 미식/외식 분야에 많은 정보를 지니고 계신 것 같아 언제 시간 괜찮으실 때 함께 식사라도 하며 신규 사업에 대한 수정 님의 의견 및 조언을 구하고 싶어 이렇게 외람되지만, 이메일 드려봅니다."

예전에도 이와 비슷한 이메일을 받아 본 적이 있고, 그 계기로 좋은 사람을 알게 된 경우도 있었기 때문에 흔쾌히 약속을 잡았다. 직책이 이사라고 하여 꽤 연배가 있으신 분이 나올 줄 알았는데, 생각보다 젊은 분이 약속 장소에서 기다리고 있어서 적지 않게 놀랐다. 식사하면서 신규 사업에 대한 이야기를 나누었는데, 들으면 들을수록 흥미로웠다. 이사님 역시 한국 대기업 고위 임원에 대한 내가 갖고 있던 편견과 달리 매우 겸손하고 진솔하셨다. 좋은 분을 알고, 도움이 되고 싶은 순수한 마음으로 약속 장소에 나갔는데, 신규 사업에 마케팅 & PR 매니저로 조인해 보지 않겠냐는 제안을 받았다. 생각의 시간이 필요하기는 했지만, 왠지 모르게 마음이 끌렸다. 마음속 깊이 항상 자리 잡고 있던, 한국 회사에 대한 막연한 호기심을 해소할 수 있는 기회였기 때문이다. 그렇게 나의 상하이에서 세 번째 직장은 아이러니하게도 한국 회사가 되었다.

한국 회사 VS 외국 회사

한국 회사에서 내가 맡은 주 업무는 중국인 및 상하이 거주 외국인을 타깃으로 한 브랜드 마케팅과 홍보였다. 해야 할 업무는 비슷했지만, 타깃 고객층이 외국인이었기 때문에 두려움도 생겼다. 영어도 중국어도 그다지 완벽하지 않은 내가 과연 잘 해낼 수 있을까? 하지만 '자리가 사람을 만든다'는 말과 '하고자 하는 의지와 열정이 있다면 못 해낼 것이 없다'는 말을 떠올리며 할 수 있다 믿었다.

회사가 당시 밀고 있던 서비스는 '미슐랭 스타 요리를 집에서 전자레인지 하나로 간단히 즐긴다'는 것이었다. 미슐랭 스타 레스토랑의 요리 레시피를 전수받아, 서울과 상하이에 자리한 중앙 주방에서 요리를 연구하여 재현하고, 소비자의 집으로 배달하는 서비스였다. 일반 음식 배송 서비스와의 차별성은 배송된 요리를 전자레인지를 활용해 데운 후, 소비자가 직접 미슐랭 요리처럼 멋지게 데코레이션을 한 후 소비하는 형태리는 것이었다. 생소한 서비스 모델이고, 음식이 품질에 신경을 쓰다 보니 가격대가 높아져 브랜드 마케팅 및 홍보가 생각처럼 쉽지는 않았다.

하지만 한국 대기업에서 오랫동안 근무하신 이사님 그리고 유능한 과장님과 함께 일하면서 한국 회사의 장점이라 생각했던 '체계적으로 일하는 법'을 배울 수 있었다. 이전 회사에서는 스타트업 회사의 특징답게, 빠른 워크 페이스로 업무를 했기 때문에 제대로 된 '계획'이라는 것을 짜 본 적이 없었다. 고민하고 생각할 시간이 없기 때문에 아이디어가 생기면 바로 실행해야만 했다. 하지만 이곳에서는 소규모 마케팅 이벤트를 진행할 때에도 상세하게 계획을 짜고, 예상 마케팅 비용 및 효과를 측정하여 리포트를 작성해야 했다. 처음에는 일일이 리포트 작성을 하는 것이 시간만 잡아먹는 형식적인 업무라고 생각했다. 하지만 이렇게 리포트를 작성하고 세세한 계획을 짜는 행위가 크고 작은 목표를 세울 수 있게 해 주고, 업무를 정해진 시간에 마칠 수 있도록 도와주며, 큰 비전을 볼 수 있게 만드는 매우 중요한 역할을 한다는 것을 차츰 깨달았다.

한국 회사에서의 경험은 내게 한국 회사와 외국 회사의 장단점에 대해 좀 더 객관적으로 생각해 볼 수 있는 기회를 주었다. 물론 회사에 따라 사내 문화나 분위기가 전혀 다를 수 있겠지만, 그간 경험을 토대로 한국 회사와 외국 회사(특히, 서양 문화권 회사)의 특징을 공유한다.

우리는 한솥밥 먹는 식구 VS 우리는 철저히 일로 만난 관계

한국에서는 잦은 야근과 회식으로 하루 중 가장 오랜 시간을 함께하는 사람이 직장 동료이다 보니 자연스레 회사 사람들과 가까워지고 다양한 이야기를 공유하게 된다. 집 이사 문제, 휴가 계획, 심지어 어떨 때는 개인 연애사까지. 퇴근 후에는 삼겹살에 소주잔을 기울이면서 회사 불평도 하고 파이팅도 하며 전우애 같은 동료애를 쌓기도 한다.

하지만 외국 회사는 다르다. 만일 외국인 상사에게 하루 연차를 내기 전에 어떠한 이유로 연차를 내고 싶다고 부가 설명을 하면 "그런 개인적인 일을 저한테 말할 필요 없어요. 연차 시스템에 입력하고 휴가 쓰세요"라는 대답을 들을지도 모른다. 부하 직원의 개인적인 이야기를 들었다는 것에 오히려 불편해할 수도 있다. 아무리 한 팀에서 일하는 직속 상사라고 하더라도 일은 일이고 사생활은 자신이 관여하면 안 되는 철저히 개인적인 부분이라고 생각하기 때문이다. 하지만 외국인 상사의 이런 '쿨'함은 비단 휴가를 쓸 때만 있는 것이 아니다. 일이 조금만 틀어지면 '쌩' 하고 차갑게 돌아서 하루아침에 해고를 통보하는 외국인 상사를 보면 한국의 '정' 문화, 한국 회사의 '한 팀, 한 식구' 문화가 좋을 때도 있다는 생각이 든다.

팀플레이 VS 개인플레이

한국 회사에 흔히 존재하는 '직속 상사'를 외국 회사에서는 기대하면 안 된다. 한국에서는 신입 직원이 들어오면 직속 상사가 업무를 가르쳐 주며 회사에 잘 적응할 수 있도록 도와주곤 한다. 심지어 팀장님이나 과장님과의 면담을 통해 앞으로 어떠한 업무를 하고 싶은지, 어떻게 커리어를 쌓고 싶은지 이야기를 하고 조언을 받기도 한다. 하지만 외국 회사는 철저한 개인플레이다. 스스로 커리어 맵을 짜고 능동적으로 업무를 찾아서 해야 한다. 능력만 있다면 원하는 업무를 담당할 수 있는 기회가 한국 회사보다 많이 주어진다는 장점이 있지만, 많은 권한이 주어진 만큼 문제가 생길 경우 책임도 오롯이 혼자

지고 가야 한다.

야근과 주말 근무는 회사에 대한 충성
VS 시간 관리도 업무 능력 중 하나

회사에 따라 정도의 차이가 있긴 하지만 외국 회사도 야근과 주말 근무가 존재한다. 하지만 보통 마감 기한이 얼마 안 남은 프로젝트가 있다거나, 동료가 일을 그만두어 갑자기 업무량이 많아진 상황이 아닌 이상 야근과 주말 근무가 많지 않다. 야근과 주말 근무를 밥 먹듯이 하면 열심히 일한다고 칭찬받기는커녕 오히려 업무 능력이 떨어져 일을 제시간에 못 해낸다고 오해받을 수도 있다. 업무량에 따른 시간 관리, 개인 생활과 일의 균형을 잘 잡는 것 역시 중요한 업무 능력 중 하나라고 여기기 때문이다.

디테일이 중요해 VS 핵심만 전달하면 OK

서양인 동료들과 일하면서 놀랐던 점 중 하나는 기획안 및 보고서, 프레젠테이션 작성 능력이 한국인들보다 현저히 떨어진다는 것이다. 디테일에 강한 한국인들은 보고서를 작성할 때 작은 것 하나도 놓치지 않고 꼼꼼하게 작성한다. 심지어 글씨체, 글자 크기, 보고서 디자인, 프레젠테이션 페이지를 넘길 때의 효과음까지도 신중하게 선택한다.

이에 비해 서양인들의 프레젠테이션은 한국 대학생 수준이라 해도 과언이 아니다. '핵심만 전달하면 된다'고 생각하기 때문이다. 한국에서 뭐만 하려고 하면 '기획안을 작성해 제출하세요', '프레젠테이션을 작성해 발표해 주세요'라고 해서 넌더리 날 수도 있겠지만, 지금 울며 겨자 먹기로 작성한 보고서가 나중에 외국 회사에 가면 프레젠테이션 능력자로 인정받는 스킬이 될 수도 있으니 열심히 배워 두자.

결국 결정은 사장님이 VS 제발 누가 결정 좀 내려줘!

회사마다 다르겠지만, 한국 회사는 최종 결재까지 결재 라인이 길다. 직속 상사와 팀장님 결재를 거쳐 부장님, 본부장님, 상무님, 전무님, 부사장님, 사장님까지. 수많은 결재 라인을 거쳐 결국 결정은 사장님이 원하는 대로가 된다는 우스갯소리도 있을 정도로 직원 한 명에게 주어지는 권한이 작다. 하지만 또 이와 반대로 직위가 높은 사람의 결정권이 매우 크다 보니 사장이나 임원이 '하자' 또는 '하라'고 지시한 일은 어마 무시한 속도로 진행된다.

외국 회사도 물론 직위가 높은 사람의 결정권이 크기는 하지만, 독단적으로 행동할 경우 직원들의 불만이 커질 수 있기 때문에 조심하는 편이다. 여러 사람의 의견을 존중하며 진행하는 것이 좋기도 하지만 한국이었다면 속전속결로 끝낼 수 있는 일을 가지고 몇 달이 지나도록 회의만 하고 진척이 없는 것을 보면 답답하기 짝이 없기도 하다.

무한한 미래가 펼쳐지는 도시, 상하이

한 중국 취재 전문 미국인 저널리스트가 한 말이 잊히지 않는다.

"상하이라는 도시에 대해 논한다는 것은 마치 카레이싱 경기장에서 일회용 필름 카메라로 빠르게 움직이는 경주차를 한 장의 사진 속에 담으려는 것 같다는 생각이 듭니다. 하루가 멀다 하고 변화하는 이곳에서는 오늘과 내일이 전혀 다를 수 있기 때문입니다."

상하이에 사는 사람이라면 아마도 그의 말에 격하게 동감하지 않을까 싶다. 자고 일어나니 새로운 애플리케이션이 출시되어 상하이 사람들의 일상을 뒤흔들어 놓기도 하고, 어제까지만 해도 멀쩡했던 골목길 상점들이 도시 개발을 한다며 하루아침에 모두 철거되는 일이 발생하기도 한다. 그렇기 때문에 상하이 최신 트렌드에 관한 이야기를 할 때, 조심스러운 부분이 없지 않아 있다. 지금 상하이 사람들 사이에서 인기 있는 곳이거나 웹사이트가 독자들이 이 책을 읽을 때 즈음에는 퇴물이 되어 있거나 대중의 기억 속에서 아예 사라져 버릴 수도 있기 때문이다.

10년 전도 아닌 불과 5년 전만 해도 상하이를 보고 있노라면 과거 서울의 모습을 보고 있는 듯한 느낌이었다. 사실, 내가 상하이에 반하게 된 이유 역시 어렸을 적 추억으로 아련하게 남아 있는 따뜻하고 정 많던 서울의 과거 모습과 묘하게 닮아 있었기 때문이다. 새로운 집으로 이사를 가면 동네 사람들에게 떡을 돌리며 인사를 하고, 친구들과 동네를 시끌벅적하게 뛰어다니며 하늘이 어두워지도록 공부 걱정 없이 놀고, 날이 더운 여름에는 집 밖으로 나와 돗자리를 펴고 동네 이웃과 함께 수박을 나누어 먹으며 수다를 떨던 그 추억 속 장면들을 상하이에서 발견할 수 있었다. 조금 우습긴 하지만 웃통을 시원하게 벗고 동네 사람들과 마작을 하는 중국 아저씨들, 약간 귀찮을 때도 있지만 지나가는 사람의 일도 자기 일처럼 참견하며 말을 거는 중국 아줌마들, 옷이며 얼굴이며 모래가 묻어 꾀죄죄해진 모습으로 신나게 골목을 뛰어다니는 아이들에게 정이 갔다.

이제 상하이에서 이러한 모습은 쉽게 찾아볼 수 없게 되었지만, 그 대신 새로운 매력이 우리를 유혹하고 있다. 그간 이룩한 고속 경제 발전으로 자신감이 생겨서 그런 것일까? 외국의 문화를 선진 문화라 생각하며 무조건 따라 하려고 했던 중국인들이 이제는 자신만의 문화를 창조하며 유행을 선도해 나가고 있다. 그리고 이렇게 그들만의 감각으로 세운 기업들은 외국 글로벌 기업들을 무섭게 따라잡으며 중국 시장을 장악하고 있다.

한번은 상하이 시 중심에 위치한 어느 빌딩에서 비즈니스 미팅을 한 적이 있다. 담당자가 미팅이 이루어질 장소로 안내를 하며 엘리베이터 56층 버튼을 눌렀다. 엘리베이터가 56층을 향해 빠르게 올라가면서 귀가 멍멍해지는 순간, 이 건물이 이렇게 높은 건물이었구나 싶어 감회가 새로워졌다. 고층 빌딩이 워낙 많은 상하이인지라 평소 아무렇지 않게 지나치던 건물 중 하나였기 때문이다. 56층 건물쯤은 아무것도 아닌 도시가 바로 상하이다. 미래 도시에 온 듯 고층 빌딩들이 빽빽하게 숲을 이루고 있고, 그 안에는 세계 최고를 향해 달려가는 중국인들이 있다. 그리고 이에 질세라 도전장을 들고 중국 시장에 뛰어든 전 세계 사람들이 한데 모여 치열하게 경쟁하며 성장하고 있는 모습을 상하이에서 만나 볼 수 있다.

어제는 101층 높이를 자랑하는 상하이 월드 파이낸셜 센터SWFC 빌딩에서 중국인 클라이언트와 비즈니스 미팅을 하고, 오늘은 상하이에 거주하는 외국인을 타깃으로 홍보 광고를 하고, 내일은 뉴욕에서 온 미슐랭 레스토랑 셰프를 만나 인터뷰를 하는 글로벌한 업무 경험을 쌓을 수 있는 곳이 전 세계에 얼마나 있을까? 미세먼지, 안전한 먹거리에 대한 불안 등 완벽한 도시는 아니지만, 그럼에도 전 세계 사람들이 모여드는 이유는 우리가 가진 열정과 능력을 더욱 크게 펼쳐 볼 수 있는 글로벌 무대가 바로 상하이이기 때문일 것이다.

상하이의 어제와 오늘 언제 봐도 질리지 않는 상하이 야경과 이제는 쉽게 찾아볼 수 없는 상하이 골목 풍경

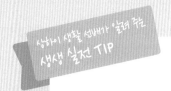
여기 중국 맞아?
상하이 생활 물가 대공개

아침 출근길, 직장 동료가 SNS 메신저로 사진을 한 장 보냈다. 중국어가 쓰인 커다란 상자가 우리 회사 사무실에 가득 쌓여 있는 사진이었다.

"이게 뭔데? 회사로 물건이 잘못 배달 왔어?"

"아니, 아니, 그런 게 아니야. 지난번에 우리 회사 사장님이 XX 회사(상하이 소재 중국 기업) 사장 만났잖아. 그 사장이 우리한테 보내온 선물이야."

"그래? 무슨 선물인데?"

"중국 마오타이주. 너 이 술이 한 병에 얼마짜리인 줄 알면 깜짝 놀랄걸?"

"마오타이주? 고량주 아냐? 도대체 고량주를 얼마나 보냈길래 상자가 이렇게 많이 쌓여 있는 거야?"

"100병. 우리가 검색해 봤는데 이거 인터넷에서 가장 싸게 파는 가격이 얼마인 줄 알아? 한 병에 16,000위안(한국 돈으로 대략 270만 원)이야."

"뭐? 혹시 0 하나 더 붙여서 잘못 말한 거 아니야? 27만 원 아니고 270만 원?"

"아니야!! 270만 원이라고!"

"그럼 100병을 보낸 거니까…. 설마 2억 7,000만 원? 미친 거 아니야?"

"하하하. 그니까."

아침부터 드라마 속에 나올 법한, 아니 드라마 속에서도 접하지 못했던 이야기에 놀라지 않을 수가 없었다. 베이징에서 인맥 자랑 하지 말고, 상하이에서 돈 자랑 하지 말라더니, 이게 바로 상하이 부자들의 세계구나 싶었다. 선물을 보내온 기업과 우리 회사가 사업상 함께 일을 하는 것도 아니고, 업종이 달라 향후에도 함께 비즈니스를 할 가능성이 작은데 함께 기분 좋은 저녁을 먹었다는 이유로, 앞으로 잘 지내자는 이유로 3억에 가까운 '선물'을 보냈다는 것이 쉽게 믿어지지 않았다.

길을 걷다가 치이는 사람 열 명 중 하나가 억만장자라는 우스갯소리처럼 상하이에는 부자들이 정말 많다. 부자 동네와 가난한 동네의 지역 구분이 어느 정도 있는 서울과 달리 골목 하나를 사이에 두고 상하이에서 가장 비싼 아파트와 판자촌이 함께 뒤섞여 있어 상대적 빈곤감도 크게 느껴진다. 한 달에 20만~30만 원 남짓한 월급을 받으며 살아가는 사람도 있고 억대 연봉을 받으며 사는 사람도 있다. 그렇다면 상하이에서 외국인으로서 불편함 없이 살아가려면 어느 정도 생활비가 들어갈까? 상하이에서 살면서 소비한 생활비를 토대로 대략적인 상하이 물가를 공유해 본다. (*1인 미혼 가구 기준)

1. 식비

상하이 평균 외식 물가는 높지 않지만 식당에 따라 편차가 큰 편이다. 따라서 한 달 식비를 얼마나 쓰냐에 따라 저축 금액이 크게 달라질 수 있다. 2위안(*환율 170 기준, 한화 340원)도 채 하지 않는 고기만두 하나로 한 끼를 때울 수도 있고, 서양식 레스토랑에서 한 끼에 100~150위안(한화 약 17,000~25,000원) 하는 점심을 먹을 수도 있다. 일반적으로 중국 음식점에서 식사할 경우 한 끼에 대략 30~50위안(한화 약 5,000~8,500원) 정도 소비하며, 친구들과 함께 술을 곁들인 저녁 식사를 할 경우 한 사람당 대략 60~100위안(한화 약 10,000~17,000원) 정도 소비한다. 외국인들이 신호하는 시양 레스토랑에서 식사할 경우 음식 가격은 평균 60~100위안(한화 약 10,000~17,000원) 정도, 술과 함께 저녁을 할 경우 1인당 100위안(한화 약 17,000원)에서 많게는 200위안(한화 약 34,000원)

정도 된다.

2. 아파트 임대료

모든 도시가 그러하듯 교통이 발달한 시 중심과 지하철 역 부근의 아파트 임대료가 가장 높고, 중심에서 멀어질수록 가격이 내려간다. 외국인이 많이 사는 상하이 시 중심에 자리한 1인 가구 아파트의 경우 월세가 평균 6,000~10,000위안(한화 약 100만~170만 원) 정도이며, 시설이 낙후되고 오래된 집은 4,000~6,000위안(한화 약 70만~100만 원) 선에서 집을 구할 수 있다. 생활 물가에 비해 월세가 높은 편이다 보니 사회 초년생의 경우 셰어 하우스를 많이 이용하는데, 셰어의 경우 2,000~5,000위안(한화 약 35만~85만 원)까지 집 상태에 따라 다양하다.

3. 교통비

대중교통이 잘 발달되어 있고 이용요금이 저렴해 어디로든 이동이 편리하다. 지하철 기본요금은 3위안(한화 약 500원)이며 10킬로미터 초과마다 1위안이 추가된다. 일반버스의 기본요금은 2위안(한화 약 340원)이다. 택시 요금 역시 서울과 비교하면 많이 저렴한 편이다. 기본요금은 16위안(한화 약 2,700원)이며, 3~15킬로미터 구간에는 킬로미터당 2.5위안씩 부과된다. 아주 먼 거리를 이동하거나 야간 할증이 붙지 않는 한 100위안(한화 약 17,000원)을 넘는 경우는 거의 없다. 요즘 유행하는 택시 호출 어플 또는 공유 자전거 앱 등을 이용하면 좀 더 저렴하게 이용할 수 있다.

4. 기타 생활비

● 전기: 1인 가정의 경우 평균 100~150위안(한화 약 17,000~25,000원) 안

팎의 전기료를 지불한다. 가장 덥고 추운 달 전기료는 평균 200위안(한 화 약 34,000원) 정도 나온다.

• 가스: 가스비의 경우 건물, 집의 크기, 사용처(가스레인지 외 가스보일러 를 위해 가스를 사용할 경우 가스비가 많이 올라간다)에 따라 차이가 크게 난 다. 보통 50위안(한화 약 8,500원) 안팎의 가스비를 낸다.

• 수도: 수도 요금 역시 저렴한 편이다. 한 달 20위안(한화 약 3,400원) 내 외의 요금이 나온다.

• 인터넷: 중국의 대표적인 인터넷 서비스 업체인 중국전신(中国电信, 차 이나텔레콤)을 많이 이용한다. 오랫동안 인지도를 쌓아 온 회사로 인터 넷이 가장 안정적이라고 하지만 월 평균 150위안(한화 약 25,000원)대로 타 업체와 비교해 비싼 편이다. TV 채널 서비스 업체인 OCN에서도 인터넷 서비스를 제공한다. 중국전신에 비해 가격이 저렴한 편(월 평균 80~100위안)이나, 지역에 따라 설치가 불가능한 곳이 있고 인터넷 속도 가 느리다는 평도 있다.

• 휴대전화: 한국과 마찬가지로 통신사 패키지 및 인터넷 사용 요금에 따라 가격이 상이하다. 일반적으로 상하이에 사는 외국인의 경우, 무제 한 인터넷 데이터 요금보다는 5기가 이내의 인터넷 데이터 사용 요금 패 키지(30~50위안)를 많이 가입한다. 휴대전화 요금은 보통 선불제로, 일 정 금액을 충전하면 매월 데이터 패키지 요금이 충전 금액에서 자동으 로 차감된다.

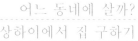

상하이에 막 도착해 앞으로 살 집을 보러 다닐 때였다. 태어나서 처음으로 부모님 도움 없이 집을 알아보는 것이었기 때문에 월세가 대략 어느 정도 하는지, 집 계약은 어떻게 하는지 등에 대한 감이 전혀 없었다. 그래도 서울보다 물가가 낮으니 월 40~50만 원 정도면 충분할 거라 어림짐작했던 나의 예상은 보기 좋게 빗나갔다.

아는 분 소개로 알게 된 부동산 직원은 내가 상상했던 집과는 동떨어져도 한참 떨어진 집을 계속해서 보여 줬다. 어두컴컴하고 퀴퀴한 냄새가 나는 집, 삐거덕거리는 나무 계단을 올라가야 마주하는 아주 오래된 건물의 옥탑방, 곧 쥐가 튀어나와도 놀라울 것 없는 더럽고 음산한 집 등. 착잡했다. 부동산 직원은 냉소적인 미소를 지으며, 월 40~50만 원 예산으로 내가 원하는 지역에 원하는 방을 찾을 수 없을 거라고 했다. 한국에서 부모님과 함께 산다면 고스란히 모을 수 있는 돈을 월세로 내야 한다는 것이 아깝게 느껴졌다. 월 50만 원씩 1년 모으면 600만 원인데…. 결국 마음을 바꿔 시 중심은 아니지만 회사에서 지하철로 두 정거장 떨어진 동네에서 집을 찾기로 했다. 퇴근 후 열심히 발품을 팔며 집을 보러 다닌 덕분에 일주일 정도가 지나 그나마 마음에 드는 집을 찾을 수 있었다.

2010년 집 계약서를 쓸 당시 집값이 중국 돈으로 3,200위안이었으니 한화로 대략 54만 원 정도인 셈이다. 물론 계약을 한 후 일주일도 채 지나지 않아, 바퀴벌레와의 전쟁 그리고 자동차 소음으로 고생을 해야 했지만 말이다. 결국 1년 계약을 채우지 못하고 보증금을 고스란히 날리며 다른 집으로 이사를 했지만, 다음 집을 알아볼 때 더욱 노련하고 신중해져 마음에 드는 새로운 집을 찾을 수 있었다. 상하이로 삶의 터전을 옮기려는 사람들에게 조금이라도 도움이 되고자, 상하이에 사는 동안 총 네 차례 집을 옮기면서 얻은 나름의 상하이 집 찾기 팁을 공유해 본다.

1. 어느 동네에 사는 것이 좋을까?

● 징안쓰 역 부근

한국어 발음으로 '정안사'라고도 불리는 이 지역은 상하이에서 가장 핫한 동네다. 한국으로 치면 청담동 정도 될 수 있을 것 같은데, 주변 환경이 깨끗하고 고층 아파트 건물이 많다. 징안쓰 역에서부터 난징시루 역으로 가는 길에 대형 백화점 및 쇼핑몰, 슈퍼마켓이 연달아 자리하고 있어 쇼핑 및 여가 문화를 즐기기에도 편리하다. 가족 단위의 넓은 평수 아파트도 많지만, 작은 평수 및 중간 평수 아파트도 많은 편이라 싱글족 특히 외국인 근로자들이 선호하는 지역이다. 특히 요 몇 년 사이 외국인 거주자 수가 급속도로 증가하면서 골목골목 트렌디한 음식점, 술집 등이 많이 생겨났다. 지리적으로도 상하이 시 중심 중에서도 최중심에 자리하고 있다고 할 수 있을 정도로, 주변이 번화하고 교통이 편리하다. 수요가 높으면 가격이 오르는 깃은 당연한 시장 원리. 예전에도 월세가 높은 동네 중 하나였지만 요즘 들어 그 가격이 더욱 치솟아 합리적인 가격의 집을 찾기가 매우 힘들나.

● 시자후이 역 부근 (구 프랑스 조계지)

시자후이 역 부근을 하나의 특징으로 뭉뚱그려 설명하기는 다소 어려운 면이 있다. 바로 옆 골목이라도 어떤 곳은 오래된 건물이 많고, 어떤 곳은 신식 아파트 건물 단지가 자리하는 등 골목마다 전혀 다른 색깔을 띠고 있기 때문이다. 예를 들어, 구 프랑스 조계지 지역(정확히 말하면 헝산루 역 근처)은 오래된 건축물이 많은데, 겉은 오래된 건물이지만 집 내부를 멋지게 개조해서 서양인들이 매우 선호한다. 시자후이 역 및 시자후이 체육관 근처는 구 프랑스 조계지와 비교하면 고층 아파트 건물이 많은 편이고, 주변에 대형 백화점이 많다. 징안쓰 역 부근이 전형적인 도시 아파트촌이라고 하면 시자후이 역 부근은 과거와 현재 모습이 공존하는 개성 넘치는 동네다.

● 중산공위엔 역 부근

내가 상하이 유학 생활을 할 때만 해도 중산공위엔 역 부근은 상하이에서 가장 트렌디하고 핫한 동네였다. 신식 아파트 건물이 많고, 백화점이 많아 집값도 매우 높았다. 하지만 요즘은 그 인기가 예전 같지 않다. 중산공위엔 역 부근은 넓은 평수 아파트가 많아 1인 가구보다는 자녀가 있는 가족들이 선호하는 지역이다. 지리적으로 한국인과 일본인이 많이 사는 구베이 지역과 시 중심 징안쓰 지역 중간에 자리하고 있어 한국인과 일본인이 선호하는 곳이기도 하다.

● 한인 타운

상하이 푸동 국제공항이 생기기 전 유일했던 국제공항인 상히이 홍차오 공항 주변으로, 한인 타운이 크게 형성되어 있다. 한국인뿐 아니라 일본, 대만, 홍콩 사람들도 이곳에 많이 산다. 한국 회사가 많고 한국 음식점 및 상점이 많다. 한인 타운 주변 한국 회사에 다니는 사람이라면 출근

길이 가깝다는 장점이 있다. 시 중심에서 멀리 떨어져 있어 월세가 비교적 낮은 편이긴 하지만 한국인 수요가 높은 지역이라 그다지 저렴하지 않다는 것이 단점이다.

● 푸동

'푸시의 침대 하나가 푸동의 방 한 칸보다 낫다'는 말이 있을 정도로 황푸 강 동쪽 편에 자리한 푸동은 상하이 사람들이 선호하지 않는 지역이었다. 하지만 푸동 개발 사업이 진행되면서 서울의 강남처럼 푸동은 깨끗하고 한적한 살기 좋은 지역으로 주목받기 시작했다. 푸동의 고급 동네는 푸시의 웬만한 아파트와 비교도 못 할 만큼 높은 가격을 형성하고 있을 정도로 그 위상이 완전히 달라졌다. 하지만 싱글족, 외국인 근로자에게 푸동은 시 중심에서 멀어 교통이 불편하고 유흥거리가 적어 여전히 인기가 없는 지역 중 하나다.

2. 어떤 방법으로 집을 찾을 수 있을까?

● 상하이 거주 외국인을 위한 온라인 웹사이트

한인 커뮤니티, 외국인 커뮤니티 웹사이트 등에서 임대 집 정보를 찾아볼 수 있다. 특히 외국인을 위한 상하이 생활 정보 웹사이트인 스마트상하이(Smartshanghai.com)에는 상하이 시내에 위치한 임대 집 정보기 디양하게 올라온다. 이곳에서 원룸부터 넓은 평수의 이파트, 세어룸 등 자신의 예산과 원하는 거주 지역에 맞는 집을 검색해 볼 수 있다. 하지만 스마트상하이는 외국인을 위한 사이트이기 때문에 중국인이 지불하는 평균 월세 시세보다 가격이 높게 형성되어 있음을 감안하는 것이 좋다.

● 집 찾기 애플리케이션

마음에 드는 집을 검색하고, 이사까지 도와주는 집 찾기 애플리케이션을 활용하는 게 중국에서 요즘 떠오르는 트렌드다. 안쥐커友居客, 우바퉁청58同城, 리엔지아链家, 쯔루自如 등의 애플리케이션이 있는데 그중 중국 젊은이들 사이에서 가장 인기가 많은 것은 쯔루自如. 계약 및 결제 절차가 모두 앱상으로 투명하게 이루어지고, 부동산 중개비가 없는 것이 장점이다. 시세보다 저렴한 임대료로 평판이 좋지만, 모든 집이 좋은 가격에 소개되는 것은 아니니 일반 부동산, 다른 사이트와 꼼꼼히 비교 후 선택하는 것을 추천한다.

● 현지 부동산

인터넷에서 마음에 드는 집을 발견해 연락을 하면 이미 계약이 된 집이거나, 사진과 다른 집인 경우가 허다하다. 그렇기 때문에 살고 싶은 동네에 자리한 부동산에 직접 찾아가서 집을 보여 달라고 하는 편이 가장 확실하고 시간을 절약할 수 있는 방법이다. 계약이 성사될 경우 월세의 35퍼센트 금액을 커미션으로 부동산에 지불해야 한다.

3. 그 밖의 알아 두면 좋을 이야기

상하이에서 좋은 매물이 가장 많이 나오고 집값이 내려가는 때는 연말에서 춘절(구정) 전까지다. 연말, 연초를 기준으로 많은 사람이 거처를 옮기기 때문이다. 그래서 이 기간에 좋은 집이 많이 나오고, 집주인은 하루

저 많은 집 가운데 내가 살 수 있는 집은 어디에 있을까? 커다란 창문 밖으로 보이는
상하이 시내 전경에 반해 계약한 상하이 첫 집. 하지만 이사한 지 얼마 되지 않아 바퀴
벌레와의 전쟁으로 마음고생을 꽤나 했던 애증 깊은 곳이다.

라도 빨리 공실을 없애고자 좋은 가격을 제시한다.

부동산 중개업자를 쫓아다니며 마음에 썩 들지 않는 집을 보느라 시간
을 낭비하고 싶지 않다면 원하는 조건을 정확히 말하는 것이 좋다. 엘리
베이터가 있는 아파트, 외관이 허름하지 않은 신축 건물, 화장실이 깨끗
해야 함, 창문이 커야 함 등 자세하게 원하는 조건을 이야기하는 것이 좋
다. 또한 부동산 직원이 예산을 물어보면 생각하고 있는 예산보다 최소
500위안 정도 적게 부르는 것을 추천한다. 만일 예산이 6,000위안이라
고 하면, 부동산 직원은 6,500위안에서 7,000위안대의 집을 넌서 보여
주기 때문이다.

상하이 아파트 임대는 전세가 없고 100퍼센트 월세다. 보통 한 달 내지
두 달 치 월세를 보증금으로 낸다. 여기서 팁을 하나 전하자면, 계약할 때

보증금을 한 달 치만 내는 것으로 협상하는 것이 좋다. 일부 집주인은 나갈 때가 되면 갑자기 말도 되지 않는 이유(집 벽이 예전보다 더럽다, 다음에 들어올 사람을 아직 못 구했다 등)로 보증금을 돌려주지 않거나 일부만 돌려주는 경우가 종종 있기 때문이다.

한국에서도 나 홀로 집을 구하는 것이 결코 쉽지 않은 일인데, 말도 잘 통하지 않는 해외에서 집을 찾는 것이 쉽지 않은 도전임은 말할 것도 없다. 하지만 그렇다고 너무 걱정할 것도 없다. 철저히 사전 조사를 한 후 하나하나 신중하게 살펴보면 사기당할 일은 거의 없을 것이다. 또한, 아는 사람 한 명 없는 타지로 간다고 하더라도 그곳에서 새로 만난 좋은 인연이 집 찾는 것을 기꺼이 도와줄 확률도 높으니까 너무 걱정 말자. 마음에 드는 집을 찾아 계약서에 서명하고 나면 부모님 품을 떠나 무엇이든 혼자 할 수 있는 성인이 되었다는 생각에 뿌듯해질 것이다.

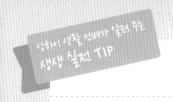
QR 코드의 나라
중국 생활에 유용한 웹사이트 및 앱

상하이에서 세 번째로 취업한 회사인 한국 회사에서 일할 때였다. 중국과 한국 두 곳에 사무실을 두고 프로젝트를 진행하고 있었기 때문에 아무래도 몇 몇 애로 사항이 있었다. 한국인과 중국인 직원이 자신의 모국어가 아닌 영어로 의사소통을 하면서 생기는 불편함, 서로 다른 문화나 업무 처리 방식의 차이에서 생기는 오해 등. 그중 가장 민감했던 부분은 바로 중국 최신 트렌드에 대한 이해 부족과 그로 인해 발생하는 보이지 않는 기 싸움이었다.

한번은 VIP 런칭 파티를 준비하면서 초대 카드, 스탠딩 배너, 행사 포스터 및 쿠폰 등에 QR 코드를 넣어 달라고 한국에 있는 디자인팀에 요청한 적이 있었다. 하지만 한국 디자인팀은 왜 이곳저곳에 쓸데없이 QR 코드를 넣어야 하는지 이해를 못 하는 눈치였다.

"그 포스터 디자인에 꼭 QR 코드를 넣어야 하나요? QR 코드를 스캔해서 정보를 확인해 보는 사람이 별로 없을 것 같은데…."

"아니에요. 중국에서는 모든 것이 QR 코드로 통한다 해도 과언이 아니에요. 회사 이름만 적는다거나 사이트 주소만 적어 놓으면, 오히려 사람들이 QR 코드는 어디 있냐며 QR 코드를 달라고 하거든요."

신경 써서 만든 세련된 디자인에 거무튀튀 못생긴 QR 코드를 곳곳에 넣어 달라는 요청이 디자이너로서 마음에 들지 않으리라는 것 역시 이해가 되는 바였지만, 중국 마케팅에서 QR 코드는 꼭 필요한 요소였다. 중국 마케팅에서 QR 코드를 넣지 않는다는 것은, 완벽하게 만든 광고 전단지에 회사 웹사이트나 연락처를 적어 놓지 않은 것과 같다고나 할까? 처음에는 반신반의했던 한국 디자인팀도 나중에 상하이에 와서 동네 작은 구멍가게도 QR 코드를 붙여 놓고 장사하는 것을 보고는 놀랐다고 했다.

이제 상하이에서는 중국판 카카오톡인 웨이신Wechat과 온라인 결제 애플리케이션인 즈푸바오Alipay가 없으면 일상생활이 불편할 정도가 되었다. 웨이신으로 친구들과 실시간으로 대화를 하거나 회사 업무를 보는 것은 당연하고, 동네 구멍가게에서 콜라 한 병을 사도 웨이신 또는 즈푸바오로 QR 코드를 스캔하여 결제한다. 친구와 밥을 먹고 더치페이 금액을 웨이신으로 전달하고, 집주인에게 방세를 즈푸바오로 전달한다. 온라인 쇼핑몰에서 물건을 산 후, 즈푸바오로 결제하는 것은 물론이고 핸드폰 요금, 수도 요금, 전기 요금 등 각종 생활 요금을 즈푸바오로 클릭 한 번에 낼 수 있다. 지하철마저 교통카드 대신 핸드폰 QR 코드를 스캔해 탈 수 있다. 상황이 이렇다 보니 지갑은 놓고 나와도 일주일을 견딜 수 있지만, 핸드폰이 없으면 아무것도 할 수 없는 경우가 지금 중국에서 벌어지고 있다.

이렇게 QR 코드로 모든 것이 통하는 나라, 중국에서 살면서 필요한 애플리케이션이나 웹사이트는 무엇이 있을까?

타오바오淘宝网

한국에서도 유명한 중국 최대 온라인 쇼핑몰 타오바오는 알리바바 그룹 회장 마윈이 운영하는 오픈마켓이다. 타오바오에는 없는 게 없다는 말이 있을 정도로 다양한 제품이 판매되고 있다. 매년 11월 11일 광군제(솔로데이, 쇼핑데이)가 되면 타오바오에 입점한 판매자들이 제품을 할인가에 판매해 많은 중국 소비자들이 손꼽아 이날을 기다리기도 한다. 2018년 11월 11일, 약 34조 7,000억 원이라는 역대 최고 거래액을 기록했을 정도로 중국인들의 타오바오 사랑은 엄청나다.

어러머俄了么

중국 13억 인구 중 3억 명이 이용한다는 어러머는 중국 최대의 음식 배달 서비스 플랫폼이다. 어러머에 입점한 상점은 유명 음식점에서부터 평소 줄 서서 먹어야 하는 맛집, 스타벅스 커피, 동네 약국, 슈퍼마켓, 물건 배송 퀵서비스까지 다양하다. 저렴한 이용료, 빠른 배달, 실시간으로 배달 기사의 위치 확인, 할인 혜택뿐 아니라 이용자들의 음식점 평가를 통해 인기 있는 음식점을 확인해 볼 수 있는 등 여러 장점이 있는 앱이다.

메이투안美团

소셜 커머스, 공동 구매 플랫폼으로 서비스를 시작한 메이투안은 현재 어러머 못지않은 인기로 그 입지를 다져가고 있다. 음식 배달에서부터 영화표 및 각종 공연, 콘서트 표 구매, 네일 아트, 음식점, 요가, 마사지 등 여가 문화 활동에 필요한 서비스를 할인된 가격으로 구매할 수 있다.

따중디엔핑大众点评

중국 생활서비스 O2O 플랫폼인 따중디엔핑에서는 중국 전 지역 오프라인 음식점 및 각종 상점의 정보를 확인할 수 있다. 소비자들의 생생한 이용 후기와 사진들이 있어 상점에 방문하기 전에 참고하기 좋다. 최근에는 미슐랭 가이드처럼 따중디엔핑 자체 맛집 가이드 리스트를 공개해 중국 소비자들의 이목을 끌기도 했다.

모바이크 / ofo

중국 공유 자전거 서비스 플랫폼 대표주자인 모바이크와 ofo는 중국 젊은 세대가 창업해 성공한 스타트업 회사로도 유명하다. 자전거 왕국 중국에서 자전거의 인기가 점점 사라지고 있을 즈음 혜성처럼 등장해 중국 전역에 자전거 열풍을 불러일으켰다. 요 근래 뚜렷한 수익 모델을 찾지 못해 사업 축소, 직원 감원 등 찬바람이 불고 있기는 하지만, 여전히 교통 체증이 심하고 택시 잡기 어려운 상하이 생활에 빠질 수 없는 유용한 앱 중 하나다.

디디추싱滴滴出行

중국판 우버Uber로 중국의 차량 공유 서비스다. 앱을 통해 내가 있는 곳 주변의 택시 및 개인 자가용 차량을 검색해 편리하게 이동할 수 있다. 일반 택시보다 가격이 저렴하고, 서비스 및 택시 청결도가 나은 편이라 젊은 층이 매우 선호하는 앱이다. 하지만 최근 디디추싱을 이용한 범죄가 증가하면서 각종 문제가 제기되고 있어, 이용할 때 조금 주의가 필요하다.

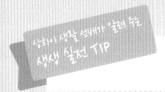

상하이에는 외국인이 정말 많다. 비단 여행객뿐 아니라 중국어를 배우러 온 학생, 직장인 등 전 세계에서 온 사람들이 각기 다른 이유로 상하이에서 살고 있다. 이렇게 많은 외국인이 살고 있다는 것은 그만큼 상하이가 외국인이 살기 괜찮은 곳이라는 것을 의미하기도 한다.

벌써 십여 년 전 일이 되어버린 상하이 어학 연수 시절과 지금의 상하이 모습 중 가장 눈에 띄는 변화를 말하라고 하면, 바로 길에서 마주치는 외국인들이 현저히 많아졌다는 것이다. 모든 시장 원리가 그러하듯 수요가 커지면 공급도 자연히 증가하는 법. 상하이에는 외국인을 위한 레스토랑, 슈퍼마켓 그리고 각종 친목 모임 및 페스티벌 등이 넘쳐난다. 금발의 꼬마 아이가 중국어를 못하는 엄마를 대신하여 유창한 중국어로 음식을 주문하는 모습, 아시아인과 서양인이 한데 모여 영어와 중국어를 섞어 대화를 나누면서 공원에서 피크닉을 즐기는 모습 등을 보고 있으면 상하이가 아시아의 뉴욕이라는 말이 틀린 말이 아니라는 생각이 든다.

홍콩과 싱가포르의 바통을 이어받아 글로벌 도시로 자리매김하고 있는 상하이를 제대로 활용한다면, 전 세계의 친구를 사귀고 다양한 언어와 문화를 배울 기회를 손쉽게 만들 수 있을 것이다. 상하이는 볼 것, 먹을 것, 즐길 것이 무궁무진한 도시다. 익구까지 나와서 회사와 집만 오가며 지루하게 지내지 말고 밖으로 나가 글로벌 도시 상하이의 매력을 120퍼센트 즐겨보자.

1. 외국인 친목 네트워킹 이벤트

● InterNations Shanghai

외국인이 많은 상하이에는 타지 생활을 하는 사람들이 모여 인맥을 쌓고 관심사를 공유하는 네트워킹 이벤트나 소셜 그룹 활동이 많다. 이러한 네트워킹 이벤트에 참석하면 전 세계 다양한 국적의 친구를 사귈 수 있다. 예를 들어, 1997년 전 세계를 돌아다니며 자신만의 커리어를 쌓고 있던 두 명의 독일 젊은이들이 창립한 인터네이션은 "새로운 곳에서 새로운 사람을 만나고 적응하는 과정을 어떻게 하면 쉽게 만들 수 있을까"라는 고민에서 시작해 현재는 상하이를 포함 전 세계에서 글로벌 네트워킹 이벤트를 열고 있다.

웹사이트: www.internations.org

● NEC – Networking Events Club

앞서 소개한 인터네이션 네트워킹 이벤트보다 젊은 층 그리고 싱글들이 많이 참여하는 편이다. 황푸 강 위의 프라이빗 요트, 전망이 멋진 진마오따샤 건물 87층 바, 메리어트 호텔 라운지 바 등 이벤트 장소가 훌륭해 인기가 좋다.

웹사이트: www.networkingeventsclub.com

웨이신 공식 계정: networkingevents

● Green Initiatives

그린 이니셔티브는 환경 보호, 에너지 절약, 친환경 사업과 같은 주제로 세미나를 진행하는 비영리 사회적 기업이다. 대부분 세미나가 영어로 진행되기 때문에 환경 보호에 관심이 많은 외국인들이 주로 참여한다. 비즈니스 인맥을 쌓을 수 있는 네트워킹 이벤트는 아니지만 깨끗한 음식을 먹어야 하는 이유, 물을 절약하는 것이 우리에게 가져다주는 이득 등 환경 보호에 관한 지식을 얻을 수 있는 이벤트로 부담 없이 편하게 참여해 볼 수 있다.

웹사이트: www.greeninitiatives.cn

웨이신 공식 계정: greeninitiatives

2. 외국인 친구와 함께하는 여가 생활

● Shanghai Toastmasters Club

토스트마스터즈 클럽(Toastmasters Club)은 영어 대중 연설과 리더십 향상을 위해 미국에서 시작된 비영리 교육 단체다. 상하이 토스트마스터즈 클럽은 영어 발표와 토론을 연습하고 시연하는 모임으로, 학생 및 젊은 직장인들이 주로 참여하고 있다. 영어 발표와 토론이 어렵고 부담스럽게 느껴질 수 있지만, 영어 실력을 높이고 글로벌 리더를 꿈꾸는 멋진 사람들과 사귈 수 있다.

웹사이트: www.toastmasters.org

웨이신 공식 계정: SHLeadershipTMC

● Stepping Stones

다른 사람을 돕는 보람된 일도 하면서 좋은 친구를 사귀어 보는 것은 어떨까? 비영리 기구 스테핑 스톤즈는 상하이 거주 이주민 자녀를 위한 봉사 단체다. 주로 이주민 자녀에게 영어 교육을 제공하는 데 초점을 맞추고 있지만, 영어가 유창하지 않다고 하더라도 사무 업무 등 다양한 봉사활동에 참여할 수 있다.

웹사이트: www.steppingstoneschina.net

● Sip'n' Paint

'누구나 예술가가 될 수 있다!'라는 슬로건으로 운영되는 Sip'n' Paint에서는 매일 일반인을 대상으로 한 미술 강좌를 운영한다. 프리스타일 페인팅 파티, 와인 & 오일 페인팅 소셜 파티 등 수업 이름에서도 짐작할 수 있듯이 자유롭고 즐거운 분위기에서 수업이 진행되므로, 편안한 마음으로 참여해 볼 수 있다.

웹사이트: www.sip-n-paint.com

웨이신 공식 계정: sipnpaintsh

● SCF International Church

구 프랑스 조계지 헝산루에 자리하고 있는 SCFShanghai Community Fellowship는 소박하지만 아름다운 교회 건물이 인상적인 국제 교회다. 매주 일요일 오후 2시와 4시에 영어로 예배가 열리는데, 예배를 드리러 온 전 세계 사람들과 자연스럽게 교류할 수 있다. 기독교 신자가 아니더라도 누구든지 부담 없이 와서 보드게임을 즐기며 새로운 친구를 사귀는 Cafe Connect Game Night, 상하이 조계지 일대를 걸으면서 스토리가 있는 옛 건물을 구경하는 상하이 워킹 투어 등 여러 가지 이벤트를 진행하고 있다.

웹사이트: www.shanghaifellowship.org

● 상하이 레스토랑 위크

미식가라면 상하이 레스토랑 위크에 주목하자! 봄, 가을 연 2회 열리는 상하이 레스토랑 위크에서는 상하이 유명 레스토랑의 음식을 할인된 가격으로 즐길 수 있다. 뉴욕에서 시작된 레스토랑 위크는 현재 뉴욕, 베를린, 홍콩 등 세계 곳곳에서 열리는 미식 축제가 되었다. 예약은 공식 웹사이트에서 할 수 있다.

웹사이트: www.restaurantweek.cn

● BeerNanza Beer festival

비어 난자 비어 페스티벌은 상하이 거주 외국인들 사이에서 가장 인기가 좋은 페스티벌이 아닐까 싶다. 5월과 9월경, 연 2회 야외에서 열리며 150여 개의 중국 로컬 및 인터내셔널 맥주를 즐길 수 있고, 라이브 뮤직 공연이 펼쳐진다. 워낙 많은 외국인이 페스티벌에 오기 때문에 비어 난자 비어 페스티벌에 가면 상하이에 얼마나 많은 외국인이 살고 있는지 실감할 수 있을 것이다.

웹사이트: www.bevexmarketing.com/

웨이신 공식 계정: BEVEX_SIBF

● Strawberry Festival Shanghai

스트로베리 페스티벌은 상하이에서 열리는 뮤직 페스티벌 중 규모도 크고 인지도가 높은 페스티벌이다. 중국에서 인지도가 꽤 높은 뮤지션들이 참여해 공연을 하기 때문에 젊은 중국인들이 매우 좋아하는 페스티벌 중 하나다. 중국 뮤지션뿐 아니라 유럽, 미국, 일본, 한국 등에서 온 뮤지션도 매해 참여하고 있다.

웹사이트: www.modernsky.com

● Shanghai International Literary Festival

와이탄 고급 레스토랑 M On The Bund 그룹에서는 'FEEDING THE MIND AND SOUL - A CULTURAL AND ARTISTIC HUB', 즉 마음과 영혼을 살찌우게 하는 문화, 예술 허브를 제공한다는 일념으로 매해 인터내셔널 문학 페스티벌을 열고 있다. 페스티벌을 개최한 후, 지금까지 1,000여 명이 넘는 작가들이 페스티벌에 참여했다고 한다. 문학 페스티벌 외에도 매월 문학 및 예술 관련 세미나를 진행하고 있다.

웹사이트: www.m-restaurantgroup.com

4. 상하이 거주 외국인들에게 유용한 사이트

● Smart Shanghai

상하이 각종 생활 정보를 확인할 수 있는 영문 웹사이트다. 상하이 거주 외국인들이 상하이 생활 관련 정보를 찾을 때 가장 많이 이용하는 사이트다. 레스토랑 정보, 플리마켓 및 페스티벌 등 각종 이벤트 정보가 매일 업데이트 되어 매우 유용하다. 이외에도 방 임대 정보 및 구직 정보도 이곳에서 확인해 볼 수 있다.

웹사이트: www.smartshanghai.com

웨이신 공식 계정: SmartShanghai_Weixin

● That's Shanghai

댓츠 매거진이라고도 불리는 댓츠 상하이는 스마트 상하이 못지않게 높은 인지도를 형성하고 있는 상하이 거주 외국인을 위한 미디어다. 스마트 상하이만큼 웹사이트가 잘 구축되어 있지는 않지만, 매월 발행하는 오프라인 매거진은 다양한 상하이 생활 정보를 다루고 있어 읽는 재미가 쏠쏠하다. 댓츠 상하이 매거진은 상하이 시내 외국인 유동인구가 많은 레스토랑이나 커피숍에서 무료로 볼 수 있다.

웹사이트: www.thatsmags.com

웨이신 공식 계정: Thats_Shanghai

●

한비야처럼
살지 않아도 괜찮아

●

해외에서 직장 생활을 한 지 2년 즈음 흘렀을 때, 내가 정말 하고 싶은 일이 무엇인가에 대한 고민을 한참 한 적이 있다. 책 속에서 그 답을 구할 수 있을까 하여 해외에 살고 있음에도 불구하고 전자책뿐 아니라 해외 배송까지 해가며 온갖 자기 계발 책을 공수해 읽었다. 그때 섭렵해 읽었던 책 중 내 마음속 깊숙이 들어온 문장이 있으니 바로 "한비야처럼 살지 않아도 괜찮아"다.

이런 표현이 맞을지는 모르겠지만, 나는 자칭 '한비야 키즈'다. 중국이라는 나라의 매력에 반해 중문과로 전공을 변경하고 중국으로 어학연수를 가기로 했을 때, 처음으로 읽은 책이 바로 《한비야의 중국 견문록》이었다. 이 책의 소개 글을 보면 다음과 같다.

"국제 NGO 월드비전에서 긴급 구호 활동가로 활동 중인 저자의 중국 생활기. 저자는 7년에 걸친 세계 여행과 국토 종단을 마치고 오로지 중국어 공부만을 위해 중국으로 건너갔다. 그리고 학원이나 책으로 만나는 중국인이 아닌 생활에서 느끼는 중국 민족을 1년간의 유학 생활에서 꺼내 놓았다. 중국의 사계 속에서 느끼고 겪은 가깝고도 따뜻한 일들과 중국을 만나면서 깨달은 저자의 이야기가 가득 담긴 문화체험서."

대학생 때 그녀의 책을 읽으며 꿈을 키울 때는 몰랐는데 머리가 좀 커서 보니, 1년이라는 짧은 시간 동안 그녀가 중국에서 경험하고 이룬 것들이 얼마나 다채로운지 감탄하지 않을 수가 없다. 한비야처럼 멋진 여성이 되겠다며 중국으로 왔지만, 나는 한비야처럼 대단한 일을 하지 않는 것은 물론이거니와 모아 둔 돈도 딱히 없었고 중국어 실력이 엄청나게 향상된 것도 아니었다. 그녀처럼 뚜렷한 목표를 갖고 인생을 살지도 않았고, 솔직히 말하면 하루하루 살기 바빴다.

'세상에는 멋지게 사는 사람들이 가득한 것 같은데 왜 나는 하고 싶은 일이 무엇인지조차 모르고 살고 있는 것일까?' 하는 자기 비하에서 시작된 의문은 인생에 대한 고찰로까지 이어졌다. 그렇게 어떤 인생을 살아야 하는지에 대한 고민으로 방황하던 때 만난 문장이 바로 "한비야처럼 살지 않아도 괜찮아"였다. 국제 NGO 월드비전 긴급 구호 활동가, 오지 여행가, 국제 난민 운동가, 유엔 중앙긴급대응기금 자문위원 등 그녀의 이력은 참으로 화려하다. 하지만 그렇다고 그녀처럼 사는 인생만이 '잘 사는 인생, 멋진 인생'이라고 할 수는 없다고 생각한다. 그녀처럼 어려서부터 뚜렷한 꿈과 목표를 갖고 살아가는 사람이 있는가 하면, 뒤늦게 자신이 이루고 싶은 꿈을 발견하고 살아가는 사람도 있다. 또는 여전히 내가 진정으로 하고 싶은 일이 무엇인지 모르지만, 하루하루

최선을 다하며 살아가는 사람도 있다. 한비야처럼 더 나은 세상을 만들기 위해 살아가는 사람이 있고, 한 아이의 엄마로서 살아가는 사람도 있다. 그리고 그중 누가 더 의미 있는 인생을 살고 있는지는 누구도 단정지을 수 없다.

대학생 때 건축을 전공하는 친구와 술잔을 부딪치며 꿈과 진로에 대해 진솔한 이야기를 나눈 적이 있다.

"너는 좋겠다. 건축과니까 가야 할 방향이 명확하잖아. 나는 아직도 내가 무엇을 하고 싶은지, 어떤 일을 잘하는지 모르겠는데…."

"무슨 소리야 그렇지 않아. 우리나 의대처럼 졸업 후 진로가 확실한 전공도 앞으로 하고 싶은 일에 대해 고민하는 것은 똑같아. 오히려 인문계는 졸업 후 선택할 수 있는 길이 다양하지만, 우리야말로 졸업하고 나면 갈 수 있는 길이 한정되어 있는걸. 내가 아는 한 의사는 십 년 넘게 한길만 걸어왔는데 문득 이 길이 내 길이 아니라는 생각이 들었대. 다른 일이 해 보고 싶은데 한길만 바라보고 걸어와서 다른 길로 갈 엄두가 안 나더라고 하더라."

그때는 진로를 걱정하는 나를 위로해 주는 소리라 생각하며 가볍게 흘려버렸던 대화지만, 사회에 나와 보니 그 의사가 한 말이 무슨 말인지 이해가 되었다. 직장 생활을 하면서 자신이 하고 있는 일에 대한 열정이 사라진 채 무기력하게 살아가는 사람을 종종 보았다. 그중에는 한때 일에 대한 꿈과 목표가 분명했던 사람도 있고, 어쩌다 보니 그 일을 하게 된 사람도 있었다. 억대 연봉을 받으며 일하는 사람도 있고, 사회적 지위가 높은 사람도 있었다. 직간접적으로 그들을 만나면서 비록 나는 내가 원하는 인생이 무엇인지 잘 모르지만, 최소한 행복한 인생을 살기 위해 치열하게 고민하고 있으니 이 역시 조금은 대견하다 싶었다. 그리고 오히려 이렇다 할 꿈이 없어 다양한 일을 시도해 볼 수 있으니 꿈이 없는 것이 나쁘지만은 않다는 생각이 들었다.

　어떻게 보면 대학을 막 졸업한 사회 초년생이 자신이 하고 싶은 일이 무엇인지 확신이 없는 것은 당연한 것 아닐까? 대통령, 화가, 우주비행사 조금 엉뚱하게 강아지, 꽃이 되는 것이 꿈이었던 순수했던 어린 시절을 빼고는 우리가 꿈에 대해 진지하게 고민해 볼 기회가 얼마나 있었을까? 좋은 대학교와 직장에 가기 위해 꿈은 잠시 접어 두고 오직 수능 시험 고득점만을 바라보고 공부했으니 말이다. 다른 선진국의 아이들은 어렸을 때부터 어떤 일을 하고 싶은지, 어떤 일을 잘할 수 있는지 탐색하기 위해 다양한 취미 활동과 직업 체험을 한다고 한다. 그것으로도 부족하다 싶으면 대학에 가기 전에 갭이어라고 하여 1년 정도 여행 또는 인턴 생활을 하며 진로를 탐색한다. 그에 비하면 우리는 어떤가? 교과서에 나온 내용을 달달 암기하며 공부만 했으니, 세상에 얼마나 다양한 일이 존재하는지 그리고 내가 좋아하고 잘하는 것이 무엇인지 모르는 것이 당연하다. 꿈이나 진로를 향한 뚜렷한 방향이 없는 것이 너무나 당연하다.

　만일 내가 '오직 승무원만이 내 길이야!'라는 꿈에 확고부동했다년 해외 취업과 상하이 생활이라는 멋진 경험을 하지 못했을 것이다. 그리고 인사팀과 같이 안정적인 부서에서 일하는 것이나 승무원 또는 고객지원 일 같은 서비스 업무만이 나한테 맞는 일이라고 생각했다면 마케터로 이직을 도전하지 않았을 것이다. 또한 꿈과 인생에 대한 고찰의 시간이 없었더라면 내가 추구하는 인생이 어떤 것인지조차 모르고 살아가고 있었을 것이다. 그러니 혹시 꿈이 없어서 방황하고 있다면, '나는 왜 하고 싶은 일이 없을까?'라며 자책하고 있다면 이야기해 주고 싶다. 걱정하지 말라고. 한비야처럼 대단한 꿈을 갖고 인생을 살지 않더라도 우리는 제법 괜찮은 인생을 살 수 있다고. 내가 행복해질 수 있는 인생을 살기 위해 하루하루 열심히 고민하고 분투하며 사는 것 그 자체로도 이미 멋진 인생을 살고 있는 것이라고 말이다.

집에 나오는 바퀴벌레 한 마리도 제대로 죽이지 못하고 타지 생활이 힘들다며 눈물을 뚝뚝 흘렸던 사회 초년생이 외국인 상사의 웬만한 지적 질도 호기롭게 날려버리는 짬밥 제대로 먹은 사회인이 되기까지 이야기를 이 책에 진솔하게 담았다. 꿈이 없어 속상하고, 생각처럼 일이 풀리지 않아 좌절하고, 타지 생활의 외로움에 지쳐 눈물을 흘렸던 날도 많았다. 하지만 그만큼 성장했고, 힘든 날보다 행복한 날이 훨씬 더 많았기에 해외 취업을 생각하는 당신에게 나의 이야기가 조금이나마 희망이 되기를 바라며 써 내려갔다.

대단한 꿈은 없었지만, 해외에서 일하고 싶다는 막연한 바람이 상하이에서 커리어를 쌓을 수 있게 해 주었다. 커리어 방면으로 소기의 목표를 이루고 나니, 커리어를 넘어 앞으로 어떤 인생을 살고 싶은지 고민하게 되었다. 그리고 나름의 진지한 인생 성찰은 '다른 사람에게 도움이 되는 인생', '혼자가 아닌 함께 하는 인생'을 살고 싶다는 생각에 이르렀다. 그렇게 지금의 남편을 만나게 되었고, 독일로 삶의 터전을 옮겼으며, 글을 쓰고 해외 취업 관련 사이트를 개설하면서 인생의 새로운 챕터를 쓰고 있다. 한국에만 길이 있다고 생각했다면, 또는 직장만이 나의 꿈을 펼칠 수 있는 무대라고 생각했다면, 감히 엄두조차 내지 못했을 일들이다. 그러니 지금 당신이 서 있는 곳에 길이 보이지 않는다면, 좌절하지 말기를. 지금 내가 서 있는 곳에 길이 없다면, 돌아서서 다른 길로 걸어가면 된다.

마지막으로…

마지막으로 내가 개인적으로 좋아하는 글이자, 한때 중국 SNS를 뜨겁게 달구었던 글을 공유한다. 잡힐 듯 잡히지 않는 꿈을 향해 나아가는 당신의 여정에 이 글이 힘이 되기를 바라며.

纽约时间比加州时间早三个小时，

New York is 3 hours ahead of California,

뉴욕은 캘리포니아보다 3시간 빠르다.

但加州时间并没有变慢。

but it does not make California slow.

하지만 그렇다고 캘리포니아 시간이 느리게 간다는 것이 아니다.

有人22岁就毕业了，

Someone graduated at the age of 22,

어떤 사람은 22살에 남들보다 일찍 대학을 졸업을 하지만,

但等了伍年才找到稳定的工作！

But waited 5 years before securing a good job!

안정된 직장을 갖기까지 5년이라는 시간이 걸리기도 한다!

有人25岁就当上CEO，

Someone became a CEO at 25,

어떤 사람은 25살에 회사 CEO가 되고,

却在50岁去世。

and died at 50.

50살에 죽음을 맞이하기도 한다.

也有人迟到50岁才当上CEO，

While another became a CEO at 50,

반면 또 다른 어떤 사람은 50살에 CEO가 된 후,

然后活到90岁。

and lived to 90 years.

90살까지 살기도 한다.

有人单身，

Someone is still single,

어떤 사람은 늦게까지 독신이기도 하고,

同时也有人已婚。

while someone else got married.

반면에 어떤 사람은 일찍 결혼을 하기도 한다.

欧巴马55岁就退休，

Obama retires at 55,

오바마는 55살에 대통령직에서 물러났지만,

川普70岁才开始当总统。

but Trump starts at 70.

트럼프는 70살에 미국 대통령이 되었다.

世上每个人本来就有自己的发展时区。

Absolutely everyone in this world works based on their Time Zone.

세상의 모든 사람은 모두 자신만의 시간대가 있다.

身边有些人看似走在你前面，

People around you might seem to go ahead of you,

당신 주변에 있는 사람들이 당신보다 앞서가는 것처럼 보일 수도 있고,

也有人看似走在你后面。

some might seem to be behind you.

어떤 사람들은 당신보다 뒤쳐져 있는 것처럼 보일 수도 있다.

但其实每个人在自己的时区有自己的步程。

But everyone is running their own RACE, in their own TIME.

하지만 사실은 모두가 그저 자신만의 속도로 가고 있는 것뿐이다.

不用嫉妒或嘲笑他们。

Don't envy them or mock them.

그러니 다른 이를 질투하거나 비웃지 말라.

他们都在自己的时区里，你也是！

They are in their TIME ZONE, and you are in yours!

그들은 각자 자신만의 시간대에 있는 것이고, 당신도 그러하다!

生命就是等待正确的行动时机。

Life is about waiting for the right moment to act.

인생은 알맞은 때가 오기를 묵묵히 기다리는 것이다.

所以，放轻松。

So, RELAX.

그러니, 조급해하지 말라.

你没有落后。

You're not LATE.

당신은 결코 늦지 않았다.

你没有领先。

You're not EARLY.

그리고 너무 이른 것도 아니다.

在你自己的时区里，一切安排都准时。

You are very much ON TIME, and in your TIME ZONE.

당신은 지금 당신만의 시간대에서, 그 시간을 잘 지키며 가고 있다.

Special thanks to

이 책을 처음 쓰겠다고 결심한 때는 상하이 직장 생활 3년 차에 접어들었을 즈음이다. 하지만 부서 이동, 이직 등의 커리어상 굵직한 변화를 겪으면서 책 쓰기를 멈추었다. 그렇게 시간이 흘러 상하이 생활 7년 차가 되던 해, 그 동안 사는 게 바빠 잊고 있던 꿈을 다시 이루어 보자는 생각으로 컴퓨터 앞에 앉아 다시 글을 쓰기 시작했다.

지금 돌이켜 보면, 중간에 책 쓰기를 멈춘 것이 얼마나 다행인지 모른다. 2년 동안의 해외 생활 경험과 7년이 흐른 지금의 해외 생활 경험은 양적, 질적으로 아주 큰 차이가 있기 때문이다. 그때는 결혼 후 달콤한 신혼처럼 해외 직장 생활의 모든 것이 즐겁고 아름다워 보이기만 했다. 하지만 시간이 흐르면서 유쾌하지만은 않은 다사다난한 일들을 겪었고, 또 그만큼 많이 성장했다. 그 덕분에 표면적인 해외 직장 생활 이야기가 아닌 조금 씁쓸할 수 있지만, 좀 더 진실되고 다채로운 이야기를 전할 수 있게 된 것 같다.

곱게 키운 딸이 타지에서 사서 고생하는 모습을 멀리서 지켜볼 수밖에 없어 많이 속상하셨을 우리 부모님. 매번 중국으로 돌아가는 길, 작별 인사를 건네던 얼굴 뒤 씁쓸한 미소가 잊히지 않는다. 그럼에도 딸의 꿈을 반대하지 않고 담담히 응원해 주셨던 부모님께 감사드리고 또 감사드린다. 평소 낯간지러운 표현을 하면 부모자식 간에 무슨 그런 소리를 하냐고 어색해하시지만, 그럼에도 더 자주 더 많이 하고 싶은 말, "엄마 아빠, 고맙고 사랑해요". 존재 자체로 든든한 우리 언니와 형부. 언니가 부모님 옆에서 듬직하게 자리를 지키고 있는 덕분에 내가 해외에서 생활할 수 있었기에 고맙다는 말을 전하고 싶다. 한국에 도착하면 두 팔 벌려 달려와 내게 안기는 우리 조카 세은이, 항상 이모를 따뜻하게 맞이해 줘서 고마워! ☺ 타지 생활을 하면서 자주보지 못함에도 언제나 내 마음을 따뜻하게 해 주는 존재 – 나의 한국 친구들, 그리고 상하이 생활 7년 동안 오가며 만난 모든 인연들에게 이 자리를 빌려감사를 전한다. 많이 부족한 글임에도 좋게 보고 출판을 도와주신 원더박스정회엽 팀장님, 평범한 나를 멋진 여자라고 치켜세우며 응원해 주었던 사람들, 특히 켈리와 에이미에게 고마운 마음을 전하고 싶다.

내 인생관이 통째로 바뀌게 해 준 – 나의 인생을 따뜻하게 만들어 주고 진정한 사랑이 무엇인지 가르쳐 준 나의 남편, 베니Benni. 그리고 나를 친자식처럼 따뜻하게 품어 주신 나의 또 다른 소중한 가족, 베니의 부모님과 누나네가족들, Thank you and Love you!

마지막으로 이 모든 일이 가능하게 만들어 주신 하나님, 사랑합니다!!

눈 꼭 감고
그냥
시작

ⓒ 최수정 2019

2019년 1월 15일 초판 1쇄 발행

지은이 최수정
펴낸이 류지호 · **상무** 이영철
편집 이기선, 정회엽 · **디자인** 쿠담디자인 · **일러스트** 오리여인
제작 김명환 · **마케팅** 허성국, 김대현, 최창호, 양민호 · **관리** 윤정안

펴낸 곳 원더박스 (03150) 서울시 종로구 우정국로 45-13, 3층
대표전화 02) 420-3200 · **편집부** 02) 420-3300 · **팩시밀리** 02) 420-3400
출판등록 제300-2012-129호 (2012. 6. 27.)

ISBN 978-89-98602-88-8 (03810)

이 도서의 국립중앙도서관 출판시도서목록(CIP)은
서지정보유통지원시스템 홈페이지(http://seoji.nl.go.kr)와
국가자료공동목록시스템(http://www.nl.go.kr/kolisnet)에서 이용하실 수 있습니다.
(CIP제어번호: CIP2019000526)